红妆神捕

之将军令

江 宁 著

北京联合出版公司
Beijing United Publishing Co.,Ltd.

图书在版编目（CIP）数据

红妆神捕之将军令 / 江宁著. -- 北京 ：北京联合
出版公司，2018.6
　　ISBN 978-7-5596-1691-3

　　Ⅰ. ①红… Ⅱ. ①江… Ⅲ. ①推理小说－中国－当代
Ⅳ. ①I247.5

中国版本图书馆CIP数据核字(2018)第023615号

红妆神捕之将军令

作　　者：江　宁
出版统筹：新华先锋
责任编辑：夏应鹏
特约编辑：朱　瑞　代　慧
文字编辑：流浪羊
封面设计：易珂琳
版式设计：朱明月
营销统筹：章艳芬

北京联合出版公司出版
（北京市西城区德外大街83号楼9层　100088）
北京雁林吉兆印刷有限公司印刷　新华书店经销
字数166千字　620毫米×889毫米　1/16　15印张
2018年6月第1版　2018年6月第1次印刷
ISBN 978-7-5596-1691-3
定价：39.80元

未经许可，不得以任何方式复制或抄袭本书部分或全部内容
版权所有，侵权必究
本书若有质量问题，请与本社图书销售中心联系调换
　电话：010-88876681　010-88876682

目录

梦饮酒者，旦而哭泣；梦哭泣者，旦而田猎。方其梦也，不知其梦也。梦之中又占其梦焉，觉而后知其梦也。且有大觉而后知此其大梦也，而愚者自以为觉，窃窃然知之。"君乎！牧乎！"固哉！丘也与女皆梦也，予谓女梦亦梦也。

——《庄子·内篇·齐物论》

楔 子

洛州，南国都城，临沉水江，气候宜人，物产丰富，更兼天子脚下，首善之区，民风开化，商贸繁华。洛州虽为地方道府，却因为设在京畿，无端生出些六部九卿的威严来。对洛州的百姓而言，天子脚下、皇城根儿处的尊贵远不及一州知府有为来得重要。庆幸洛州府知府许崇道是位人人称道的好官，上沟通朝堂，下治理地方，洛州城可以说是路不拾遗、夜不闭户之地。

许崇道在官场上人脉广泛、八面玲珑，却偏偏好色娶了好几房妾，在家事上更是粗心得很，原配夫人任氏过世后，续弦夫人廖氏将内室搅了个天翻地覆他也不知不觉。廖氏自然不敢对许家的儿子们做什么手脚，毕竟她过门时，许崇道的几个儿子都已经长大记事，而且因为自小在衙门里长大，一个个强悍得很，只有任氏夫人的小女儿是刚满三岁的小黄毛丫头。廖氏原本就不是什么真正心肠恶毒的人，刚进门时对许家唯一的女儿也十分宠爱，只是这个小姑娘生性沉闷少语、怯懦胆小，总是一声不吭，还用那双忽闪忽闪的大眼睛看着自己的继母，眼里的光芒让廖氏心惊。后来，廖氏有了身孕，生下一个粉雕玉琢的女儿，取名叫许珣，便将小姑娘赶到许府最偏僻的角落由奶妈带着，甚至连许崇道都忘记了要给大女儿取个名字，因为她排行第十，只是小拾儿、小拾儿地叫着。

许珣是父母的掌上明珠，打个喷嚏都有人管，无病无灾无难地长到十二岁，遇到有生以来的一场大劫难。原本，许珣只是在后堂跟廖氏、奶妈、丫鬟们玩耍，听到前厅传来一阵嘈杂的声音，小姑娘一时没忍住好奇心，便一路小跑往前厅而去。穿过二堂的大门，被一个满身灰尘、戴着手镣的男子一把抱起，尖刀架在了脖子上，吓得许珣尖叫起来。

原来是许崇道堂审的一个死囚逃脱了，他趁衙役不备，抢下一柄刀，夺门而出，怎奈不认得路，是朝着后堂的方向跑的，与往前厅跑的许珣撞了个满怀，他正愁无路可逃，便挟持了许珣为人质，勒住她的脖子，举刀大喊："都给我后退，否则我杀了她！"

一时间，许珣大哭，廖氏大哭，奶娘和丫鬟们也跟着哭，许崇道与差役们都束手无策、面面相觑起来。

"给老子找一匹马，准备好干粮和清水，老子要出城！"

"就你这副模样，还想逃出去？简直是痴人说梦！"就在在场的人都不知道该如何是好的时候，自角门走出的小拾儿倚靠在门框上，轻描淡写地说道，"一个十几岁的小姑娘，你带她一起逃亡？她骑不了马，走不了远路，根本就是个包袱。若你扔下她自己逃，洛州城的巷道如棋盘一般，你就不怕哪里藏着个弓箭手等着要你的命？再说了，你敢吃一口官府备的粮，喝一口官府备的水？下了迷药都是怜悯你。信不信许大人现在就在差人准备见血封喉的毒药？"

"你是谁啊？"眼前这个十五六岁的小姑娘一副娇怯怯的模样，脸蛋儿和眉眼都好看得很，只是那黑亮、幽深的眼睛，仿佛是一个旋涡，要将他的魂魄收了去，死囚又大喊道，"老子本来就背着人命，多杀一个也不多！"

"我叫许言，是洛州府知州许崇道的女儿，"许言盯着那个死囚，微微一笑，说道，"也就是你抱着的女孩儿的姐姐。不过她是我继母的女儿，我倒是盼着你真能一刀杀了她，省得她和我争父亲的宠！"

站在许言身后的许崇道一阵跺脚，怒斥道："小拾儿，你胡说八道些什么！"他在心里疑惑这个向来大门不出二门不迈的女儿，怎么会突然出现在这里。

死囚的脸上直冒冷汗，许言倒是一副从容不迫的模样，掩着嘴打了个哈欠，继续说道："南国刑律规定，大辟可根据情节轻重，依次处以绞刑、斩首、凌迟，虽说杀一个是死，杀两个也是死，可死与死却是不同的。若许大人宽宥，判处绞刑，还能给你留一具全尸；若你伤了他的女儿，肯定从重发落，判处凌迟。凌迟，常例上共分为八大刀，计三千三百五十七小刀，第一刀切胸口，第二刀切上臂，第三刀切大腿，第四刀和第五刀切手臂至肘部，第六刀和第七刀切小腿至膝盖，第八刀方才枭首。技艺高超的刽子手能在剐至最后那一层薄薄的筋骨时，依然使犯人骨骼相连、呼吸不断，等到折磨够了，才会一刀刺进心口，赏他个痛快。啧啧……你想尝尝那种滋味吗？"

死囚听后，害怕不已，哀号一声，将许珣与刀同时扔在地上。许珣大哭，衙役们一哄而上，将死囚按倒。许言却拍拍衣服，仿佛什么都不曾发生过，重新回到房内看书、写字去了。

第一章 上诉

　　许言在挟持事件中的表现令人称奇，谁也没想到向来柔弱的大小姐能说出那样血腥的话，更能将死囚吓得扔下凶器，跪地伏法，啧啧称奇后便是害怕，之后便是敬而远之。许言本就处在角落中的一个院子，现在更是门可罗雀。但人多难免口杂，有人说，小拾儿是中了邪，任氏心疼女儿无人照料，迟迟不肯到地府报到，所以小拾儿就是个被女鬼养大的孩子。有人说，小拾儿是阴司判官转世，她的眼睛像一口幽深的古井，能够勾魂摄魄，被她盯上的人肯定会魂飞魄散，她房里那一架《解梦》《验状说》《验骨》《辟秽方》《救死方》《山海经》《异事录》《黄帝内经》等谁也看不懂的书都是从阴间来的。

　　"小姐……"柳儿走进来，对着发呆的许言行了个礼，见她没有回应，又喊了一声，"小姐，莫云来了。"

　　许言收回飘远的思绪，放下手里的书，回头看到满脸不忿的柳儿，笑问："怎么了？"

　　"她说不敢进小姐的房，怕……"柳儿瘪瘪嘴，愤愤说道，"她都伺候小姐这么长时间了，院子里里外外哪个角落她没进过，怎么就怕了？"

　　莫云是许言院里的大丫鬟，生性聪明伶俐，明白即便许言不受父亲疼爱，终究是许家的嫡女，有她该有的名分，所以一直尽心尽力地照料着许言。挟持案后，许言更受父亲冷落，不许随便出门。原本还指望随许言一朝麻雀飞上枝头做凤凰的莫云，觉得翻身希望渺茫，便去求主母廖氏，说自己胆小，不敢再照料许言，希望能有个好去处。廖氏对这样背主的人没好感，直接将她赶到厨房做杂活儿去了。

柳儿见许言对莫云的恶意揣度根本就不在意，支支吾吾了好一会儿，才说："小姐，我也想问你来着，你自年前大病一场后就变得和以前不一样了，你以前爱篆刻书画如命，如今碰都不肯碰一样，却看一些令人害怕的书。"许言将父亲书房那些与探案、医理、勘验有关的，甚至是一些许崇道都不曾看过的古书全都搬回自己院里，不分时辰地翻看。

"你也觉得我是阴司转世？"许言"扑哧"一笑，又敛住微笑，悠悠说道，"你知道，我忘了许多事，甚至连自己以前是怎样的人都不记得了，以前的人和事都感觉是模糊的，总觉得脑子里有个地方是空的。我在梦里无数次走近那个地方，发现那里是一面镜子，镜子里不是我遗忘的东西，而是我自己，她指着父亲的书架，一句话也不肯说。我想，她的意思大概是要我去看父亲的那些古书吧，或许看懂了，我就想起来自己忘掉了什么。"

"您忘了什么可以问我呀！"柳儿当初被任氏收养，自小在府里陪伴许言长大，若问许言的事谁最清楚，不是许崇道，更不是廖氏，而是柳儿。

许言并不想与心思单纯的柳儿多说什么，转而问道："莫云找我有事吗？"

"莫云说她想离开许家，但厨房的刘管事诬赖她与采买的刘阿强勾搭，贪了回扣，一定要交出回扣，才能放她出府。刘管事分明就是要坑莫云的钱。"柳儿愤愤不平地说。

许言笑了："遇事倒是想着找我求情来了，你打发了她吧。"

挟持事件后，还真有人试图接近许言，以为许崇道和廖氏欠了许言好大一个人情，只要她开口，就没有什么办不到的事。但他们还真是瞎了眼了。

"我说了小姐不会见她的，但她就是不肯走。"

许言看到窗外的莫云在原地转圈搓手、左顾右盼的急切模样，心里泛起一丝同情，说道："让她进来吧，还想让我去外面找她吗？"

莫云进来给许言行礼的时候，脸上的急切已经收拾干净，更没有半分怕这间屋子的样子。见莫云强装出来的不慌不忙，许言也不说话，只是慢悠悠地喝茶，她本来就是沉静的个性，高兴时不十分高兴，难过时也不十分难过，加上一年来的内心巨变，脸上竟生出了几分威严。莫云不自主地跪了下来，低声道："小姐，求您让老爷准许奴婢出府吧。"

许言直截了当地问："你和刘阿强的事是真是假？"

"那可真是冤枉了奴婢，奴婢虽然家贫，但从来不会干这种吃里爬外的事，况且，况且……"莫云看着许言，斟酌着该不该继续说。

"莫云，你若不对我说实话，我不单帮不了你，还可能帮倒忙。"

莫云眼睑微微下垂，不肯抬头看许言，脸有些微红，说道："奴婢与刘阿强本来有婚约，后来退婚了，奴婢避他还来不及呢，哪能和他做那种事？"

想来退婚的事是莫云提出的，这个刘阿强陷害莫云，既得了利益又报了退婚之仇。许言看着莫云低垂的脸，正在斟酌着怎么帮忙的时候，听到柳儿喊了一嗓子："小姐，曦少爷来了。"

任曦是许言大舅舅任怀生的幼子，长许言九岁，常年在林州经商，虽然不常见面，但十分疼爱自己的小表妹，得空总会来看她。

许言起身时弯腰将莫云扶了起来："起来吧。"

任曦大跨步地走进来，未见其人先闻其声："言言，半年多没见了，是不是变得更漂亮了？"任曦是商人，倒长了一副文人相貌，皮肤白皙得连许言都有些羡慕，亏得他浓眉高鼻，倒也不显得文弱，是个英俊挺拔的男子，但眼里的精明总能泄露其商人本色，"哎呀呀，果然是长成大姑娘了。"

许言确实是有一副好长相，五官玲珑，皮肤细腻，尤其是眼睛，黑亮清澈，只可惜，她身量较矮，一副发育不良的瘦弱模样，总像个孩子。

"表哥，快过来坐。"许言也笑开了眼，她对这个表兄比亲哥哥还要亲近，她的几个哥哥全都是武夫模样，总跟着衙役们舞枪弄棒。

任曦软在榻上，喝了口茶，问："想我了吗？"

若不是他脸上痞痞的笑，许言会认为这是情人间的甜言蜜语，忍不住"呸"了他一声，说："我只是你的表妹，可不是什么情妹妹。"

"也不是不可能变成情妹妹。"任曦这话让许言一愣，姑表结亲是再正常不过的事了，许家为官，任家经商，官商结合更是常见。

"言言……"任曦见许言愣神儿，笑得眉眼都弯了，"发什么愣呢？"

"曦表哥真会娶我？"

许是没见过这么直来直去的女子，任曦有几分尴尬，摸了摸鼻子，淡淡地说："父母之命，媒妁之言。"

"那么……曦表哥就没有心仪的女子？"

任曦有几分讶异，笑着问："言言真想嫁人了？"

许言脸上一红，嘟囔一句"才没有"后连忙转移了话题："曦表哥，帮我一件事吧？"

任曦很大方地应了声："可以。"

"任家的铺子，缺不缺人？"莫云再怎么不好，也尽心尽力照顾了自己好几年，许言真心盼着她能有个好去处，"莫云，曦表哥记得吧？原本是我院里的丫鬟，年岁大了，我想着她总是要嫁人生子的，也不能一辈子留在许家，若是能在你那里寻个生计，倒也……"

任曦看着垂手低头站着的莫云，仍旧是笑着："言言开口，肯定可以，只是商铺辛苦……"任曦对心思深沉的莫云没什么好感，但许言开口，安排一份糊口的营生总不是难事，任曦不想让许言失望，就应下了。

莫云上前一步跪下来，说："谢谢小姐的好意，真要一走了之就不来求小姐了，奴婢不能含冤受屈地离开。"

许言看着她，大约猜到她要说什么，对莫云的态度倒是有些改观。任曦看着许言，见她面色平和，似乎对莫云要说什么、要做什么全都了然于心："言言有什么话对我说？"

许言点点头，说："莫云虽然有些脾气，但也算硬气，断然是被诬陷了，所以……"

任曦打断许言的话，伸了个懒腰，说："所以，我就陪你去见见姑父吧。唉，我到许府不见他而先见你，言言，你说这位父母官大人会不会生气？"

许崇道五十出头，身材矮胖，保养得极好，几缕长须垂在胸前，官威十足，也有几分慈父的样子。许言与父亲感情浅薄，一脸冷淡地朝许崇道行了个礼后，便坐在一旁不说话。

任曦在商场上游走多年，自然不会如许言那般即便不把喜怒写在脸上，也露出一副事不关己的样子。

正说着话，廖氏走了进来，看到任曦眼睛一亮。任曦虽是家中幼子，但自小就有经商头脑，目前任家最大的粮食生意都是他一手操办的，加上任曦长相俊俏，廖氏早就有将女儿许珣嫁过去的意思。

任曦和许言都站起身，许言淡淡地说了句"姨娘好"，任曦却很大声地说："夫人来了。"这个女人性格阴晴不定，还是划清界限得好，不过，她与姐姐任昱有几分交情，面子上总要过得去。

廖氏也不生气，摆摆手示意大家坐下，转而问任曦："这次回来能多住些日子吗？"

任曦仍旧是笑模样，说："祖母生辰，当然要多住几日。我到府上来，是接言言到家里小住，祖母很想她。"这话倒也不是应酬，任老夫人生有四儿一女，女儿早逝，许言就是她对唯一的女儿最后一点儿念想了。

许崇道连忙点头应道："应该的，应该的，拾儿随时都可以过去。"任家家业庞大，借着女儿重新与任家扯上关系总算是好事，否则贸然提亲多少还是有些不妥当。

许言也应了声"好"，貌似不经意地问："我听说前些日子，厨房出事了？"来的路上，许言已经向莫云了解了事情的经过。

没等许崇道应声，廖氏已经开口："早已查清，是两个不懂事的下人，一人挨了二十棍，交出贪的钱后就可以出府。拾儿怎么想起来问这个？"

许言垂下眼帘，长长的睫毛掩住一闪而过的精明："听下人说起来，觉得奇怪。"

任曦看着许言，他没错过许言眼里闪过的灵光："有什么奇怪的？"

许言嘴角衔着一丝微笑，抬头看着任曦，轻声道："我虽然常在自己房中，却也看过父亲审案，记得父亲常说定人罪，一定要证据确凿，容不得半点儿马虎……这件事倒是有些马马虎虎。曦表哥，你想想，给人回扣，总得找个管事的，哪会找卖力气的小工？"

任曦眼里闪过一丝惊讶："姑父家里的粮油是泰昌号供应的，泰昌号在京城的生意都是大哥和姐夫管着。"泰昌号是任家粮行字号，任曦不着痕迹地帮着许言。

"拾儿，你有什么话就直说。"许崇道还没到老糊涂的年纪，虽然家里的吃穿用度都是廖氏在管，但他心里也是有数的，他可不相信自己这个向来沉默寡言的女儿只是来聊家常的。

许言笑笑说："爹，今儿有人朝我喊冤了呢！"许言一副小女儿撒娇的口气，听得站在她身后的柳儿一阵好笑，自家小姐竟也会撒娇？许言招手示意莫云进来，又说，"她说有人冤枉她吃里爬外，我也不相信她是这样的人，就嘱咐柳儿去问了和莫云同住的相思，相思说莫云和那个叫刘阿强的从不往来，屋子里也根本就没有丁点儿多余的银钱。"

廖氏见许言说得头头是道，不由得多看了她几眼，这小拾儿样子虽然像她母亲，性子却是天差地别。

"你觉得她是被人冤枉了？"许崇道本来不想管这件事，但任曦就在一旁坐着，他作为一家之主也不能不管，于是吩咐了人去找厨房的管事，"这事你娘已经处理了，本不该再旧事重提。"

"爹爹觉得是旧事重提，但女儿却觉得不能让好好的一个姑娘家背着冤枉过一辈子。"许言的声音里带着淡淡的笑意，语气却很坚决。

刘管事一路小跑，朝着屋里的几个人行礼，看到许言略有些吃惊。

柳儿凑到许言耳边轻声提醒着来人的姓名，许言自大病之后，对过往的人和事已经记不清了，许言点头致谢，不待父亲发问，就说："刘阿强人呢？"

刘管事看了许崇道一眼，见他没有反对，连忙回答："回十小姐话，他应该是回老家了。"

"你是他叔叔？"

"是的。"

"自己的侄儿在哪儿也不确定吗？"

"阿强在京城除了小的，没别的亲友，不在小的那里，就只能是回老家了。"

"你怎么做叔叔的，侄儿被打了二十棍，也不留下养伤？"

刘管事不知道许言说这些无关紧要的话是要干什么，却也不得不答："他干了那样浑蛋的事，哪有脸来见我，只能慌慌张张地滚回老家。"

许言看了一眼跪在一旁的莫云，淡淡地问道："刘阿强真的不在京城？"

"那是，那是。"刘管事点头哈腰地答着，心里七上八下的，十小姐语气虽然很淡，却透着莫名的压迫。

"可我怎么听说他去了义庄做事？"义庄是府衙用来停放尸首的地方，一般都在城郊，想来刘管事把侄儿安排在那里也是为了避风头，"差人去问问便是了。"

"小……小姐，哪里听来的这些话？"刘管事的脸色变了变，强装镇定。

跪在地上的莫云也不是傻子，磕了个头说："老爷，奴婢原本可以一走了之，只是不想背着冤枉，更不能让别人说老爷您连一桩回扣案都查问不清，所以奴婢才喊冤的。"这话简直就是将许崇道的军。

任曦朝许言投过去意味深长的一眼，自己这个小表妹，变得不一样了："这事查起来倒也简单，钱不会凭空来，更不会凭空去。"

"表少爷，奴婢没收那些脏钱，小姐已经搜遍了奴婢的屋子，可没发现半分钱呀！"知道任曦是在帮自己，莫云也适时地回答。

许崇道说："亏得表少爷不是外人，丢人现眼。沐春。"

主簿贺沐春应声走了过来："老爷，您有什么吩咐？"

"十小姐说的事，你去查查，别冤枉了老刘，也别冤枉了这小丫头。我看这丫头一脸正气，倒也不像是会做错事的样子，去吧。"许崇道几句话已经表明了自己的意思，他转而对女儿又是一脸的慈爱，"你表哥过来了，拾儿就留在父亲这里吃饭吧。"

第 二 章　观 色

　　洛州府作为一国之都，自有繁华之处，每逢单月的十五就有盛大的集市，天气晴好时，更是会一直到夜半时分才散场。许言在家里闷得久了，见天色暗了下来，便换了轻便的衣物带着柳儿出门逛集市。

　　洛州，整座城池呈"回"字形排列，从内到外分别是宫城、皇城、外城，宫城是皇帝居住的地方，皇城也不是一般小老百姓能进的地方，所以，洛州府两月一次的集市主要在外城，不分皇亲平民，均在此买卖、游玩。

　　许言不怎么认路，怕迷路，又没有逛街买东西的兴趣，所以就拉着柳儿的手，沿沉水江散步。初秋的夜，有些微凉，呼吸着带有青草气息的空气，许言觉得自己身上的每个毛孔都舒展开了，吐旧纳新。

　　许言只顾着看风景，柳儿却忙着看热闹，时不时发出"啊""呀"的惊叹声。许言性情寡淡，对柳儿没心没肺的快乐倒是从来没反感过，总不能要求人人都像自己这般无趣吧。

　　"小姐，小姐，我们去那边看看。"柳儿指着前面簇拥着的十几个人，人群中时不时发出沮丧的叹气声或哈哈大笑的声音，许言本不想凑这份热闹，但柳儿已经挤进了人群，她也只好挤进人群站到柳儿身边。

　　坐在人群中间的是一个蓝衫汉子，穿着整齐，面容干净，脸上的笑有些夸张，也有些做作，声音中带着兴奋地高喊："哪位爷愿意试一试啊？若成了，这一百两银票归他所有；若不成，就要给小的一百两银票。"

原来是"三仙归洞"，传统杂耍的一种，玩法简单，用一根筷子、两个碗、三个球，可以实现三球之间的变幻。玩得好的，真可以说是鬼手了，谁也猜不到他会把球藏在哪个碗下面或是碗下面到底有几个球。

　　许言确定这是一场骗局，但她没有管闲事的心思，扯了一下柳儿的衣袖，说道："走吧，或许前面有更有趣的事呢！"

　　柳儿低声求着："就一会儿。"

　　许言微微叹了口气："行骗有什么好看的？"

　　绝大多数的骗术实际上并不高明，只是手段巧妙地抓住了人性的贪婪之处罢了。

　　不想许言这句话声音虽低，却也被大伙儿听到了，蓝衫汉子脸色一变："这位小姐，若说这是赌局，小的不反驳，可不要说是行骗来诋毁小的。"

　　许言懒得与他争辩，拉住柳儿就要离开，旁边几个围观的路人却不干了。其中一个书生模样的人拦住许言，说："若真是骗局，还请解释清楚，不能让这外乡人骗走大家的血汗钱。"

　　蓝衫汉子眼里闪过一丝慌乱，高声说道："明明是你们眼力不行，怎么能说是我行骗？哎呀，天子脚下也有仗势欺人之徒，让开，我要走了。"

　　许言听那蓝衫汉子这么说，心里竟有几分桀骜涌了上来，问道："就是欺负你了又怎样？怕被拆穿就要跑吗？"

　　蓝衫汉子犹在挣扎："谁的眼快过我的手，自然就知道这小球藏在哪里。你若是自信眼力够好，就来试试，看我肯不肯赔你一百两银子。"

　　许言欲走，周围人的眼神仿佛是网，网住她心底莫名的正义感，使得她挪不开脚、移不开眼，只能坐到他对面的石墩上，有些赌气地说道："试试就试试，柳儿，准备银票。"

　　柳儿脸上露出不自在，嘟囔着："小姐呀，哪有什么银票呢？"

　　蓝衫汉子趁机高喊："哦，原来你没有本钱，我可不与你赌，你若输了，拿什么赔我？大家不要信这小丫头的话，她才是骗子，想要空手套白狼来了。"

　　往日出门，柳儿都会带着散碎银两，但一百两银子这么大的数目怎么也不会随时随地带在身上。柳儿低头，低声道："小姐啊，还是赶紧走吧。"

　　许言有些讪讪的。

"二百两。"任曦笑着走进人群。

二百两银子？小门小户人家吃穿几年都花不完，周围的人顿时兴奋了起来。

任曦站在许言身边，伸手拍拍她的肩，说："若是输了，用你那方田黄印来赔我。"

商人本性！她那方田黄印何止二百两？许言碎碎念了句"趁火打劫"后，重新坐了下来。

蓝衫汉子见许言来了靠山，还是个精明的男人，嚷嚷着不要赌，围观的人哪肯放了他，催促声此起彼伏，不赌便是自认诈骗，还要退还钱财，只能硬着头皮赌一把了。

许言坐下后，一直盯着那蓝衫汉子看，看得他心里发毛，低喝一声："看什么看？"

许言不恼，轻松地说道："先聊聊天儿。"

蓝衫汉子一愣："聊什么？"

"你不是本地人吧？"

"我若是本地人，还能被你们这样欺负？"

"原来是做什么营生的？读书？种地？经商？"

"哼，我就是本本分分的小户人家，家里有个豆腐坊。"

"做豆腐是不是很辛苦？"

"是很辛苦，早起晚睡还挣不了多少钱。"

…………

包括任曦、柳儿在内的人都摸不着头脑，不知道许言为什么要与这个人聊些无关紧要的事，众人正疑惑间，许言已经迅速地换了个话题："来，演示一下你的三仙归洞，如何？"

蓝衫汉子犹豫不决。只是，许言似笑非笑的眼神看过来，他也下不了台，只得将三个碗依次排开、扣好，左手拿起一个小球，口中念念有词地说："大家看好了，碗是普通的碗，球是普通的球……"

许言一副似笑非笑的笃定模样，眼神乱飘，反而不怎么看快速移动的碗。

直到三个碗重新扣好，许言仍旧是原来的姿势坐着，连脸上的笑容都没有改变，悠闲地问道："许我慢慢猜吗？"

蓝衫汉子自然是不想的，但众目睽睽之下，他也不好对一个妙龄女子恶言恶语，只得点头同意，为表清白，他甚至将双手背在身后。

许言微笑致谢后，伸出一根手指，口中絮絮说道："你最早是将球放到这个碗里的，后来趁我不注意偷偷换到这个碗，可是你动作极快，我没跟得上，那么……是这个，或是这个？"她回头朝任曦粲然一笑，"若是猜错了，送你两方印。"

任曦回她一笑："二百两银子，我还输得起。"

"在这个碗里。"许言伸手按住那个小碗，"是我掀开这个碗，还是你主动把钱退回去？"

蓝衫汉子笃定道："当然要掀开这个碗才能定输赢的。"

"也未必。"许言仍旧用左手按住自己选中的碗，右手迅速地掀开余下两个碗中的一个，"原本我只有三成胜算，现在有了五成！"

蓝衫汉子脸色大变，紧盯着许言的右手。

许言是个干脆利落的性子，右手迅速掀开剩下的那个碗，果然，碗下面再次空空如也。

人群沸腾！

许言仍留了几分余地，悄声说："我若再掀开这个碗，你即便不被暴打一顿，也会被送去衙门。"

蓝衫汉子把球藏在袖子里，脸色一片惨白，感谢许言给他留了几分余地，低声回一句："多谢姑娘手下留情。"

一旁的任曦将这一切都看在眼里，见这蓝衫汉子准备退钱，便将许言拉起来走出人群，而围观的人一哄而上，将那蓝衫汉子团团围住。

任曦一手摇着扇子，一手背在身后，一派轻松自如的姿态："你怎么会知道他将球藏起来了？"

许言也不知道为什么，她甚至不知道自己是从何时开始知道人的表情是会说话的。她看得懂皱眉、瘪嘴、微笑、摸鼻梁、翘嘴角等表情背后的含义，却不知道自己这种能力从何而来。许言犹豫着是不是该告诉任曦实话，若告诉了他，他会不会也认为自己是阴司转世，而后敬而远之？原本朋友就不多的她，还要失去任曦这个关系亲近的哥哥吗？

"不能说？"

"这个人，很不善于隐藏，所有的心思都写在脸上，众人都只盯着他的手看，却忽略了他脸上的百般变化，我问他那些闲话，就是想确定他日常说话时的模样。我问他球藏在哪个碗下面，他的表情没有丝毫变化，我就确定我掀开哪个碗都是输。而且，他放好球后，左手下意识地扯了扯右边的袖口，我猜球就藏在他衣服袖子的暗袋里。"

任曦惊诧地停下脚步。

许言轻笑道："曦表哥，你现在眉头和眼角上挑的样子就是惊诧。"

任曦收起扇子，点点自己的额头，放松了眉间，笑着要开口。

许言拦住他的话头，说道："我与你很熟悉，你的每个表情我都记得。"

任曦笑了，又用扇子敲了敲自己的头，说："言言，每次见你都会有惊喜。"这一年来，许言像换了个人似的，不许任曦再叫她拾儿，不再埋头篆刻，甚至不再把自己关在院子的角落里，变得落落大方了起来。不管这些改变来自什么，任曦是喜欢这些改变的。

任曦带许言进了一家沿江的茶庄，坐在靠窗的位子可以看到江景。许言不曾在夜里站在高处看过江景，但沿江那成串成串的灯笼仿佛望不到边际似的景色，她莫名觉得有些眼熟，仿佛曾在别处见过。

许言呆呆地望着静静流淌的江水，任曦给她倒茶也没注意，任曦也不说话，自顾自地喝茶、看江景。许言的母亲是任曦唯一的姑姑，她去世时，任曦已经是十几岁的少年，还记得许言这个粉雕玉琢似的娃娃坐在奶娘怀里，低着头静静地掉眼泪，他走过去，一向怕生的许言朝他伸出手，泪眼婆娑地扑进他怀里。

"可以坐船游江？"许言伸手指着江里缓慢游走的船，看样子应该是游船。

任曦摇头："沉水江横穿南北两国，不少地方是两国共饮一江水，所以江面上向来只许军船走动。京都的江面允许部分私船游江，但是要经过大将军府的许可，所以一般在江上行走的私家船都是达官显贵所有。"任曦捕捉到许言眼里的光芒，问道，"你想游江？"

许言没那份兴致，连忙摇了摇头。

邻桌坐的两个年轻人应该也是从商的，频频往任曦和许言的方向看。两人二十岁上下的年纪，样子一看就是大户人家的子弟，其中一个一边瞄着许言一边脸红，最后在同伴的撺掇下，走上前，讪笑道："是泰昌号的任老板？"

任曦自然能看出他们搭讪的目的是接近许言，但在商场上多个朋友总好过多一个敌人，他站起身，与两人寒暄几句后邀请同坐。

"任老板带的这位是？"其中那位胆大的少年犹豫着问，许言仍是闺中女子的打扮，应该是还未出嫁。

任曦向来圆滑，打着哈哈说："林少爷、展少爷……"

"曦表哥……"许言拉了拉任曦的衣袖，眼睛看向远处的角落，任曦顺着她的目光看过去，竟是几名华服少年在调戏独坐一桌的女子。任曦是这家茶楼的常客，每年不知道要扔进多少银子，他一个眼神就有倒茶的小二走过去调解。

姓展的少年应该是认识那几名少年，为了在许言面前表现，也走了过去，低声说了几句话，那些少年就哄笑着离开了，其中一个还嚷嚷着："展鹏飞，改日坐你的船游江。"

"原来他叫展鹏飞，还有船可以游江，看来家里势力不小。"许言在心里嘀咕一句。

"哎呀，出人命啦！"楼上几个倒茶的小二听到声音连忙跑到楼下去，想看热闹的宾客也跟随着下楼了。

楼下声音越来越大，只听一个高亢的男声吼着："我没有抢钱，你们这帮人，不要仗着人多就欺负人。"

林姓少年脸色突变，连忙站起身来说："对不起各位，这人听起来像是我家的掌柜，我得下去瞧瞧。"

林姓少年和展鹏飞先后下楼，任曦不好意思继续坐着，带着许言一起下楼。

茶楼门前的路上拥挤着十来个人，一个身着深绿色袍子的汉子被两个身强力壮的男子按压在地上，他挣扎不过两个壮汉，只能不停地吼着："放开我……"

林姓少年走过去，脸色已经很难看了，高声说道："放开，放开贺掌柜。"他走过去推搡着两名壮汉，被反推一下，险些摔倒在地上。领头的一个汉子嚷嚷着："抢了东西还有理了？走，去衙门。"

展鹏飞稳重一些，连忙缓和着说："这位大哥，是不是误会了？你两位按住的是林家药房的掌柜，这好好的一个掌柜怎么会抢你的东西呢？"

领头的见展鹏飞言语客气，命人松开了贺掌柜，说道："这位公子怎么称呼？"

展鹏飞作揖道："在下天福号的展鹏飞。"

天福号是京城首屈一指的珠宝商行，老板展远明的妹妹是礼部尚书之妻，所以展家在京城算得上是有财有势，难得展鹏飞还这么客气，领头的也缓和了脸色，说道："原来是展公子的朋友，既然如此，此事就算了。"

贺掌柜可不依不饶："这事不是你说算了就算了，你们几个人上来不分青红皂白就对我一顿拳打脚踢，更是诬赖我抢了你一个什么卤味小铺的银钱，这事要是传出去，我在行里可怎么混？"

领头的脸色微变："你还想怎么样？难不成还要我给你个抢钱的赔礼道歉？"

贺掌柜也是个暴脾气，听到对方这么说，甩手就是一拳打在那人的脸上，旁边的几个人分别冲上去拉住贺掌柜和那个领头的。

许言拉低任曦的身子，靠在他耳边，低声说了几句，任曦听完不可置信地看着许言，看得她有些脸红，连忙转过脸去。

任曦微微一笑，伸手拍拍许言的肩头，才开口说："能否容在下说几句话？"

吵闹的人群因为任曦的一句话安静了下来，他笑着说："这边是贺掌柜的东家，这边是卤味店的伙计，两帮人互相指责，各不相让，在下与两方均无关联，倒是可以说几句公道话。"

展鹏飞自然是愿意让任曦出面，连忙高声说："这位是泰昌号的任老板，这么小的事，也不要劳烦官府处理了。"

众人一听到泰昌号，对任曦出面解决纠纷就都没有意见了。

任曦仍旧是一脸笑意，对着那个领头的说："你是如何确定贺掌柜抢了店里的银钱？"

领头的那位一边擦着嘴角的鲜血，一边愤愤地说："这卤味店是我家世代相传的老字号，虽然小本薄利，但一向人来人往，我在后厨帮着卤猪蹄的时候听到前面小二大喊有人抢钱，我便冲了出来。小二说是一个身材高瘦、穿着深绿色衣服和黑色短靴的中年男人抢了我家的银钱，我领着两人冲出来的时候，就看到他，穿着和小二形容的一般无二，正拨开人群往这边跑。你看看，他的衣服、靴子可不都是小二说的那般吗？行色匆匆、慌里慌张，肯定是做了什么见不得人的事。真没想到，堂堂药铺的掌柜，居然干出这么龌龊的事。"

任曦抬手阻拦他说这些刺激对方情绪的话，转而去问贺掌柜："贺掌柜，你为何会在这条路上？你家不是在北边的小巷吗？"

贺掌柜也是一脸愤愤："今天是我小儿子的生日，本来是在家里吃个团圆饭，可是他听到外面有人喊着卖糖人儿就嚷嚷着要吃，我就出门给儿子买吃的。谁料到人这么多，人群拥堵间，有人撞了我一下，我觉得不对劲，摸了一下自己身上发现钱袋被偷了，就去追小偷儿了，谁知道刚跑出去没多远，就被人按倒在地。各位乡邻，我虽然只是个掌柜，但东家待我不薄，每年都有不少进账，我何必去抢一个小小的卤味店？一个小店，就算是生意再好，柜上能有多少钱？"

任曦大致了解了情况后，指挥着围观的百姓让开路，卤味店就在茶庄西侧不远的位置，而林家的药铺却在茶庄北侧的小路里，是个奇异的死角。任曦看到人群中有人挑着糖人儿的挑子，问："你刚刚在哪儿卖糖人儿？有看到贺掌柜从哪儿过来的吗？"

卖糖人儿的老汉指了指北侧的小路，说："他从北面过来，买了我的糖人儿，却没钱付。"

卖糖人儿的在交叉路口，看得到从药店出来的贺掌柜，也看得到从卤味店跑出来的老板，而他们却因为茶庄的遮挡看不到彼此，卤味店老板跑到路口，看到贺老板和小二形容的人一模一样，自然以为捉了个现行。任曦如是想着，回头看了看许言，只见她一脸冷淡地倚在柱子上，睫毛下垂，对大家热闹围观的事完全不感兴趣。

任曦低声对林姓少年和展鹏飞说了几句话，才继续说："卤味店小二看到身着深绿色衣服、头戴儒士方巾的人抢了钱，卖糖人儿的看到贺掌柜从北侧过来没钱付款，谁真谁假还真是无法判断。贺掌柜，不知是否可以让任某搜搜你的身？"

贺掌柜一脸平静，完全不介意任曦搜身，任曦的随从会意，将贺掌柜浑身上下搜了个遍："二爷，没钱。"

贺掌柜脸上露出傲然的神情："我说过，抢钱的不是我。我不单没有卤味店被抢的钱，还被偷得身无分文。"

卤味店小老板和两个随从壮汉的脸色均有些讪讪的，但小老板仍旧坚持着，问道："若不是他还能有谁，大家伙儿看看，除了贺掌柜还有谁穿着深绿色衣衫、戴着儒士方巾的？"

就在围观群众四下查看是否有这样一个人的时候，展鹏飞和林姓少年动作迅速地按住一个人，粗略看过去，这个人的体形、相貌、打扮和贺掌柜十分相近。

那人嚷嚷着："干什么呀，干什么呀，冤枉了一个贺掌柜，还要冤枉我吗？"

展鹏飞动作迅速地搜了这人的身，果然搜出一把零散的银子和铜板来。

那人见状接着嚷道："天下的银钱都长一个模样，你们可不能抢我的钱呀，来人呀，有人在光天化日之下抢钱了呀，快来人哪！"

一时间，几番骚乱。

许言在一旁被吵闹得耳朵里嗡嗡作响，心情也开始烦躁了起来，今天就不该到夜市来，这么多事！她再次拉低任曦的身子，低声说道："卤味的味道极大，银钱上难免沾染了味道和油腻，闻一闻就知道。"

任曦的眼中闪过一丝奇异的光，心想她倒是手段奇特，但人群骚动，也由不得任曦细想，他高声说："银钱虽然长得一样，但却是会说话的。"

那人嚷嚷道："你说会说话就会说话？你问问它，我就不信这个哑巴物件还能答应。"

任曦将那些银钱拿在手里，放在鼻子下闻了闻，一股刺鼻的味道蹿到鼻子里，漫不经心地问："你是做什么营生的？这些银钱又是从哪儿来的？"

那人不明所以，仍旧嚷着："我是到京都做生意的外乡人，银钱自然是我随身携带的盘缠。"

任曦哈哈一笑，说："看来你非常爱吃卤味，这钱上全是卤菜的味道。"

此言一出，那人脸色刷白，卤味店小老板立刻明白原来是这个人抢了自己的银钱，连忙吩咐两个壮汉上去扭走了那个人，自己则红着脸朝着贺掌柜道歉，贺掌柜到底是油嘴滑舌的生意人，也懂得顺着台阶下，作揖回礼。

展鹏飞和林姓少年走到任曦身边向他道谢，展鹏飞看着站在一旁低垂着眼的许言，说："任老板，今日有些晚了，不方便邀请您。他日得空了，一定要到寒舍小坐，要带着……带着您这位朋友。"

任曦回礼，并不直接回复展鹏飞的邀请，浅浅的回应后便带许言转身上了已经在茶庄外停靠了许久的马车。

许言本就不爱说话，这会儿单独面对任曦更是不知道说什么，她低着头也能感受到任曦探寻的目光，今晚发生的事确实是有些多。

"你是怎么知道的？"

许言有些后悔不由自主地插手了这件事："卤味店是小本买卖，去抢钱的人肯定是过不下去的穷苦人，不会是贺掌柜那样穿着绸缎衣物、衣冠整洁的人。"

"就这些？"任曦这才反应过来，虽然这两人都穿着深绿色的外袍，但贺掌柜的是绸缎，而抢钱的那个却是粗布衣衫，还有几块补丁，"你就那么笃定抢钱的人在人群中？"

许言站在人群之外，一眼望过去，人群中穿着粗布绿色衣物的那个人神态与旁人明显不同，他虽然也是看戏的好奇模样，却有几分淡淡的心有余悸和幸灾乐祸，很刺眼："大家都往这边涌，他若此时离开就太扎眼了，况且他想着有了替罪羊，自己是安全的，自然会大模大样地留下来。"

任曦一副不可置信的神情，叹息道："言言，你与以往大不相同了。"

许言躲过任曦炽热的目光："长大了，总要与以往不同。"

任曦还想问些别的，许言却闭上眼拒绝继续谈这个话题。

第三章　白狼

几日后，任曦亲自到许府接许言，同时接走的还有许崇道为任老夫人准备的寿礼，东西还真是不少，满满塞了一驾马车。

石板路很是颠簸，许言换了好几个姿势都觉得不舒服，她知道自己的焦躁更多的是来自即将要面对一些近乎陌生人的亲人。

任曦好笑地看着许言坐卧不安的样子，说道："莫云的事已经查清，不过是宵小使坏罢了，我也安排她到粮行做事，你又在烦什么？"

许言无力地笑了笑，随便找了个借口："你的豪华马车坐着也不舒坦。"

"我不是大哥，学不会他那一套奢华享受。"任曦很自然地伸手捋顺许言散落在额前的头发，低声笑着，笑声很好听，"言言，该长大了。"

许言看着任曦眼底涌动的暖意，心里竟然微微一热，脸上也有些冒火，说道："曦表哥，莫云在你那里可好？"许言随便找了个话题，转移手段之拙劣，连她自己都觉得脸红。

任曦微笑，把玩着外袍佩戴的玉环，向许言大致介绍了莫云的情况。东拉西扯，信口胡聊，时间就会过得很快，没多久马车就到了任府，在门口迎接他们的是任府总管白非。

在许言看来，白非是个很奇怪的人，一张冷冰冰的脸，不苟言笑。真不知道自己的舅舅为什么找了这么个管家，许言不由得多看了白非几眼。

任曦领着许言往里走，低声说："白非是大哥的至交好友，做管家确实是大材小用。"

　　许言本来就猜想白非与任家人应该有关系，只是没想到自己的心思竟然被他猜中，许言下意识地伸手摸了摸自己的脸。

　　任府占地极广，院落众多，许言心里暗暗打鼓，这些日子一定要柳儿跟着，若是迷路，不知要被多少人嘲笑。任曦吩咐柳儿将许言的东西送往小院，自己领着许言去见任老夫人。

　　任老夫人年龄虽老，头发也已经雪白，但保养得还不错，脸上的皱纹倒是不多。许言看着任老夫人慈祥雍容的样子，眼里顿时雾气朦胧了起来："外祖母……"

　　"我的小拾儿啊，赶快到我身边来。"任老夫人见外孙女泪眼婆娑的样子，更是一阵心痛。

　　许言快走几步，握住了任老夫人伸向自己的手，心里酸涩，眼泪一下子就流了出来。母亲是外祖母最疼爱的小女儿，她在世时自己常到任家玩耍，自母亲去世后，她就再也没来过，如今相见，竟有些悲从中来，任老夫人也是一边落泪，一边给许言擦眼泪。站在一旁的是任怀生的夫人赵氏，她安抚着祖孙二人，说："娘，小拾儿好不容易来一次，您可别惹她哭了。"

　　任曦在一旁看得心里酸涩，上前递了块手绢到许言手里，低声说："平时很少见你哭，怎么一哭起来还没完没了啦！"

　　许言接过手绢按住口鼻，白了任曦一眼，哑着嗓子说："我愿意，要你管呢！"

　　这一句话把任老夫人和赵氏都逗乐了，赵氏说："小拾儿真是长大了，以往足不出户也不爱说话，到底和曦儿是青梅竹马一道长大的。"

　　许言在心里嘀咕一句："什么青梅竹马，明明差着近十岁的年龄。"

　　任老夫人共有四个儿子，长子任怀生继承祖业，管理着任府上下几百口人；次子任怀瑾以诗画名满天下，不在府里居住，携夫人游山玩水；三子任怀华管理着家中的钱庄生意，也没在京城居住；四子任怀国自幼好武，如今是南国驻守西南边陲的将军，这次是回京述职，为了母亲寿辰也多住了几天。虽然任怀生富甲一方，但一门心思都扑在事业上，只有一位夫人，也就是赵氏。赵氏给他生了两子一女，长子任旭，女儿任昱，幼子就是任曦了。

任老夫人吩咐白非把任昱叫过来。三个女人一台戏，女人聊起家常更是如同演戏一般高潮迭起。许言心里的无力感一波接着一波，她求助似的看向任曦。

任曦失笑，这丫头连自己的亲人也懒得应酬："祖母，以后见面的机会还很多，先让言言去休息吧！"

任曦亲自送许言回院子，却不进门，只是说："以后，姐姐若是找你，你能不见就不见。"

许言还没来得及问为什么，任曦已经转身匆忙离开。

近一年来，许言每月都会抽出一天的时间去一趟京郊的白云庵，今日又到了去白云庵的日子，因为夜市风波，任曦派了跟随自己多年的凌峰陪同许言和柳儿。

正是秋高气爽的日子，天空湛蓝，阳光虽然明媚却不灼热，被沉水江环抱的洛州城空气湿润且清新，许言心情莫名好了起来。

凌峰和白非一样，端着一张冷冰冰的脸，一言不发地跟在她们身后，既不打扰两人心情，也不让两人离开自己的视线范围。

柳儿偷偷看了凌峰一眼，说："小姐，那个凌峰像鬼一样跟着我们，一点儿声音都没有。"

许言"扑哧"一笑，说道："你看看那个鬼有影子吗？"

"听说这个凌峰功夫高得吓人，但我看啊，他吓人的是那张脸，本来就不如表少爷好看，还绷着脸不笑，真是吓死人了。"

对于柳儿的纯真，许言从来都是纵容的，也不搭腔，自顾自地往前走。走了好一会儿，许言没听到柳儿说话，回头一看，发现柳儿眼神呆呆地看着前方，嘴里呢喃着："那狗真漂亮啊！"顺着柳儿的视线看过去，即便是许言冷静自持的个性，也低呼了一声。哪里是狗，分明是一匹巨大的狼，披着一身顺滑如水的白毛，安静地卧在一名女子的脚边，低眉顺目，姿态闲适，完全不露凶相。

许言的心"扑通扑通"乱跳，一边紧盯着白狼，一边放轻脚步准备离开。怎奈柳儿目光还黏在白狼身上，不舍得离开，许言拉了拉柳儿的衣袖，低声道："别看了！走啊！"

凌峰身手敏捷，迅速地挡在许言和白狼之间，低声说："小心，那是匹狼。"

这条街道人来人往，万一白狼兽性大发……许言的心"咯噔"一下，她低声对凌峰说："这里人多，怕是……"

"无妨，凌峰可保小姐平安无虞。"凌峰虽然语调平平，但能给人一种安全感。

柳儿瑟缩在许言身边，微微发抖，许言握住她的手，安慰着："别怕。"

那女子似乎是察觉到许言一行三人的异样，视线穿过凌峰的肩头，看向许言，微微一笑，说："不用怕，白默不会伤人的。"

她长相平凡，五官清浅得让人过目就忘，但眼睛墨黑冰冷，即便是笑着，那里也没有一丝的暖意。真是特别的女子，不但养的"宠物"特别，连眼神都特别。

许言一直站着，她不动，柳儿和凌峰也不动，只是凌峰侧身保持着一个既可以阻拦白狼进攻，又可以保护许言的姿势。许言四下打量着街道，街上有些做小买卖和散步的人，大约有二三十人，那名女子和白狼正坐在街道入口。该走还是该留？许言一时拿不定主意。

"我还以为是什么美女呢，原来只是一个相貌如此平凡的女子。"旁边突然传来调笑的声音，许言转头，看到五个少年，领头的年龄明显比其他四个要大，但也是不到二十的年龄，脸上还带着一种纨绔之气。很明显，领头的衣着豪华的那位是名富家少爷，其他四名少年是随从或伴读。

许言低声问凌峰："认得他吗？"

凌峰点头，回答道："是王家当铺的少东家，王少杰。"

"与家里有没有往来？"

"泰昌号与当铺从来都没有往来。"

王少杰走近那名女子，脸上带着几分讥笑，说道："听说有一名美女在卖狗，我还以为是什么貌若天仙的女子，原来是名无盐女……这条狗倒是很漂亮啊，不如卖给我……"

白狼似乎感受到威胁，跳起身，甚至弓起了背，发出"呜呜"的叫声。

那名女子伸手抚摩安慰着白狼，低声说道："白默，你不喜欢他，我就不会让你跟他走的，放心。"

白狼仍旧是弓着背，全身紧绷。

王少杰浑然不知危险，继续讥笑道："现在正是吃狗肉的季节，你这条狗膘肥体壮……不错，不错……"

随着王少杰的靠近，白狼浑身白毛耸立，龇牙咧嘴起来。那女子连忙搂紧白狼的身子，安慰着："别凶，白默，你会伤到人的。"

许言浑身的汗毛也耸立了起来，她环顾四周，街上的人已经远远散开，离白狼较近的几个生意人甚至扔掉了铺位匆匆离开。现在唯一危险的就是挑衅白狼的王少杰了，她不由自主地往前踏出一步，凌峰挡在她身前，说道："小姐，危险！"

王少杰身边一名少年的脸上滑过一丝恐惧，他走近王少杰，低声说："少爷，这狗……这狗很凶悍，别伤着您，我们还是回吧。"

"回？是你们和我说这里有一名妙龄美少女，也是你们把夫子迷晕了喊我出来，这会儿倒说有什么危险，有危险也是你们给本少爷找来的危险……我告诉你们，本少爷看上的东西还没有得不到的，你们给我上，套上这条狗，回去剥皮放血。"

许言默默退到墙边，她不是什么善男信女，对于这种自作孽的纨绔少爷，也没了最初要救人的想法。但此刻她也不想离开，倒要看看这名看起来弱不禁风的女子和那匹怒火冲天的白狼如何应对。她的视线越过凌峰宽厚的肩膀，冷冷地看着这一切。

"姑娘……"刚才劝王少杰的少年战战兢兢地开口，"你在这里坐了一上午了，也不见谁来买你的大狗，我家主子看上了，会给你一大笔钱，你就卖了吧。"

那少女一边用力抱着愤怒的白狼，一边开口说道："我只是给白默找一名善待它的主子，不是卖。你出再高的价钱，我也不会让白默跟你们走的。"

另外的几名少年不知道从哪里寻来套狗的套子，缓缓朝着少女和白狼围过去。

白狼见状更是愤怒，爪子紧紧抓着地面，身子向前，已经将原来坐在地上的少女拖拽着跪在了地上。

"白默，白默，不要伤人。"少女着急地喊着。

王少杰一脸桀骜，哼着："我就不信还有什么是钱买不到的。"他解下钱袋朝着那女子扔了过去，几乎同时，伴着一声狼嚎，白狼一跃而起将王少杰扑倒在地，张开嘴便向他的脖子咬去。在场的人尖叫大吼，乱作一团。那几个少年更是吓得两腿一软瘫倒在地，连有所准备的许言也在柳儿的尖叫声中捂住了自己的嘴。

"白默……"

白狼喘着粗气，涎水和血水滴落在王少杰的脸上，听到主人的呼唤居然能够忍住血腥的诱惑，硬是只咬破了王少杰的皮肉却不伤他性命，退到那少女身边。

王少杰捂着自己受伤的脖子，声嘶力竭地尖叫，身边的几个少年已经吓破了胆，根本就没有人想起来去扶他一把。

许言脸色阴沉，她记得某本书中写着，猛兽的牙齿带毒，人若被咬噬，很难救治，何况还是在那样一个要命的位置。许言低声对凌峰说："把他送去医馆，一定要好好清理伤口，否则……"她瞥了一眼王少杰血淋淋的脖子，"否则，怕是……"

凌峰点头，走上前把王少杰扶了起来，冷声对其他几个人说："愣着干什么？赶快把他送到医馆，告诉大夫，你们的少爷是被狼咬伤的。"

狼？其他几个人汗毛耸立，一阵阵害怕，手脚并用地爬起来，拖扶着王少杰踉跄而去。

白狼卧在地上，虽然嘴角还沾着几丝鲜血，但已经平静，用头压住了主人的脚，安静得好像刚刚伤人的根本不是自己。那少女低声安慰着白狼："他们伤不了我，你太冲动了，若是你将对我的好，给了其他人，那该……"白狼发出"呜呜"的声音，似乎是在认错，又似乎是在反驳。

许言搀着吓得腿软的柳儿，转身欲走。

"那位小姐……"

许言停下脚步，回头看到那名女子笑意盎然的脸，听她说道："小姐，你可愿意收留白默？"此时她的笑融在眼里，许言也下意识地微笑，但她摇头，白狼是野兽，野性爆发时，伤人又伤己，"你该将它放归山林。"

那女子脸上露出怜惜的表情，双手抚摩着白狼的头，低声说："我已经不记得将它送走了多少次，每次它都找回来，我晓得白默是担心我，可我……小姐，若是你……"

许言打断她的话："它该生活在山林里。"

那女子脸上的表情很微妙，带着淡淡的笑意，还有一丝挥之不去的怜悯以及无可奈何："白默……不懂得觅食。"

许言略微一愣，旋即明白过来，白狼被人圈养，即便保留着一些兽性，也失去了野外生存的能力。她犹豫着，这匹狼既然因为某些特殊的原因对主人有了足够的信赖，他人是很难复制这份信赖的。许言说道："野兽，总归是难以约束，太容易伤人。"

那女子突然说："白默喜欢你，喜欢你与众不同的灵魂。"

因为聊天儿的放松，许言走近那名女子，此刻她感受到右脚传来的压力，白狼似乎在回应主人的话，将自己硕大的脑袋压在许言脚上，许言害怕，不由自主地后退，一个站立不稳，险些跌倒，亏得凌峰扶住她。

"你不用怕，白默不会伤你，也不会伤你身边的人……我若是还能养它，也不愿意让它跟你走，只是，我……"她眼里闪过几分忧郁，"今天的事，我会去抵命，只求小姐能帮我照料白默。"

许言沉默了好一会儿，最终蹲下身，一手抚在白狼硕大的脑袋上，用很低的声音说："你随我离开吧。"

柳儿躲在远处不敢靠近，自然没听到许言说什么，凌峰却听得真真切切，不由得皱起了眉头。

那女子低着头，情绪更加低落："白默喜欢你，若小姐有心，就收养了它吧，它跟着我……受苦了……"

白狼将脑袋转了转放在主人的脚上，意思很明确——它不想独自离开。

"白默，你跟着我有三四年了，虽然我救了你，但你也救了我。如今你食量也小了，都不吃肉了，哪里像是一匹狼？你跟着我只会吃苦，这位小姐，是心善的人，你若跟了她……"白狼将偌大的脑袋放在主人的脚上，掩住耳朵，闭上眼，拒绝去听这样的话，"你该听我的，这样才会活得更长久一些……"

凌峰面冷心热，更兼细心，此刻已经赶来马车，低声叫着："小姐，曦少爷让您先到粮行去。"

许言挑眉，任曦已经知道了？想想也不大可能，怕是凌峰担心人多口杂，随意找的借口吧。

大家上车后，一直沉默无言，直到马蹄声响起，那女子才说："我叫纪嫣然。"

第四章 惊梦

任曦对纪嫣然和白狼的到来，除了一开始的惊诧，并没有反对，但任家大宅实在不方便收养一匹狼，便将纪嫣然和白狼安置在任家别院。别院位于城外山脚下，那里人烟稀少，风景宜人，还有一眼温泉。

八月三十是任老夫人的寿辰，不但她的四个儿子都回祖宅，不少朝廷大员、富商巨贾也都上门祝寿，甚至当朝丞相卓知非也送来贺礼。许言听说后，赖在屋里不想出门，她本来就不喜欢人多，也不爱交际，更何况，寿宴上的人，她几乎都不认识。

柳儿捧着衣服，急得团团转，不停地央求着："小姐啊，今天是任老夫人的寿辰，你可是她唯一的外孙女，怎么可以不参加呢？你看，你在任府住了这么久，可别……"

"我病了。"许言只穿着中衣，坐在床边，两只脚自然地下垂，看着屋顶，随口说道。

柳儿看到许言脸色红润，中气十足，知道她在说谎："小姐，求求你了……"

"求她做什么？"任曦清朗的声音传来，隔着屏风都能看到他颀长的身影，柳儿像看到救兵一般低声说道："小姐不喜欢人多，不想去参加寿宴。"

任曦低声笑了好一会儿才说："言言，没事，有我在。"

许言也知道自己是在闹脾气，恨恨地瞪了柳儿一眼，从牙缝儿中挤出一句："换衣服。"

任曦走得很慢，脚步有些徘徊，许言抬头看他，没错过他眼里一闪而过的欲言又止，问道："曦表哥有话要说？"

任曦摸了摸鼻梁，这是他习惯性的动作，许言不由得挑眉，他有什么不方便开口的吗？许言停下脚步，转而面对任曦，与他视线相交，说："曦表哥，有什么话就直说吧！"

任曦叹了口气，还是开了口："今天的寿宴，你要有些准备。"

许言"咦"了一声，表示不解。

"你还是太过懵懂，你以为祖母将你接过来只是为了天伦之乐？"任曦无奈地摇摇头，"我猜测，我们……恐怕真的要从表兄妹变成夫妻了。"

许言张大了嘴，一副难以置信的表情，不知该如何是好。

任曦的心微微一沉。对于祖母要他娶许言的要求，任曦既不允诺也不反对，他傲气奔放，根本就不可能喜欢胆小怯懦的小拾儿。他更希望自己的妻子是位有决断、有魄力的女子，可以与他携手一生、共面风雨。但真娶了小拾儿也无妨，即便没有男女情爱，也能因着姑姑善待她一生，况且，娶一个温顺到不懂得拒绝的女子，对男人不是最自由自在的选择吗？只是，这一年来，她的改变让他有些惊诧，更有些惊喜，这样的她难道就不是那个有决断、有魄力的女子吗？他伸手拉起许言的手说道："你也不小了，寻常女子十五岁及笄就该有所婚配了。"

即便是亲近的表哥，许言也不喜欢与他过度亲密，她用力抽回自己的手，更是后退了一步："可是，你是我的哥哥呀……"

任曦眼底滑过一丝阴霾，说道："我也只是猜测。"

许言心里有些慌，说道："你是不会说没有根据的话的，这事就算不是板上钉钉，也是十有八九的，我们……我们该怎么办？"许言对任曦没有半分男女之情，她脸色有些苍白。自己的未来就是被任曦圈养？变成白默那般似狼非狼的宠物？

任曦盯着许言的眼睛，她眼里闪现出的慌乱、无助，惹人怜爱。"若是祖母提起，我拒绝就是了。"他一个男人，拒绝的话总是容易说出口，若是许言拒绝，会影响她的名声。

许言抬头看着任曦，他眼里的笃定让许言略微安心。他笑起来的时候，眼睛略弯，很好看，他说："别担心，有我在。"

任曦笑意盈盈，许言仍旧心慌不安。一般女子到了她这样的年龄，母亲总会多少说一些婚姻嫁娶的事给女儿听，而她没有母亲在身边，奶娘又年老眼花，从来没人对她谈过。今天任曦一提起婚嫁，她着实受到了惊吓。

因为人多，加上天气晴好，寿宴设在花园，熙熙攘攘的很是热闹，许言最讨厌人多和吵闹，加上心里烦恼，不由得皱了皱眉头。柳儿察觉到许言的情绪，低声说："我的好小姐，您就忍忍吧，这会儿就算有什么不满，可千万别显在脸上。"许言默默点了点头，环顾四周，找了个偏僻的位置坐下，柳儿听话地站在她身后。

大户人家的寿宴热闹非凡，喧闹声此起彼伏，各种虚情假意，杯来盏往。许言忍着不满，觉得自己一张脸都要笑得麻木了。她看到任曦一脸平静地微笑着，不见一丝不快，不由得佩服他的定力。任曦也抬头看向许言，两人默默对视，任曦举起手中的酒杯，朝着许言的方向遥遥一敬，许言瞪了他一眼。任曦看着许言，用眼神向许言传达着宠溺之情。

许言还没来得及仔细体会任曦的神情，就接收到另外一道恨恨的目光，是许珣的。许珣很美，是那种不管人群多密集都会被第一眼看到的美。只是，她的美过于尖锐，像是出鞘的宝剑，锋芒毕露。许言皱眉，她知道是因为任曦。可是如果一定要选择嫁人，任曦好像还不是最坏的选择……任怀生兄弟四人，老三独身，老四有两名皇帝赠的侍妾，其他两人都只有一名妻子，家庭更是和睦，不似许崇道三妻四妾。任曦经商，当然少不了商人的圆滑，但他品性还是温和、纯良的。

再回头去看任曦，他端起酒杯走到任老夫人面前，低声说着什么，任老夫人的目光迎了过来，许言赶忙低头，果然说到婚事了吗？许言心里的无力感猛增，原来，走出小院，她的人生便不再由自己掌控。

许言悄悄起身，快步离开花园，动作之迅速，柳儿根本就来不及阻拦，只得小跑着跟上去。许言朝着角门的方向走去，显然是想离开任府。

柳儿小跑着追上许言，低声问："小姐，您这是要去哪里呢？天色有些暗了，又没有凌峰跟着，会有危险的。"

许言丢给她一句："嫌危险，你就回去。"

柳儿被呛了一句，也不知道该如何回答，胆怯地问道："那您……那您是要去哪里呀？"

"废话那么多。"许言也不晓得自己为什么会这么暴躁，明知道柳儿是担心自己，她努力深呼吸几次，平缓着情绪，"我去看看嫣然。"

"别院远着呢，去找辆车吧。"柳儿嘀咕着，小心地看着许言覆满冰霜的脸，见她没有反对，快步朝门房跑去。

马车有规律地摇晃着，许言闭目养神，表情平静，心里却起伏不定。许言一阵苦恼，不管她想不想嫁进任家，许崇道那么精明的人，不会浪费一个借姻亲拉拢关系的机会的。许言在心里叹气，她与任曦之间除了亲情，没有任何其他感情。但是任曦似乎不这么想。许言睁开眼，觉得车里的空气闷得很，撩开帘子，深深呼吸了几口清凉的空气。天色已经暗下来，沉水江波光粼粼，眼前突然闪过的寒光让许言的心莫名一紧。

"柳儿，快走。"许言放下帘子，吩咐着柳儿。别院虽然人少，但也有十余名护卫，到了那里，应该就安全了。

"嗖……"是长箭划过空气的声音，接着是凌乱、有力的脚步声，虽然不懂得听声辨人，但许言还是听得出这至少应该是十数人的脚步声，是福是祸？虽然是第一次遇到这样的事，但许言却镇定得出乎自己的意料，她没有很害怕，只是捏紧了手里的手绢，甚至当她感到颈间被一柄冰凉的匕首抵住时，还有理智示意柳儿不要尖叫。

"你是谁？"许言低声问。

匕首的主人也低声回答："你不需要知道,过了城门,我就放了你,否则……"

许言感到颈间的皮肤微微一痛，怕是被划伤了。这人是谁？干了什么事被人追赶？追赶他的人又是谁？

脚步声渐行渐远。

柳儿颤抖着声音说道："不要伤害我家小姐……"

那个声音冷冰冰地说道："只要你们听话，我就不会伤害你们。"

许言强令自己尽量放松僵硬的身子，对柳儿说："你转过身去。"她知道许崇道审理的不少凶杀案中，被害人并不是凶手的第一目标，而是因为察觉到凶手的目的、相貌而被灭口。

柳儿并不知道此时的许言心思百转，声音破碎却假装坚强："小姐，柳儿不怕。"她朝着许言的方向挪了挪身子，准备去拉许言的手。

"别动。"许言和匕首的主人同时低喝，匕首的寒气已经侵入皮肉，有些痛，她尽量和缓地呼吸，声调平静地说："你听话，转过身去，不要说话。"

柳儿不明所以，但看到许言眼中的坚决，她还是缓缓转过身。这个蒙面人，到底为什么挟持自家主子？柳儿直掉眼泪，却一筹莫展。

马车前行了不多会儿，听到守城官兵的问话："站住，是谁？"

车夫唯唯诺诺的声音传来："任府的，我们家表小姐要去别院。"

"任府？是任将军兄长的府邸吗？"守城将军口中的任将军应该是任家老四任怀国。

"是。"

"放行！"

许言松了口气，感觉那柄匕首离自己的皮肉远了些。

"易统领。"

"谁要出城？"

"是泰昌号的人。"

"出城做什么？"

这个好听又年轻的男声，沉稳中带着几分冷冰冰的不近人情，难道他就是京城九门统领？这么年轻就做到卫戍京都安全的高级军官，真是不易。匕首的冷锋再次贴紧脖颈，许言已经不知道自己在想什么了。

许言微微咬牙，伸手握住那只持匕首的手，低声说："你想出城就要听我的，放下刀。"

那只手明显地绷紧了力道，许言根本就无法确定自己的话有什么作用，但与其等着那个易统领掀开车帘，不如主动开口。许言听到那人在黑暗中敛着呼吸，有几分急促，他是受伤了还是紧张？没等她细思量，那只手缓缓退开了，时间容不得自己多想，许言左手捏住手绢掩盖脖颈上的伤口，右手撩开车帘："到了吗？"

车夫没想到许言只露出半张脸，连忙回道："没，是官兵要检查马车。"

他当然不知道有人藏在车里，只是单纯认为女眷不适合抛头露面，更不能被人拉开车帘检查。

许言只留下一道细细的缝儿，说："将军，今日是外祖母寿宴，要去别院接一位客人，劳烦您放行。"

一个瘦削的身影挡住了光线，冷冽的声音再次响起："何时回城？"

这人背着光，许言根本看不清他的样子，但从他的气场中可以知道他不是容易被糊弄的人："约莫一个时辰。"许言在心里叹气，危险就在身后，唯有自救。那个黑暗中的人，挟持人质是为了出城，暂时不会有危险，可是如果继续这样僵持下去，就不排除他会以威胁自己和柳儿性命的方式逃出城。这个时候保命是最重要的。

许言右手捏着车帘，等了很久之后，那个声音又响起："放行！"

许言软软地瘫坐下来，柳儿连忙伸手抱住她下滑的身子，带着哭腔说："小姐……"

许言伸手掩住她的嘴，怕被车外的易统领发现蛛丝马迹。身后隐在黑暗中的那个人此刻已听不到呼吸声。马车行走到一片树林处，车身一动，许言暗暗松了口气，他走了。

"小姐。"柳儿用力抱紧了许言。

许言开口，声音是自己都不敢相信的低哑："没事，他走了。"

柳儿小心地回头看，果然车尾已经空空如也，她这才哭出声来："小姐啊，你可吓死我了，刚才为什么不让我靠着你？"

许言没有力气解释，回道："为了救你的命啊！"

别院中，纪嫣然为许言清理伤口，药是消毒的，接触伤口后，许言感到一阵刺痛，疼得叫了一声，本来卧在一旁的白默跑到她身边，舔了舔她的掌心，安慰的意思非常明确。许言的嘴角不由得上扬，看来白默确实对自己有好感，不管这好感是不是因为纪嫣然，一匹漂亮的白狼对自己施以善意还算是一件开心的事。

纪嫣然处理完伤口，静静地坐在许言身边，并不问她为什么受伤，倒是许言不得不开口："你陪我回一趟任府吧。"纪嫣然不解，眉头微微皱起，许言无奈地笑了笑，继续说道，"你应该看出来我遇到麻烦了，接不回一名女眷，我怕进不了城门。"

重新坐回马车，纪嫣然附在许言耳边，轻声说："车里有血腥味。"

许言一惊，深深呼吸，似乎真有一股血腥味飘浮在空气中，她连忙伸手摸了摸车尾的坐垫。果然，借着透进来的光，她指尖有一丝可疑的红色。不但座垫上有血，车身上也发现了血迹。毫无疑问，这血是那个人留下的，血有没有可能滴到车外？有没有可能被那个易统领发现……许言脑子里的疑问一个接着一个，她撩开车帘，已经看到高大的城门，易统领会在那里吗？她下意识地将坐垫抱在怀里，心也悬了起来。

"易统领说了，既然是泰昌号的马车，可畅通无阻。"听到这话，许言竟然有喜极而泣的感觉，看来是自己多想了。

许言吩咐车夫仍旧走角门，她想悄悄带纪嫣然到自己住的院子住一宿。只是……许言抬头，发现墙角处竟然站着一个人，此人背光而立，看不清脸，身量较高，有些瘦削。

许言吩咐柳儿将纪嫣然带进门后，才开口问："你是谁？"那个人慢慢走近，许言连忙退后两步靠在门上。

"他是谁？"那个人问道。

是他，冷冽的声音响起，许言立刻就辨认出这个声音的主人是易统领。此刻被月光照亮，许言看到一张年轻的脸，白净得近乎病态，黑色的瞳仁泛着清冷、孤傲的亮光。

许言退无可退，低声问道："你救得了我吗？"

他可能没想到许言压根儿就不解释，眼中闪过一丝诧异，很快就淹没在黑暗中："你可能救了不该救的人。"

"至少，我救了自己和朋友。"许言见他转身欲走，脱口而出，"你叫什么？"

他顿了顿："易慎行。"

这晚许言睡得非常不踏实，那个纠缠了她近一年的梦再次出现。

仍然是在一间黑沉沉的屋子，只有一个角落有光，那里是一面巨大的铜镜，铜镜里的人，是她自己。许言对着镜中的自己行了一礼，镜中人却身形不变，站得笔直。

"你是谁？"许言问镜中的她，"为何总到我的梦中来？"

她仍旧是一张木然的脸，眼神幽深，微微抬起一只手。许言知道，手指会指向父亲的那一架书，然后她就会醒来，整夜无法入眠。

然而这次却错了，镜中的她上身稍向前倾，两足立正，伸出右手，四指并拢，像是某种怪异的礼仪。

她眼里的真诚近乎魅惑，许言不自主地模仿着她的动作，与她右手交握。镜中的她嘴角渐渐上扬，是在笑。她向前进，许言便向后退。直到两人站在屋子的正中间，光线自那一角投射过来，只照亮双腿，却看不清彼此的脸。

诡异的场景，许言并不觉得害怕，她听到自己的声音空荡荡地飞旋："你是谁？"

"我是许言。"

"若你是许言，我又是谁？"

"你亦是许言。"她漆黑闪亮的眼直盯着她，眼中的光仿佛是投射到她心里一般。

"我不懂。"

"问问你的心，忘了什么？"

"忘了……"

"你的父亲是洛州府知府许崇道，你的母亲是富商任家的千金任兰，因你在家中排行第十，所以父母喊你小拾儿。你性格内向、怯懦，好书画篆刻，你……"她嘴角微微上扬，眼中尽是不屑，仿佛说着天大的笑话。

"不，我忘记的不是这些……"她否认，这些话柳儿说了无数次，但她对此陌生得好像从不曾记得过一般，"许言，许言，你告诉我，我忘了什么？"

无助与失望裹挟而至。

"你记得什么？"她眼中怜悯的光柔和又尖锐。

"记得什么？"许言反问自己，她似乎什么都记得，又似乎什么都不记得，她记得吃饭穿衣，记得寒暑冷暖，记得善恶黑白，甚至记得刑案手段、庭审技巧、定罪量刑等，唯独不记得自己，她泫然欲泣，"我忘了自己！"

"许言，许言，别走，告诉我，我忘了什么……许言，许言……"

"小姐，小姐，您醒醒……"

柳儿的叫喊声由轻渐重，许言被人唤醒，一脸茫然。

"小姐，你是做了什么噩梦吗？一直在喊自己的名字。"

梦境清晰地刻在许言的脑海中，镜中人的每一句话和每一个表情都无比清晰。

"柳儿，一年前我是什么样的？"

柳儿有些惊讶，即便是大病一场，也不至于忘得干干净净吧："您还是和现在一样不爱说话、不爱出门，总把自己关在屋子里刻章或是画画，被珣小姐欺负只会偷偷地哭。一年以前，就是立春后下大雪的那天，您夜里出去，不知怎的摔在了雪堆里，大病一场后就变得不大一样了。"

"不一样了，不一样了……"许言嘀咕着，她还给自己取了个名字叫许言，与镜中的她一模一样的名字。那次生病痊愈后，她变成了另一个人，理智内敛。她像新生儿一般重新学习，却不再爱诗词歌赋，而是醉心刑案。她甚至会偷偷看父亲审案，对他那一套动辄就动板子的做派很不以为然，脑中会不自主地跳出无罪推定、证据链等陌生的词，她看得懂堂上那些或坐、或跪、或站的人表情背后的真实意思，听得懂他们说的每一句话是真是假，她甚至看得懂尸格中每一个冷酷、血淋淋的词。

"帮我倒杯水。"许言吩咐着柳儿，她以前不会对自己的贴身丫鬟说"帮"，而现在是习惯性地说"谢"，频繁到柳儿都已经习惯了。

许言接过水杯，并不喝，只是握紧杯子，水的热气透过指尖传到她身上，慢慢驱赶走梦带来的不安。她朝着柳儿歉意地一笑，柔声道："没事，你去睡吧。"

柳儿摇头，说道："我还是陪着小姐吧。"

良久，许言都不说话，也不动，只盯着在床前打地铺的柳儿的背影，不知道干坐了多久，许言有些困了，倒在床上睡了过去。

许言睡得很不安稳，被各种梦境惊扰，她梦到了很多人，她不认识他们，但他们似乎和自己很熟，握手、拥抱、微笑、交谈。

床上的许言无意识地呢喃着，任曦黑眸一暗："若是醒了，马上通知我。"他顿了顿又说，"我叫凌峰过来保护你们。"那晚的事，虽然柳儿不肯透露一个字，但他也能知道一些。许言是大门不出二门不迈的闺中女子，她自然不会有什么仇人，但不代表他的仇人或者许家、任家的仇人不会对许言下手。

第五章　问凶

　　白非走进院子，朝任曦拱了拱手，说："卓相差人来请您。"

　　任曦不解。卓知非生于官宦世家，不到三十就出任当朝宰相，官居一品，是南国文官之首。虽然两人曾受教于同一位师父，但成年后一个入朝为官，一个经营商行，早就断了联系，不知道卓知非派人来请自己是为了什么。

　　相府虽高门大院，陈设却简单，与多年前任曦记忆中的相府相比，没什么变化。卓知非端坐在主位，神态安静、闲适地喝着茶。卓知非位居一品，却丝毫没有高官的跋扈之气，一派温润如玉的模样很能蛊惑人心。见任曦进来，他微微一笑道："任兄来了，喝点儿什么？我记得你喜欢雾松。"雾松是南国特有的茶叶，形似松针，味道偏苦。

　　任曦朝卓知非行礼，说道："不知卓相差人叫来任某，所为何事？"他站立不动，显然是准备听他说完后就离开。

　　卓知非仍旧笑着，说道："坐吧，我有要紧的事与你商量。"

　　任曦犹豫了一下，还是坐了下来。

　　卓知非也不废话，直接说："北方战事紧张，我找你来是为了粮草的事。"

　　任曦眉头略紧，以往也有征集粮草的事，但都直接找父亲或是兄长，卓知非怎么会找到自己？

　　"任家控制着南国近半数的粮食生意，与其他粮商关系也和睦，我知道这几年，任家粮行的生意都是你在打理，所以才找你来。"

任曦不知卓知非的目的，只是说："朝廷若有需要，任家在所不惜。"

管家匆匆走了进来，耳语几句，卓知非面不改色，轻声说："让他们进来吧！"

卓知非抬头看着任曦，仍旧是温润的笑容，说道："你知道我母亲与廖氏是表姐妹……"

任曦是何等精明的人，卓知非刚开个头，他立刻就知道他要说什么，不悦道："卓相，任某的婚事就不劳您操心了。"

卓知非轻轻地叹气，问道："你何必对我如此客套生疏？"

卓家是开国元勋，卓知非的父亲更是三朝元老，卓知非年纪轻轻就位居宰相之位。任曦从卓知非入仕后就特意与他生疏，不单是因为两家的身份、地位相差悬殊，更重要的原因是，他不喜欢官场的做派，也不想与这个朝廷一品大员有亲密的私交。"卓相言重了。"

"任之曦。"卓知非突然开口，叫的是少年时候他给任曦取的诨号，惊得任曦抬头看他，"你若确实不想娶许珣，我可以帮你回绝。"卓知非眼里的笑意很温暖，涌动着少年时期经常会见到的调皮。

到底曾是亲密无间的好友，任曦也回之一笑，说道："那就多谢卓相了。"

正说话间，走进来两个人，一位是大理寺卿毛泰璋，一位是九门统领易慎行，他们来找卓知非显然是因为公事，任曦要起身告辞，卓知非却朝他摆摆手，示意他继续坐着。

毛泰璋看到有外人在场很是吃惊，他要向卓知非回禀的事，虽然谈不上机密，但在事情查清楚之前还是不要被太多人知道为好。易慎行冷冷的目光在任曦脸上扫过，隐在眼底的探寻之意还是被任曦察觉。

"毛大人，何事？"卓知非露出他标志性的温润笑容，却含着淡淡的凛冽。

毛泰璋看了任曦一眼，拱手说："今天早上发现了第六具尸体。"

卓知非眉头一皱，问："验过现场了？"

"是，同之前的五具尸体一样，赤身裸体被扔在东郊，仍是被剖开了胸腹。"一个月来，洛州发生多起杀人事件，凶手手段残忍，已经连杀六名妇人。皇帝听说后大怒，要求洛州府衙七天内务必抓到凶手，许崇道审案技高一筹，查案水平却一般，几天来毫无头绪，只能求助于大理寺。这事原本也在卓知非的管辖范围之内，他对许崇道很了解，知道他已经尽力而为了，便要求毛泰璋亲自查案，还派了易慎行协助。在南国境内，若论查案缉凶，除了毛泰璋，再无比他优秀之人。

卓知非两手搭在一起，右手食指敲了敲左手手背，问道："有线索？"

"除了尸身，没有任何线索。"

任曦垂首听着，心想洛州发生这样的杀人案件，一定要加强护卫。他还记得早间去看许言时，她脖子上的伤口，难道她被人袭击？他抬头，对上了易慎行的眼神，易慎行也在打量着他。两人虽不相识，想的却是同一个人。

卓知非注意到任曦和易慎行眼里暗流涌动，问："易统领，你的意思呢？"

易慎行缓缓收回目光，一如往常的冷言冷语："下官只是协同办案，一切听毛大人吩咐。"

卓知非道："既然如此，你同我去大理寺。任曦。"

突然被点名的任曦一愣。

卓知非说："我帮你的忙，你也要帮我的忙，北方粮饷的事就交由你来办。军马未动粮草先行，虽然皇上已经下旨到南方调粮，但远水救不了近火，任家粮行就带头筹措军粮，南方的粮食到了之后即可归还各个粮行。"

任曦心里感到好笑，这个卓知非，即便是高居一品，仍旧是少年时候的脾性。

路上，任曦半眯着眼睛在心里计算着任家粮行目前的存粮数量，卓知非一句"帮忙"，他任曦要赔进去多少银子？

"少爷……"是车夫的声音，"易统领来了，怕是找您的。"

任曦撩开车帘，看到易慎行站在任府大门前，背手而立，他并未着军服，但也身形挺拔。任曦走下马车，朝易慎行拱了拱手，还没开口，易慎行已经说："我要见许言。"

任曦心想许言几乎从不出门，易慎行如何会认识她，又为何要见她："小妹昨日受了风寒，卧床不起，无法见您。"

易慎行浓眉微蹙，略思考了一会儿，又说："我只问她几句话，非常重要。"

任曦仍旧摇头："闺中女子，不方便见外客。"

易慎行也不说话，只盯着任曦看，整个姿态已经将他的坚决表露无遗。

任曦有些不悦，低声说："易统领，她确实病了，我出门时她尚未苏醒，真的不方便见客。"

易慎行站立不动，任曦在心里暗骂："到底找许言有什么事？难道不知道男女有别，一定要入女子闺房？"

易慎行开口说："我要问的事关乎她的安危。"

易慎行话已经说到这个份儿上，任曦也不能再阻拦什么，只得带着他往许言的院子走："言言昨夜受了惊吓，现在还未苏醒。"

易慎行低声问："大夫怎么说？"

"大夫只是说受惊过度。"走到院门口，任曦停下脚步，对易慎行说，"你在这里等一会儿，我先进去看看。"

易慎行四下打量，这个院子位于任家大院的一角，距离主院很远，很安静，他可以闻到浓郁的桂花香。一个翠绿衣衫的笑脸姑娘走出来，朝着他行礼，说道："易统领，曦少爷请您进去。"易慎行认出来她是陪同许言的那个丫鬟。

许言斜倚在软榻上，脸微垂，听到易慎行的脚步声，却没有抬头。任曦坐在她旁边，为她倒水，柔声说："药苦，多喝些水。"许言拿过药碗，憋着一口气，将苦涩的药一饮而尽。她并没有生病，只是因为挟持的惊吓诱引了心病罢了，只是任曦不但请来大夫，还亲自煎药、送药，由不得许言不吃，为了让任曦安心，她也只好忍着口舌之苦了。任曦看到许言眉头都没皱一下，暖暖一笑，又倒了一杯水送到她手边。

易慎行少言寡语，找了个位子坐下，也不说话。三人静默了好一会儿，许言终于开口："曦表哥，你忙去吧，我和易统领说话就行。"

任曦点头，缓步离开，临出门时回头看了易慎行一眼。易慎行眼观鼻，鼻观心，并不看他。

柳儿也依着许言的手势走出去，轻手轻脚地掩上门。

许久，许言和易慎行都不说话，气氛有些沉闷，许言心情不佳，懒得主动开口。

最终还是易慎行先开了口："你病了？"

许言摇头道："老毛病了。"

又是一阵令人窒息的沉默。

许言脸色苍白，眼底有些赤红，眼圈深青，似乎是一宿没睡。易慎行看着许言，犹豫了一下，最终还是说："一个月来，共有六名妇人被杀。"

许言蓦地抬头，连环杀人案，他不去找担任洛州知府的父亲，来找自己做什么？莫非他听到了自己阴司转世的流言？不免有些好笑。

易慎行眉头微皱："昨夜第六名妇人被杀，经仵作验证，过世的时间与你被挟持的时间相近。"

"你怀疑那个人是凶手？"许言的脸色变得更加苍白，自己掩护着一名杀人凶手逃脱？

易慎行摇头否认，说："不能肯定，我虽然看到你的马车滴落鲜血，但那些妇人的反抗应该不能导致行凶者受重伤，而如果他没受重伤，也不会挟持你。只是循例，我总该来问问。"

许言嘴唇直哆嗦，连环杀人，死了六名女子，这是天大的案件。可是，她却从未听父亲或哥哥们提起过。不过转念一想，此事传播出去很有可能引起恐慌，自然是秘密处置。

"你没看清他的脸？"

"他自背后挟持我，我没有看到他的脸，据柳儿说，他蒙着脸。"许言摇头，思索着，"看清凶手的脸，对我和柳儿来说，很危险。"

易慎行盯着她看了好一会儿，才说："你做得很好。"

许言虽然脸色苍白，但思路清晰，问："你来找我，是要做什么？要告诉我一些案子的事？"就算是传说中的阴司断案，也不能凭空猜测出凶手是谁。昨天挟持她的人理智尚在，声音沉稳，呼吸平和，只是他的语调有些怪，应该是特地隐藏了声线，他要么是个经验丰富的杀手，要么根本就和这起案子没有任何关系。不过，许言本能地觉得，那个人即便是杀手也应该是杀手中的"顶尖分子"，实在不可能会去杀普通的妇人，或者这六名妇人身份非同一般？

"这六个死者，都只是普通的妇人吗？"易慎行虽然没有回答，但许言明显看出了肯定，又问，"是如何被杀的？是否是奸杀？凶器是什么？死状是否悲惨？是否有虐尸的迹象？是否……"

易慎行脸上虽然没有明显的情绪变化，但眉梢却微微扬起，是诧异。也就是说，她猜中了，是奸杀，且有死后虐尸，看来凶手虽是个男人，但应该不是挟持她的那个杀手，他不会屑于去做奸杀的事。许言偷偷吐出一口气，又问："尸体上还有什么发现吗？"

易慎行没有回答，只是起身离开。

"等等。"

易慎行回头，看到许言已经站在地上，她只披了件外袍，头发简单地束在身后，整个人娇小而柔弱，她甚至没穿鞋就急匆匆地走到自己身边，说道："我想知道杀人案的事。"

"为什么？"

许言有些恼，她也不知道为什么，便随口找了个理由："我可能放了凶手。"

"那个人应该不是这起案件的凶手，而且即便是你放了他，也是对的，在那种情况下，你最应该做的就是保护自己。"易慎行转身欲走，却感到她拉住了自己的衣袖。她纤细的手指如春葱般嫩白，很用力地捏住他的衣袖，坚决的声音传来："我要去看所有的案卷，一页都不能少。"

易慎行转身，低头看到许言坚韧的眼神。

带许言这样一个外人去翻阅案卷材料是违反规定的，何况易慎行隶属于卫戍京都安全的禁卫军，只是协同办案，洛州府上交的所有案卷材料都已收到大理寺。许言面对危险表现出来的冷静，让易慎行有种预感，她将会为他破案带来意想不到的帮助。

许言女扮男装，随着易慎行来到了大理寺的文书室。

两人坐下来后，最初各自忙自己的事情。但易慎行很快被许言看书的样子所吸引。她脸上的表情很少，嘴唇抿得紧紧的，她用拇指和食指摘着书页翻看，动作虽怪却异常迅速。她记性应该极好，不做任何记录，需要查找已经翻阅过的文件时，直接拎过文件，捏住书角，唰唰唰，几下就能找到自己想看的那一页纸。

以往，许言也看过洛州府衙的卷宗材料，都是偷偷摸摸躲在角落里看，这次有机会正大光明地看，她便将所有的资料都分类放在巨大的桌子上，需要什么就拿什么，这样的桌面让她有种热血被瞬间点燃的感觉。不单眼睛和头脑异常灵敏，她甚至能在脑海中勾画出案发的现场，猜得到凶手用了什么样的兵刃、凶手的性别、个性特点、行为方式等。

"许小姐……"易慎行不得不打断许言，即便她没有生病，一个弱女子怎么有精力在这里看文书一看就是两三个时辰。

精力高度集中的许言对易慎行的话反应很慢，呆呆地看了易慎行好一会儿才回过神来，而此时她也发觉自己腰酸背痛、饥饿难耐，转头看着外面已经黑下来的天，想着易慎行在一旁陪了自己这么长时间，歉意地笑了笑，说："对不起，我忘了时间。"

易慎行并不应声，起身就往外走，许言也连忙起身，但是她坐的时间太久了，更因为她异于常人的坐姿——盘坐在椅子上，腿已经麻木，突然站起来觉得腿一阵酸麻的刺痛，"扑通"一下跪倒在地上。

易慎行回过头的时候看到许言跪在地上，龇牙咧嘴，他嘴角弯起了可疑的弧度，许言心里暗骂，嘴里也低喝着："过来扶我一下呀！"

两人刚走出府衙，就看到任曦的马车停在门口，任曦斜斜倚靠在车上，见许言被易慎行扶着走出来，快走几步，将她扶到自己身边。

任曦黑着一张脸，说道："易统领，我只许你问言言几个问题，可没许你带她离开任府。"

易慎行脸上清冽冷静的味道又浓了几分，他并不为自己辩驳什么，转身就要离开。

许言连忙喊住他，说道："我有话要对你说。"既然有六个女人被害，是不是还有可能有第七个、第八个？她要在最短的时间内把她想到的都告诉易慎行。

易慎行脚步慢了几分，说道："你需要休息，明日再说。"

"兵贵神速。"许言听到自己肚子"咕噜"一声，脸微微有些红，"其实我也饿了，也想等明天再说。"

易慎行转过身，他为了到府衙办事方便，换了官服，制式服装特有的威严感在他身上体现得淋漓尽致，但许言总觉得他不像官场的人，他的气质过于冷清，应该也不是善于交际、八面玲珑的人，他是怎么在二十出头的年纪就坐到京城九门统领的官位的呢？就官职而言，九门统领算不上高官，但位置特殊，不是皇帝非常信任的人，是不能任职的。易慎行也望着许言，她脸色有些苍白，腿脚明显发软，但精神极好，脸上透出一丝兴奋。

任曦对易慎行自然没什么好感，但他更舍不得疲乏的许言继续在这里站着，别扭地说："我在醉雨轩订了包间，易统领一起来吧。"

醉雨轩在洛州非常有名，大堂人很多，许言和易慎行都是不喜欢吵闹的人，不由得皱了皱眉。任曦应该是常客，刚进门就有堂头跑过来领着他们进了二楼的包间。进了房间，许言也不顾什么形象，直接坐下来趴到桌子上，有气无力地指使着任曦："曦表哥给我倒杯水吧。"

任曦微笑着摇头，一边倒水一边说："这会儿觉得累了？你自小身子就弱，生病了更不应该劳累。"

坐在一旁的易慎行眼波一闪，刚刚在文书室她盘坐在椅子上，双手齐动，动作敏捷且准确，没有丝毫羸弱的样子。

许言喝了两杯水稍稍休息了一会儿后，坐直了身子，直截了当地说："从凶手的作案手段来看，六起案件毫无疑问是同一个人所为，死者同为女性，都遭到侵犯……"许言顿了顿，她毕竟是未婚女子，当着两个大男人的面说这样的话，有些羞涩，掩饰般地咳嗽一声，又说，"死者都是窒息死亡，都遭到强暴，都被脱光衣服扔在荒野，都被切掉了左边乳房，都被剖开小腹，可以确定凶手是对某一类女人有特殊的爱好或者仇恨，而且与婚育有关。因此，我推测凶手是男人，身量较高，独居，极度自卑，好饮酒，甚至是酗酒成性，应该从事某种可以使用刀剑的工作，还懂得一些武功。"许言几乎是看到一个身高六尺的男人，用胳膊自身后勒紧女人的脖子，拖行至荒野，施暴、虐杀后从容离开。

许言声音平静，语气平和，声调与她平时说话没有什么区别，但她说出来的每个词都让在场的两个男人震惊。任曦毫不掩饰自己的惊讶，他认识的许言胆小怕事，即便她变得与以往不同，也不该变成这样冷静得甚至冷酷的模样。而易慎行则更多惊异于许言查看卷宗材料的角度，他虽然极少参与刑案调查，却知道查案注意的是现场痕迹、死者的人际关系，但许言似乎是在分析凶手的特点，很奇怪。

易慎行轻咳一声，问道："你如何知道他个子较高？"

"文书中记着六名死者的身高大约是五尺有余，在女子里算是较高的，从她们颈间、背部、脚跟的瘀伤来看，很明显是被人用手臂勒紧脖子、拖行造成的，大致计算一下，凶手的身高应该就是五尺七寸。"

易慎行眼睛一亮，继续问："那么好酒、独居、会武功呢？"

许言面色平静、声调平稳，说道："仵作很细心，描述现场有酒气，死者衣物上也有酒渍，且酒渍在受害人的背部，应该是在遭钳制的时候沾染在身上的，当然也有可能是被其他人沾染的，但我发现沾染酒渍的位置，尤其是高度基本相同，和六名受害人都有过接触的人，最大可能就是凶手。行凶的时候都要喝酒，可见他是嗜酒成性的。针对女性的恶性犯罪，大多与男性……男性的某种需求得不到满足有关，他对每名受害人都施暴，还切下女性乳房、剖开小腹，这样的人是不会有长期稳定伴侣的。至于武功，文书中也写得很清楚，刀口平整，是一刀所致，你自己想想，如果是你，能不能那么镇定地解剖尸体？"

任曦眼底溢满了惊诧，眼前这个侃侃而谈的许言根本就不是自己熟悉的小表妹。他印象中的许言内向胆小，大门不出二门不迈，即便是自己见她的时候，她也垂着头，不敢有任何的眼神交流，这一年来，她变得和以前不一样了，自己只觉得她是长大了。可是她何时懂得这些刑堂查案的事？从许崇道那里学来的？许崇道为官之道懂得倒多，但刑案方面的南国第一人是大理寺卿毛泰璋，而许言的本事，似乎并不在毛泰璋之下。

易慎行微微眯着眼，掩饰着眼里的灵光，略思考一会儿，便起身告别。许言暗暗"哼"了一声，真是没礼貌，都不会说声"谢谢"吗？

任曦因为太过震惊，黑眸直盯着许言，看得许言心里"咯噔"一下，连忙掩饰着笑道："曦表哥不是说这里的烤乳猪最有名吗？"

柳儿走进书房的时候看到许言盘坐在椅子上，愁眉不展，用手中的书有一下没一下地敲着脑袋。

"易统领来找您。"柳儿也不知道这个易慎行什么时候和小姐熟悉起来了，竟然大模大样地直接到院子里来找她。

许言从椅子上跳下来，以为案子有进展了："快请，快请！"

柳儿皱眉看着许言："小姐，你的衣服……"

现在这个季节，虽然已经入秋，但秋老虎还是很毒辣，许言只穿着中衣，虽然不露半分肌肤，但仍旧是见不得外人的，于是急忙吩咐道："那就赶快帮我换衣服呀！"

换衣服的时候，许言的思绪已经飘得很远，像个木偶一般任由柳儿摆布。许言有些后悔。那天自己侃侃而谈，事后回想起来，她都觉得自己的言行有些惊世骇俗，而且，她完全不知道自己怎么会说出那样的话，那种感觉就好像自己在一旁看着那个叫许言的女子用冷静、自持的语调说着一连串可怕的词，完全不受自己的控制。这种感觉让许言毛骨悚然。

易慎行不着痕迹地打量着许言。她似乎偏爱素色的衣服，今天穿了套月白色的罗裙，衬得一张脸越发的白嫩细致，已经不见任何病容。她姿态懒懒地斜靠在软榻上，看到他进来，只抬了抬眼皮，吩咐柳儿："倒茶去。"

换作其他任何一个高级军官，都不会容忍许言如此无礼。虽然只见过易慎行两次，但许言就知道他不在意这些繁文缛节，既然他不在意，自己又不喜欢，何必惺惺作态地行礼："易统领来找我是因为案子吗？"

易慎行点头，却问道："你身体好些了吗？"他看许言脸色红润，身体应该是恢复了。

许言轻轻"嗯"了一声。

易慎行略一犹豫，说："我此次来，是想请你帮忙……"

很显然，易慎行不是个擅长与人交往的人，他明明是来求人，却是一副清高的模样。许言不由得失笑，说："易统领，有话直说。"

易慎行有些讪讪的，他虽然不是那种看不起女人的人，但来找一个女人帮忙实在是觉得不齿，只是破案期限在即，许言又能提供一些旁人想不到的线索，于是说道："你说的那些很有道理，但不足以找到凶手。"

许言对自己的记性很有信心，她仔细回忆案卷资料，大脑飞快地运转着，寻找着案卷中的蛛丝马迹："女人、虐杀、性侵、独居、男人、刀、孩子……"许言的声音近乎梦呓，易慎行却听得清清楚楚，但无法明白每个词代表的意思。

过了好一会儿，许言才缓缓平视易慎行，问："死者都住在哪里？"

"五名居住在城北，相隔很远，一名居住在城西。"

"彼此之间是否有亲戚关系？"

"有两名是妯娌，其他没有任何亲属关系。"

"她们都……都成亲了？"

"没有，成婚的只有两人。"

"有没有共同的亲友？"

"目前来看，没有。"

许言的眉头越皱越紧，六名死者除了同为女性、身高相近、体格健壮，并没有共同的人际关系，实在难以找到其他的共同点，难道受害人只是凶手随意选择的？到底这些女人的什么特性刺激了凶手？有一个问题盘旋在许言的脑海中，于是她问道："她们在案发前去过什么地方，见过什么人？"

易慎行浓眉一扬，他明白许言这样问的意思，沉吟了一会儿，缓缓开口，说道："若说同一个地方，应该是刑部大牢。"

许言眼睛一亮，连忙问："为什么去那里？去见什么人？做了什么事？说过什么话……"

"有一个人没去，就是第六名死者，但她的丈夫是狱卒。"易慎行是行动派，他知道自己要干什么，就立刻起身欲走，却不直接回答许言的问题。

"易慎行，"许言直呼其名，"你为什么来找我？"

易慎行根本不回答，脚步也不停，匆匆离开。

"你还没回答我问题呢。"

柳儿嘟囔一句："年轻有为果然就傲慢许多，哪里比得上曦少爷。"

许言却眼尖地发现，在自己叫他名字的时候，他的手突然握成拳头，然后慢慢松开。易慎行，谨言慎行，倒是个有趣的人。许言知道柳儿话里的意思，但她装作不知道，对柳儿说："柳儿，我们去别院住几天放松放松如何？"

第六章 寻凶

在别院一住就是五天，许言彻底放松，每天就是泡泡温泉、散散步，有心情了就和纪嫣然聊天儿，没心情了就坐在花园里晒太阳发呆，把自己养得慵懒无比。

秋高气爽，太阳也极好，许言晒出了一身的薄汗，索性脱掉鞋袜坐在草地上。

"白默，我警告你，不许舔我。"许言爱干净，虽然她知道白狼被自己和纪嫣然洗得干干净净，但她还是不喜欢它用那满是口水的舌头舔自己的手心。

白默不理会闭着眼睛的许言，得寸进尺在她脸上舔了一下，湿热的鼻子碰了碰她的嘴角。许言蓦地睁开眼，说道："白默，你居然偷亲我！"

许言跳起身，追逐着跑向纪嫣然的白狼，气呼呼地喊道："你是男的呀，居然……"

看到追逐的人和狼，纪嫣然笑得很开心，一扫平日的淡漠冷静，说："言言，白默喜欢你。"

"喜欢我，也不能偷吻我，不知道男女有别吗？"许言将白狼硕大的脑袋抱进怀里，揉乱它顺滑的毛发，白狼发出"咕噜咕噜"的声音，是在高兴，"它喜欢我什么呀？"

"喜欢你的不同寻常。"

"嗯……"许言敏锐地察觉到后面有人在观察她，连忙回头。

易慎行颀长挺拔的身子斜斜靠着树干，很舒适的样子。他嘴角微微上扬，看着披散头发、赤足奔跑的许言微笑，眼底涌动着温暖。

自小没有母亲教授妇德妇容的许言，并不觉得自己的行为有什么不妥，心情很好地大声说："易慎行，你来啦。"

易慎行走出树荫，温暖但不强烈的阳光照在他身上，居然有了玉树临风的感觉，兼之他军人习惯性的挺拔，在许言看起来，很顺眼。他走近看到半卧在许言怀里的居然是一匹狼，脸色微微一变，脚步也顿住了。

纪嫣然不喜欢见生人，起身离开，白狼也随她离开。

"找我什么事？"许言迎着阳光，丝毫不怕被晒黑，她现在更喜欢健康的肤色。

易慎行看着远去的人和狼，问道："是狼？"

"白默不伤人的。"许言拍拍身边的草地，"坐吧。"

易慎行略一犹豫，坐了下来，因为许言赤足，他别过脸看向另外一侧，淡淡地说："穿上鞋袜。"

许言动了动脚趾，她因为放松老早就脱下鞋袜，然而女子的脚终究是不应该被丈夫之外的男人看到的。许言的脸微微有些红，连忙套上鞋袜，问道："是因为杀人案吗？"

易慎行的声音有一丝难以压制的急迫，说道："查了很多人，但没有结果，今天是皇上限定的最后一天。"

许言回忆着案卷材料，叹气道："我知道的都已经告诉你了。"

"如果我带你去见几个人，你能分辨出他们谁是凶手吗？"显然，易慎行已经锁定了几个犯罪嫌疑人，但谁都不承认。

许言既不点头也不摇头，她盯着易慎行的眼睛，轻声问："为什么来找我？"

面对许言澄澈的眼睛，易慎行无法保持一贯的冷漠，回答道："我不知道。"

"易慎行，你很诚实。"许言站起身，拂去身上的草屑，大方地说，"我跟你去，至于能不能找到凶手，就要看运气了。"

别院门口，许言眉头紧皱，看着易慎行骑来的那匹体格健壮、皮毛黑亮的高头大马。

"我不会骑马。"许言说道。

"我没想到你肯去。"易慎行确实没想到自己在查案走入死胡同的时候会求助许言，也没想到自己会从任府、许府追到别院，更没想到一个大家闺秀肯赤足坐在草地上。

"我不骑马。"许言对男女有别看得很淡，她不担心和易慎行骑一匹马，但她担心摔下马的不堪，不由得有些恼，朝易慎行挥挥手，"你一个人回去吧！"

易慎行凝视着许言，她脸上的表情很奇妙，有些恼怒，也有些兴奋。易慎行心想她和一匹狼都能追逐玩耍，应该不会惧怕马，他垂眼掩住眼底的一丝笑意，突然伸手到许言的腋下，微微用力就将她举到马背上。

突然离地三尺，许言尖叫一声："易慎行，你这个浑蛋。"而易慎行动作飞快地跃上马背，伸出手拉紧缰绳，轻踢马腹，马就蹿了出去。

马背上的颠簸是许言始料不及的，虽然易慎行将她环在身前，但她仍旧觉得头晕目眩，颠得浑身都疼。看到许言渐渐发白的脸色，易慎行放缓速度，到最后甚至是任由马儿慢走。

"拿开你的手。"许言很用力地拧了一下易慎行搭在她腰上的手背。

"你会摔下去的。"易慎行一手拉住缰绳，一手环住许言的腰。她很瘦，他不由得紧了紧手臂。

"那也好过被你勒死……易慎行，你看那里怎么了？"易慎行顺着许言的视线看过去，不远处是一个小湖泊，几个裸着上身的少年在湖边尖叫玩闹，湖里扑腾出水花。

"只是少年人在玩闹罢了。"

"不，是有人落水了，快救人。"

易慎行策马奔过去，自己跳下马后，伸手将许言抱下马。

果然，几个少年人看到有人过来，纷纷喊着救命。易慎行脸色阴沉，四下察看地形，却并不下水施救。

"救人啊！"许言扯扯易慎行的手臂，看到他脸色又黑了几分，顿时明白，他不识水性。

眼看水中挣扎的少年动作越来越小，许言急得团团转，难道眼看着他溺水而亡？许言不顾易慎行就在一旁，甩掉鞋袜，脱掉外衣，很利落地跳入水中。动作之快，易慎行都没来得及拉住她。

湖水滑过身体，许言确定自己是第一次下水，而动作却娴熟得像是本能。

刚入水时，许言有些紧张，呛了好几口水，适应了水温后，她动作舒展自如，很快就游到落水少年身旁。他因为呛水而昏迷，许言翻过他的身子，托着他的脑袋往岸边游。

"易慎行，你快……快帮我一把。"

易慎行将少年拖上岸，再转身去拉许言时，她已经跃上岸，不管头发滴着水，也不管衣物湿透贴在身上的尴尬，赤足单膝跪在少年面前，将他扶起后趴伏在自己屈起的腿上，先是探了探口、鼻中是否有异物，然后抖动身体，迫使溺水少年吐出腹中的水。

易慎行和岸上的几个少年愣愣地看着许言奇怪的动作，易慎行眯了眯眼睛，他只听说许府的十小姐有一手出神入化的篆刻之术，可从来没听说她竟然懂得医术。

许言伸手将散落在脸上的头发顺到耳后，说道："帮我将他扶躺在地上，脸朝上。"她的呼吸有些急促。

易慎行依照许言的指示将溺水少年抱起，平放在地上，让他脸朝上。

许言双膝跪地，深深地弯下腰，听听少年的呼吸声，略一犹豫，便伸手撕开少年的上衣，摸索着按在胸口，然后直起上身，双手用力按压，嘴里呢喃数着："一，二，三……"然后一手捏住少年的鼻子，一手扒开少年的嘴，深吸一口气，就要吐到少年嘴里。

这是很标准的急救动作。

易慎行脸色阴沉，伸手拦住许言。

"救人要紧。"若非情况紧急，她也不想口对口呼吸，"易慎行，你给我放手！放手！"易慎行很坚决，但许言更坚决，那眼神绝对比刀子还锋利，大有"你不放手我就跟你拼命"的势头。

不知道重复了几次这样的动作，那少年终于咳嗽一声，吐出好大一口水，醒了过来。许言也累得瘫坐在地上，易慎行将她拉起来，用自己的外衣裹住她外泄的曲线，黑着脸对那几个少年吼道："还不快走！"

许言却拦住他们，叮咛道："溺水后很容易引起感染，一定要去看大夫，"她担心这几个孩子会因为害怕而不敢跟父母说，强调着，"否则会死人的。"

那几个少年千恩万谢，扶着自己的伙伴踉跄而去。

易慎行黑着脸冷声说道："你还是个未出嫁的女子，若传到别人耳朵里，对你名声……"

许言瞥了易慎行一眼，声音也冷了下来，说道："那孩子的命比我的名声重要得多。"

"他的命与你无关。"易慎行不假思索地说道，但他刚说完就后悔了，许言果然冷哼一声："杀人案也与我无关。"

看到许言冷冰冰的一张脸，易慎行服软了，柔声说道："我担心你。"

许言看了他一眼，说道："我会游泳的。"

被他这么看着，许言莫名有些恼火，伸手戳戳他的胸口，叹息着："你作为九门统领居然不会游泳，太不敬业了。"军人会面临多种情形，难道游泳不应当是必备的技能？何况，洛州城还有一条沉水江。

易慎行伸手握住许言的手，墨黑的眼睛盯着她，眼底竟然是笑意，说："我带你回去换衣服。"

许言心里"咯噔"一下，外表冷漠、气质清冷的易慎行，这是怎么了？一阵风吹过，许言鸡皮疙瘩起了一身。

任何时代的监狱都不会宽敞明亮，刑部的牢房位于半地下，门极低，即便是许言那样矮小的个子都要弯腰低头才能走进去。进门是狭长的走廊，很黑，许言摸索着墙壁，不敢迈开步子走，正想着哪怕有个油灯也好过伸手不见五指的时候，一只略有些凉的手伸过来握住她的右手，是易慎行，他的手指微凉，手心却透着暖意。即便是在黑暗中，许言也有些脸红。

一见到亮光，易慎行就收回自己的手，走到许言身前，不着痕迹地带着她向前走。

毛泰璋是一行人中最高的，也有些中年人的虚胖，弯腰走了一会儿竟有些喘，问道："为什么一定要到这里审问犯人？"

许言和易慎行都缄默不语。许言在心里想，大理寺，负责审理刑狱案件，长官名为大理寺卿，位九卿之列。这个毛泰璋皮肤很黑，倒是有点儿黑面判官的样子。监狱，自然是三步一岗，五步一哨，戒备森严，每个入口有铁将军把守的同时，还有四名狱卒看守。

许言快走几步追上易慎行，低声说："你注意到刚刚的那个狱卒了吗？"

易慎行回头一看，眉头微微皱了皱，问："个头儿很高的那个？"他个头儿很高也很壮，头微微低着的同时略有些佝偻着肩，但在四个人中仍然显得很突兀，"你怀疑他？"

"不是怀疑，是直觉……牢房不会杀人，但人会。"许言深吸一口气，没错，确实是酒味，是那种长期被酒精侵蚀的腐败味道。

洛州府衙一共找到四名嫌犯，乍一看这四个人都很壮实，但身高却没达到许言的预估。见许言打量着这四个人，易慎行说："邱千，是卖肉的屠夫，平日里缺斤短两，死者都和他有过口角，他也曾在案发前扬言要杀人。贾丁，绸缎庄的伙计，负责送货，六名死者生前都在他那里买过货，他也都给她们送货，曾经调戏过一名死者，被死者的丈夫打断鼻梁。薛五，更夫，时常有偷窥妇人的举动，前日因偷窥妇人洗澡被抓回来。张平……"易慎行发现许言微微低着头，对他说的话仿佛充耳不闻。

许言思考片刻，抬头，眼神闪动，盯着易慎行，说道："他们四个和这起案件无关。"

"什么？"毛泰璋对于易慎行带一名弱女子来大牢的行为感到很奇怪，更奇怪的是易慎行居然向她解释案件，难道他是带这名女子来断案的？真是荒唐！

许言伸手在易慎行的脖子上比画着，说："我记得案卷里写着，死者脖颈处有瘀痕，根据形状来看，是被人用左手扼住脖子造成的，瘀青几乎在颈后相交，可见凶手的手足够大。他们的手，显然都不够大。还有身高，凶手身高在五尺七寸左右，是独居男人。那个邱千虽然是屠夫，但指甲平整干净，衣着也干净利落，应该是有一名细心的妻子或者其他女性照料起居。贾丁年龄最小，身材最瘦，力气也是最小的，他没有能力把六名身强力壮的死者从背后扼住。薛五年龄太大，肯定动作迟缓，右腿活动似乎不便，否则也不会在偷窥时被抓。至于张平，太矮了……"易慎行盯着一脸平静的许言，心想她竟如此敏锐，只是匆匆扫了几眼，便能将这些人与案卷中的资料——比对，她一个养在深闺中的女子，怎么会有这等本事？

毛泰璋更是惊讶地半张着嘴，且不说她推论得是否正确，能够做到这么细致入微已经很不容易了。

许言低头想了好一会儿，暗暗拉了拉易慎行的衣袖："我有话要问你。"

易慎行抬头看了看毛泰璋，他是出了名的好脾气，没架子，但毕竟是在场所有人中官职最高的，易慎行再怎么特立独行，也少不得征询毛泰璋的意见。黑脸提刑毛泰璋果然是好脾气，点头后，便寻了个位子坐下。

许言和易慎行走到一旁的角落里，易慎行的身形几乎将娇小的许言完全遮盖住，他放低声音问："怎么了？"

"这里的死囚多吗？"

"刑部的牢房，几乎全都是死囚。"

"他们会不会……"

易慎行当然知道许言要问什么，立刻回答道："对于那些是家中独子的死囚，花钱送个女人进来为家里留后，算不上什么大事，所以牢中也是睁一只眼闭一只眼。"

"那些女人也是，对吗？"

易慎行点头："案卷中并未记载，你从何知晓？"

许言很轻缓地说道："尸格中记录那几名女子身上都有生过孩子的痕迹，但不是所有人都成亲了……我也只是脑中一闪而过的念头，不晓得对还是不对，也不晓得这个与连环杀人案是否有联系……易慎行……"

易慎行轻轻"嗯"了一声，等着她的下文。

许言的视线绕过易慎行的肩，看向不远处的毛泰璋、牢头和四名捕头，说道："试一下，我没有把握，只能试一下。"易慎行伸手握着许言的手，感到她掌心有汗，不由得有些担心，她刚刚还跳进水里救人，是不是着凉生病了？于是说道："我送你回去。"

许言并没有拒绝易慎行手指传来的温暖，她将头轻轻靠在易慎行的胸口，说道："借我靠一下。"听到易慎行稳健的心跳声，许言莫名感到心安，只是她没心思感受他身上淡淡的清爽的味道，脑子里飞快地回忆着所有的案卷材料。

毛泰璋的手指有节奏地敲着桌面，破案之期将至，他有些烦乱，看着角落里易慎行的背影和被他身体遮盖的许言，更是心烦意乱起来。他虽然长易慎行十余岁，但和易慎行共事过，知道他是办事稳妥的人，这才允许易慎行带一个陌生女人进来。这名女子来了后做了一番极有道理的否定，本来让他心中生出了一丝希望，怎么这会儿又没了动作？这案子可怎么破？

一名狱卒匆匆跑来，嘴里喊着："大人，相爷来了。"

毛泰璋惊得张大了嘴。

卓知非仍旧是文质彬彬的模样，说起话来一派春风："我听说毛大人在牢中办案，我想是案情有了重大进展，便过来看看。"卓知非是何等锐利的眼神，他早就看到半个身子躲在易慎行身后的许言，不由得挑高了眉毛，问道："这位是？"

许言低着头，易慎行迎上卓知非探寻的目光，答道："我府上的人。"

显然，卓知非并不相信，但他也不追究，接着问："案子查得怎么样了？"

所有人的目光都聚集在许言身上，她轻轻咳了一声，直接问牢头："那名个子很高的狱卒叫什么？"

牢头看了看卓知非，又看了看毛泰璋，两人面色如常，连忙点头哈腰地回答道："韩伟。"

"多大年纪？"

"三十四。"

"干了多久？"

"五六年了。"

"他家里还有别人吗？"

"就他一个人。三四年前倒是娶过一个妻子，后来不知道什么原因，妻子跟别人跑了。"

"妻子跟别人跑了……"许言重复着，她眼角的余光瞥到易慎行脸色肃穆，手握紧了剑柄。许言心里雀跃，运气不错，"带他过来吧。"

牢头又看向卓知非和毛泰璋，卓知非一脸平静完全是看戏的表情，毛泰璋虽然不明就里，但却点点头。今天是最后的破案期限，死马当活马医吧。

韩伟走过来行礼，仍旧是习惯性地佝偻着后背站着。

许言打量着他，身高近六尺，体格非常健壮，左手握刀，指节长而有力，身上有酒气，左手袖口线头有些松动。动作有些拘谨，但姿态放松，脸微微下垂，掩住眼神，背微微有些佝偻着。许言面对韩伟站好，细细观察他脸上的表情，许言都不说话。许言仿佛看透一切的眼神，让韩伟的肩膀瑟缩了一下，嘴唇动了几下，忍住了没说话。

许言微微一笑，声音很轻柔地问："你叫韩伟？"

"是。"

"多大年纪？"

"三十四。"

"成亲了？"问这话的时候，韩伟的肩头微微耸高，但立刻放松下来，回答道："嗯。"

"有孩子吗？"

"没有。"

"是你的问题？"许言见韩伟脸色微变，接着说，"还是你妻子的问题？"

韩伟握刀的手明显用力，额头上的青筋若隐若现，没有回答，低了低头。

许言心里知道蒙对了主题，继续火上浇油，问道："你父母呢？"

"已经过世。"

"兄弟姐妹呢？"

"我是家中独子，没有兄弟姐妹。"

"不孝有三，无后为大……"许言突然抬高了声音，"你妻子去哪里了？"

"我……我也不知道，我去她娘家找过……"

"你杀了她，对不对？"

"你……你胡说八道些什么？"

"我没有胡说八道，毛大人去她的家乡找过，她已经三年没回过娘家了。试问一个弱女子，不在夫家，也不回娘家，她能在哪里？"反正不需要负责任，许言说谎根本就不打草稿，引得在场的人纷纷看向她。尤其是卓知非，扬起浓眉，似笑非笑地看着许言，许言回瞪他探寻的目光后，仍旧盯着韩伟。

"我哪里知道？我也想找到她。"

"让我猜一下，她身材高挑，面容姣好，家境普通，这样的女子，即便无法嫁入豪门，总可嫁入小康之家，怎么选都选不到你。"连环杀手大多会选择同一类型的目标，这几个关键词都可以在被害人身上找到，许言挑高眉头，似笑非笑地打量着韩伟，"眉毛寡淡，口鼻过大，一副无福无寿也无财的相貌，还健壮高大得像头牛，您这副尊容，难怪要三十多岁才能娶到妻子，还娶了一个那样的妻子。"

易慎行大概知道许言是在刺激韩伟，当他看到韩伟的手紧紧地握成拳头的时候，伸手将她拉回到自己身边。

"让我再猜猜她为什么嫁给你……你没有钱，没有好的营生，父母早亡，没有兄弟姐妹，没有文化。你说，她有没有可能因为婚前失贞才嫁给你？"

许言的话像一颗炸弹，炸惊了在场的所有人。好像她只是随口胡说，但看韩伟的表情，所有人都知道，她说的是真的。可她是从哪里知道的这些事？

原本抱着病急乱投医心态的毛泰璋顿时觉得此案告破在即了，脸上明显露出放松的情绪。

韩伟嗓音粗哑，喊道："我……妻子已经失踪，你为什么侮辱她？"

许言摇头叹道："所谓侮辱是无中生有、小事化大的猜测，我说的都是事实，怎么会是侮辱？你又何必当着这么多人的面说谎呢？你妻子的为人，也不是只有你自己知道。"

"我没有说谎！"韩伟吼叫的声音通过四壁产生了回音，显得更加可怖。

"韩伟，想不想知道，你妻子生了谁的孩子？"

韩伟双手紧握，咬牙切齿地说道："我们婚后无子，她不曾生育过。"

"婚后无子倒是真的，她未曾生育却是假的。我问你，你妻子去哪儿了？你最后一次见她是什么时候？她为什么离家出走？"

韩伟哑口无言。

许言一字一板地说："让我来告诉你，她受不了清苦的生活，与情人私奔了。"

韩伟颓然倒地。

"所以你恨那些在你看来勾三搭四、不守妇德的女人，对不对？你恨女人，却又离不开女人，你天天夜里都梦见女人，梦见那些和你妻子一样身材高挑的女人，你一面幻想着她们就是你的妻子，一面又对她们借腹生子咬牙切齿，对不对？你将她们拖到荒郊野岭侵犯她们，然后用左手扼死，对不对？你用你腰间的佩刀，一刀切下她们的左胸，对不对？你甚至切开她们的小腹，想拿走他们腹中不干净的东西，是孩子，对不对？"

韩伟暴起，抽出佩刀，嚷嚷道："对，是我杀了她们，她们都该死，死一百次也不够。"

卓知非带着的人身手很是了得，看准时机，抬腿正好踢到韩伟的胸口。韩伟后退几步被人按住，他再怎么人高马大、气力惊人，也架不住四五个壮汉的压制，不甘心地大吼大叫。

许言闭上眼睛，却不是因为害怕。六条人命，是他偿还的时候了。许言性格中有极端、黑暗的一面，在她看来，杀人者，就该以命抵命。

易慎行扶了许言一把，见她脸色苍白、眉头紧皱，担心地问："你怎么了？"

或许是太劳累，许言感到头微微地疼，一跳一跳地难受，她微笑看着易慎行，轻轻摇头。

毛泰璋看着眼前风云突变，惊讶全都写在脸上。卓知非虽然维持了面色如常，眼睛却一动不动地盯着许言。

"看来，其他人与本案无关的。"许言轻声说。

易慎行轻轻"嘘"了一声，并不搭话，朝着卓知非和毛泰璋行礼，说："属下先行告退了。"

凶手已经落网，之后就是府衙的工作了，毛泰璋用眼神征询了卓知非的意见，见他没有反对，就挥手放易慎行他们离开。

第七章　长夜

上车后许言靠在软垫上闭目养神，她确实有些累了，很久没游泳的她突然下水救一个半大小伙子，还做了好一会儿的急救，在体力上是个巨大的考验。然而身体上的累远不及头脑的累，如影随形的有一种类似于黑夜扑面而来的吞噬感，她有些害怕。易慎行挺直腰背坐着，耳朵里是许言清浅中带着微微急促的呼吸声，他不受控制地回头看她。不说话的许言看起来很小，是个初长成却又未长成的小姑娘，皮肤清透，五官精致，睫毛浓密而上翘，在眼窝处留下浅浅的阴影，眉心却微微蹙着。她应该是养在深闺人未识的女子，怎么会懂得这么多事情？听到她呢喃着一个名字，易慎行不自主地开口问："你喊的是谁？"

"我喊的啊……是你不认得的人。"许言突然睁开眼，"你看着我做什么？"

易慎行有些窘，结结巴巴地转移话题："你……你知道韩伟的妻子生了谁的孩子？"

许言解释道："我只是临时起意。不过，想想也应该是个有权有势的人家，用尽所有的关系、金钱，仍保不下儿子的命，只好去保儿子的后代。你不是也说送个女人进去不是什么大事吗？"

"话虽如此……"

"易慎行，你有没有想过，如果韩伟知道了那个男人是谁，会做出什么事？"

易慎行脸色突变，立时喊了句："停车！"

许言本来就头疼，这样突然停车，她脑袋跟着眩晕了一下，竟有些想吐，她连忙摆摆手说："走吧，后续的事情，毛大人自然会去处置，你一个守卫京城的统领着什么急，难不成要越权？"

易慎行有些讪讪的，吩咐车夫继续赶车，接着问："韩伟会做出什么样的事？"

"韩伟父母双亡，无兄弟姐妹，没有读书，从事一份远离人群的工作。长相，怎么说呢，让人生恶，让人避之不及，肯定会很自卑。这样的人，本来拥有的就不多，一旦拥有了某种事物，就会用尽全力握紧，生怕失去后，自己的世界一片孤寂。所以我想，他很爱他的妻子，掏心掏肺去爱，娶妻后也想着好好过日子，生个一儿半女，享受天伦之乐。只是没想到，她会因为穷苦而离家出走。刚开始时，他肯定找过她，求她回家，承诺给她好的生活，甚至是死缠烂打、低声下气地请求，只是那个女人再也不肯回到贫贱夫妻百事哀的生活，从刚开始的好言相劝，到最后恶语相向，可能是一时嘴快，将自己借腹生子的事说了出去，这件事彻底激怒了韩伟。韩伟应该是动手了，多半也是杀了她，杀人让他解脱、兴奋、快乐，杀妻更是他心理转变的诱因。往日，他好酒、厌世、对自己的外貌、家室感到自卑，倒也不至于将仇恨转嫁他人，但这件事彻底释放了他心底深处的仇恨，变得完全压制不住。那些借腹生子的女人，对韩伟来说，意味着淫邪、无情、背叛等。所以，在监牢中见到一个又一个借腹生子的女人，他控制不住自己杀人的冲动，他跟踪她们，看着她们高挑的身姿，会忍不住冲动，可能会喝几口酒，他身高腿长，需要慢慢走，要隔得不远不近，既不会被发现又不会失了踪迹，待她们走到僻静处，他会快跑几步，一把勒紧她们的脖子，掩住口鼻，然后……"

或许是被许言脸上的肃杀所震动，易慎行禁不住开口："别说了！"

"他或许还去找过那些男人，在监牢的某个角落恶狠狠地看着他们，看他们即便是将死，仍能吃得好、喝得好；或许也想杀了他们，但是监牢之中实在没有下手的机会，况且他们都是将死之人；或许还曾去找过那些有权有势的家族，甚至与他们起过冲突，只是他一个小小的狱卒，无权无势不说，更是丑陋难看，怕是大门都进不去就要被家丁们暴打一顿。这一切，成就了现在的韩伟。"许言说完，深深吸了一口气，又狠狠地摇了摇头，才将脑海中的影像驱逐。分析一个人的行为模式，就要成为那个人，用他的眼光看待这个世界，难免会受到影响，她笑了一下，说，"这事若是从根儿上说起，还是刑部大牢管理不善，给人权钱交易的机会。"

易慎行做了个噤声的动作，指指帘外的车夫，那是大理寺的车夫。

许言心里突然冒出个念头，他也认为自己是阴司转世？于是说道："你对我的行为好奇吗？我会阅看案卷，能够分析凶手的行为方式，还会用那么咄咄逼人的话逼问嫌疑人使他承认自己杀人了。"

易慎行语气生硬地回答："我不好奇。"

许言轻笑出声："易慎行，你在说谎。"

易慎行皱眉不语。

"虽然每个人的相貌不一样，习惯不一样，但有些表情却大同小异。"许言语调很轻快，"你是极少说谎的人，而且我发现你说谎时，嘴会微微抿着，嘴角下垂，眼睛往下看。"

"许小姐……"

"叫我许言。"

"许言，如果我到许府提亲，你父亲会同意你嫁给我吗？"

许言惊得目瞪口呆，一时不知道该说什么："你你……"

易慎行脸上有可疑的红色，这是他第一次动了成家的念头，对方脸上却露出了不情愿的表情，他男人的自尊受到了巨大的打击："当我没说。"

许言打量着别过脸去的易慎行，过了很久才缓缓开口说："等到有一天，你想明白了为什么要娶我的时候，再说那样的话吧。"

两人才见面几次而已，谈不上感情，他突然有那样的念头，无非是因为她的与众不同，而且，许言还很漂亮。

马车急停，许言一下子没坐稳，几乎要滚到车门掉出去，幸亏易慎行眼疾手快地拦住她，说道："小心。"

许言懊恼自己在外人面前失态，但赶车的是大理寺的人，她不便开口询问，脸色却已经变了。易慎行伸手握紧许言的手，任凭她怎么挣扎也不放，脸上微笑着问："发生了什么事？"

车夫慌张地回答："爷，是一个孩子在拦车。"

"孩子？"易慎行的神色明显放松，许言也轻轻吐出一口气，低声说道：

"放手，一个孩子，能有什么危险？"

易慎行松开许言的手，撩开车帘下车，许言知道自己不方便出去，便选了个轻松的姿势斜倚了下来。

"是你？你有事？"易慎行立刻就认出来这是白天许言救的那个溺水少年，他手里捧着篮子，身体微微地发抖。

少年人的声音自有少年人独特的清朗，他说："我要感谢那个救我的姐姐。"

易慎行拧着眉，问着："你身体没什么大碍了？"

少年摇头，回答道："大夫开了药，说要吃些日子，但我娘吩咐我一定要今天过来寻恩人，怕日后寻不到了。"

易慎行显然并不会处理这样的事，冷着一张脸，不再说话。

"你认得那位姐姐吗？"少年人搂紧怀里的东西，颤着声音问，显然他已经站了很久，又饿又冷。

易慎行点头。

"她住在哪里？我怎么能寻到她？"

"我代你转告谢意！"

这少年虽然又冷又饿，却很倔强地摇了摇头，说："不，我一定要当面谢她。"

车里的许言坐起身，不能再继续沉默了。

帘子微微一动，易慎行伸进来半个身子，皱着眉看她。

许言叹了口气，轻声说："见见也无妨。"易慎行右手握住许言的右手，左手搭在她的腰上，微微用力，将她抱下车。

少年一下子就认出了许言，"扑通"一声跪下来，大声答谢道："谢谢您的救命之恩。"

许言连忙闪身，说："你快起来，我只是做了该做的。"

易慎行见许言眉头微皱、脚下虚浮，知道她是累了，仍旧扶着她，招呼着马夫将那个少年扶起来。

救他的时候，着急慌张，根本就不记得这少年长什么样子，现在许言细细地打量他，是一个眉目清秀的孩子，有一双浓眉和一对好看的眼睛，于是问道："你叫什么？"

少年忸怩着回答："我叫李安超。"他脸微微有些红，救他并朝着他的嘴吹气的那个人，竟然是一个柔弱美丽的女子，"请问……请问您的尊姓大名。"

许言微微欠身，笑着对李安超说："我叫许言……你身体好些了吗？"

李安超脸更红了，有些讷讷地说："好……好多了。"他将手里的篮子放到车上，"我娘说，本来该她过来谢您的，但您救的是我，我该亲自道谢。"说罢，又屈膝，朝着许言郑重地磕了三个响头。

如此大礼，许言自觉受不起，连忙扶起他，说道："男子汉，不要轻易跪人。"

李安超站起身来，又朝着许言深深鞠了一躬，说："大恩不言谢，您若有什么事需要吩咐，我愿意赴汤蹈火。"

许言想笑，一个十岁左右的孩子说着大人的话，竟有几分可爱，她看看天色，又看看瑟瑟发抖的男孩儿，轻声说道："送他回去吧？"

易慎行脸绷得很紧，回答道："你累了一天。"

"现在已经是秋天，晚上很冷的。"许言偷偷捏了捏易慎行的手背，"坐车也累不到哪里去。"

易慎行无奈同意了，但他拿了车内的毯子交给李安超，意思很明白，他不能坐进车里。

虽然时间并不是很晚，但李家村异常安静，只有狗叫声此起彼伏，叫得人心烦意乱。许言搓了搓手，不安起来。易慎行察觉到她的异常，低声问："怎么了？"

许言摇头不语，她觉得车里异常的冷，浑身的汗毛都竖了起来。

易慎行转了个身，拉住她的手，安慰道："别怕。"他张开所有的警觉细胞，一丝陌生却又熟悉的味道慢慢钻进他的鼻孔，易慎行的心微微一沉，沉声吩咐车夫："停车。"

跳下车后，易慎行一手揽着许言，一手握住长剑的剑柄，浑身的清冷气质陡然浓烈了起来，许言不由得微微颤抖起来。

"这就是我家了，你们要进去吗？"李安超以为这两个好心人将他送回来后立刻就走，谁知道他们竟然随着自己下车了。

易慎行示意大家停下脚步，然后让李安超去开门，李安超不明所以，推开院门便喊："娘，我回来了。"

血腥气扑面而来，许言觉得胃里一下子翻滚了起来，幸亏易慎行将她的脸按进怀里，他身上淡淡的清新的味道，让她好受了许多。

"啊……"房间里传来李安超的尖叫声。

易慎行携着许言跑进屋内，他身边是最安全的地方。

房间非常凌乱，左侧的房门倒在地上。

易慎行右手持剑，左手将许言挡在身后。

血腥气险些令许言昏厥过去，她连续深呼吸几次才稳住心神。不过，她仍旧在第一时间伸手死死拉住李安超，不让他破坏现场。

"娘，这是……这是怎么了？"

房间很空旷，原有的东西并不多，只有一桌两椅，如今已经四散开来，离开了原来的位置，一张椅子破裂散落。

李安超的母亲衣衫不整、头发散乱，双目呆滞、姿态颓废地坐在地上，双臂伸向前方，手里握着一把滴血的菜刀。她身后是一名少女，衣不遮体，头发披散着挡住脸，她缩在李母身后，双腿收在身前，试图挡住泄露的春光，右脚的鞋子远远地落在门前。

受害人为男性，个头儿较高，体格偏健壮，头发平整，上衣领口略歪斜，部分压在右颈下，未着腰带，上衣微敞，外裤、鞋子齐整；脚朝外、面朝上躺在屋子正中，面露惊诧，双眼与口微张，致命伤口在胸口，正在汩汩地流着血，按在伤口上的左手几乎被鲜血淹没，右手斜放在体侧。看这样子，凶多吉少。

许言阴沉着脸。

李安超很镇定，既不挣扎也不哭叫，只是大声地呼喊着："娘、姐，发生了什么事？"

易慎行眼神锐利，他已经看出躺着的人没了气息，而行凶的人就是李母。易慎行见她并没有再害人的能力，于是收了长剑，说："你……"

许言揽过话头，轻声说："李……夫人，你好，我叫许言。"

李母眼神呆滞地望向许言，她是面目端庄的中年女子，李安超像他的母亲。

李安超在一旁说道："娘，她就是救了我的大恩人。"

许言试图挣开易慎行的保护，但他手臂极有力，坚决不肯放手，她只得以一个躲藏在别人身后的别扭的姿势继续说："你可以叫我许言……李夫人，你可以放下手里的刀了，这里所有的人，都不会伤害你的。"许言脑子转得飞快，这个现场很明显是正当防卫，缩在李母身后的少女，应该是被躺在地上的这个健壮男人侵犯，而她的母亲为了保护她，失手杀了人。

李母的眼神慢慢有了焦点，竟然轻声笑着，说道："谢谢许小姐救了我儿子。"

"易慎行，你放手。"许言低声呵斥着易慎行，听到李母的回应，她连忙笑了笑，"不客气，安超是个好孩子，看得出来是你把他教得很好。"

李母微微点头，朝着儿子说："超儿，你爹……被我杀了……"

许言和易慎行脸色都是一变，死者是李安超的父亲？父亲侵犯自己的亲生女儿？许言向来认为自己心理承受能力很强，但她此刻仍旧捏紧了拳头，深呼吸好几次才松开手。李安超竟是满脸冷漠，冷声道："死了就死了。"

李母道："超儿，娘是怎么教你的，他再怎么不是，毕竟是你的父亲。"

李安超别过脸，咬着嘴唇不说话。

许言大致有些想法，再次推开易慎行横着的手臂，轻声说："她不会伤着我，我知道你的职责所在会将她逮捕归案，但有些话我一定要说……"她看了看瑟缩发抖的少女："李夫人，地上很凉，你女儿的身体怕是受不了。"

李母看着许言，过了好一会儿，才开口说："超儿，扶你姐姐回房。"

受惊的少女哪里肯离开母亲，挣扎尖叫着拒绝李安超的触碰，许言连忙上前，说道："我来。"她知道受惊吓的少女恐惧任何异性，低声安慰着："姑娘，别怕，你回房换件衣服，别着凉了。"许言一边低声劝着，一边整理女孩儿凌乱的头发，她是眉清目秀的女孩儿，大约也就是十三四岁的年纪。许言用李安超递过来的衣服裹住女孩儿的身体后，才将她扶起来。

里屋极简洁，只有一张床，看得出是普通人家，被褥、衣裤凌乱地落在地上，许言的眼神冷了冷，将女孩儿扶坐在床板上。

"你叫什么？"许言尽量让自己语调平和，性侵对女人来讲，是永远无法恢复的伤害，更何况这是个被自己亲生父亲伤害的少女，"我叫许言，你可以直接叫我的名字，或者叫我言姐姐也好。"

女孩儿仍旧瑟瑟发抖，许言搂着她的肩安抚了好一会儿，她才轻声说：

"安宁。"

"这名字真好听。"

提起弟弟，女孩儿似乎暂时忘了噩梦，说道："你救了我弟弟，谢谢你。"

"任何人遇到这种事都会出手相救的，不必道谢。"

李安宁摇摇头，说道："不是的，我弟弟说，你朝他嘴里吹气，这会害了……怎么谢你都是应该的。"

十万火急的情况下，口对口施以急救并不是什么大不了的事，显然在李安宁等人看来，这是惊天动地的大事，尤其是对她这个尚未出嫁的女子来说更是伤风败俗。许言不由得想到易慎行，除了最初的惊诧与阻拦，他似乎能够接受这样离经叛道的行为，至少并没有表现出嫌恶，或许是因为他就在现场，完全了解自己是为了救人吧。许言微微笑着说道："这件事很容易想明白，命比什么都重要，比女人的名声更是重要得多。安宁，你说对吗？"

李安宁低着头，许久都不曾说话。

许言担心着李母的情况，看李安宁的情绪慢慢平复，便说："安宁，这件事我大约也猜想到是如何发生的，你记住我说的话，命比女人的名声重要得多……你母亲忍辱负重做了许多事情，都是为了你和安超，你不要辜负了她。"

李母仍旧瘫坐在地上，保持着原来的姿势，脸色平静得似乎刚刚杀人的并不是自己。

凶器当然已经被易慎行收到一边。

许言走出来后没有看到随行的车夫，略一思索就知道是被易慎行派去报官了。许言脸色有些悲戚，一个女子，不管出于什么原因杀了自己的丈夫，都是不赦的大罪。

易慎行看到许言瘦弱的身子斜斜地倚在门边，表情有些淡淡的悲伤，他不由自主地过去问道："你怎么了？"

许言伸手揪住易慎行的衣襟，说道："能不能……"

"不能。"

许言苦笑着摇头，说："我不是要你徇私枉法，人总要为自己做过的事负责……易慎行，能留她一条命吗？"

易慎行摇头。

许言了然地点点头，走过去，蹲坐在李母面前，李安超正倚在母亲身边，一动不动，一言不发。

"李夫人，我有话要问你。"

"您问吧。"

"是他先动手的吗？"

"是。"

"这不是第一次，对吗？"

"对。"

"今天，你为什么没忍住？"

李母突然拔高了声音，嚷道："他要欺负女儿，宁儿还是个孩子。"母性的本能逼迫她拿起刀，狠狠地捅进那个男人的胸口。

"娘……"李安超安抚地搂着母亲的肩膀，"姐姐没事了。"

许言用几不可闻的声音说："对不起，我救不了你。"

李母伸手，似乎要去握许言的手，但又收了回来，她的声音变得很低、很温和，说："你救了我的儿子。"

"告诉我，事情是怎么发生的？"

"他早上就红着眼睛看我，看宁儿，我预感到有事情要发生了，一天下来，我不敢让宁儿离开我半步……天色暗了下来，我担心超儿，就嘱咐了宁儿睡觉，然后出门看看超儿有没有回来，就这么一会儿工夫，他就踹开了宁儿的房门……那是他女儿呀，是他的亲生女儿啊，我想着他再怎么脾气暴躁、好色成性，但虎毒不食子，怎么会对自己的女儿做那样禽兽不如的事……"

许言看着痛苦的李母，又看了看面色冷漠的李安超，说："安超，去陪陪你姐姐。"

"我不，我要陪着我娘……"李安超虽然年幼，但也预感到他与母亲相聚的时日不多。

许言伸手拍了拍李母的肩膀，她是村妇，常年劳作，本该健硕有力，却极其瘦弱，想来日子不好过。许言心里涌起一股酸涩，问道："他对别人……"

"他叫李明晨，自小就是村里的恶霸，二十多岁还娶不上媳妇，而我家贫苦，没人肯嫁到我家，兄长一直娶不上媳妇，父母没了法子，才将我嫁到李家，换了大笔的彩礼。"

许言眼神黯然。女人在家从父，出嫁从夫，某种程度上，女儿就是家中的财产，可以用女儿这份财产换取聘礼，换一个媳妇。许家虽然不至于"卖女儿"，但许言对自己婚事的自主权又能比这位村妇好多少？

"我自然不想嫁，但父亲和兄长求着我，我也没办法。成亲之初，他安分守己了一段日子，可后来渐渐暴露了本性，要么偷鸡摸狗，要么欺负乡邻，几次被乡亲们暴打，回家后便打我和孩子们。为了安宁和安超，我一面忍着他的暴行，一面还要到乡邻处赔礼道歉。我也曾苦口婆心地劝过他，但是没用，还遭到一顿暴打。"

许言伸手握住李母的手，轻声说："我晓得你的左右为难。"对女人来说，出嫁意味着失去娘家的庇护，若再失去夫家的保障，便失去了生存的可能。家暴，受伤害的永远是被施暴的那一方，尤其是体力天生弱于男人的女性。

李母轻声说："许小姐，你生得好，家境好，心地更好，自然能嫁得好。"

许言的脸有些红，回头瞥了易慎行一眼，见他专心致志地听，她稳了稳心神，继续问："后来，他如何？"

"后来，我更不敢劝他，他便越来越放纵，有一日竟去欺负我那未出嫁的小妹，父亲和兄长将他暴打一顿赶出家门，更是要我再也不要回娘家了……我能怎么办，那时我怀了超儿，劝他几句，他竟也不管不顾对我拳打脚踢……这些我都能忍，可是宁儿一天天地长大，一天天地变得漂亮，我便发现他看女儿的眼神不对，我日防夜防，夜里都不敢睡得沉，还是防不住……"李母转头看着李安超，"以后没人欺负你和姐姐了，但你仍要好好照顾姐姐。"

李安超低声应着。

"我一点儿都不难过，杀了他我是死路一条，但我的女儿和儿子，就有活路了。"李母脸色平静，语调平和，不像是一个刚刚杀了人的凶手，"许小姐，我能求你件事吗？"

一直沉默不语的易慎行突然开口："不能。"

许言瞪了易慎行一眼，对李母说："你说。"

"我说不行就不行。"易慎行跨步过去，拉起坐在地上的许言，"世间有太多不公平的事，容不下你那么多烂好心。"

"你这是要干什么呀？"许言很累，累到头一跳一跳地疼着，她知道易慎行是为了自己好，她一个不受父亲疼爱的弱女子能帮别人什么，但任曦可以，易慎行也可以呀，"你听她说完不行吗？"

"她不该杀人。"

"在你看来，这是杀人，而且是弑夫的大罪，但在我看来，她是出于保护女儿的本能，是情有可原，是罪不至死的。"许言语气生硬，狠狠甩开易慎行的手，"这事也不用你帮忙，我可以找曦表哥。"

易慎行拉住许言的手腕，将她拖到门外，低声问着："你偏偏要和我作对吗？"

"是你在和我作对！我很累，没精神和你吵架。"许言手腕被握得生疼，于是说道，"疼，你放手。"

"许言，你听我说……"易慎行放松了手上的力道，但仍拉着她，声音很低沉，带着一丝不常见的温柔，"许言，我喜欢你。"

许言没料到易慎行会说出这样的话，脸瞬间变得火热，明明是在说李安超的事，怎么变成了他们俩的事，她的嘴唇动了动，说不出话来。

"许言，我喜欢你，所以，我不容许你去做危险的事。李安超虽然年龄不大，但极其冷静，那是因为他对父亲的仇恨已经在心里生根发芽，这样的人，根本就帮不得。"

"可是……"两个十岁上下的孩子，如何谋生？

"他虽然年龄较小，但少年老成，心思沉稳，既饿不死也冻不着。"易慎行很少说这么多话，他看着一直垂着头的许言，生怕自己哪句话惹恼了她，"你听我的话，不要冒险，更不要去找任曦。"

许言猛地抬头，不小心撞到了易慎行的下巴。他闷哼一声，她慌了手脚，自己的头都隐隐作痛，他的痛可想而知。"易慎行，易慎行，你没事吧……"她伸手去摸易慎行的脸，却被易慎行握住了手，然后感到手背上一暖，竟是被吻了一记。

养在深闺也好，醉心刑侦案件也罢，许言都不曾与哪个男子走得亲近，更不会有人对她有任何的亲密动作，许言愣愣地不知所措起来。

"我决定了，去你府上提亲。"易慎行看着许言红透了的俏脸，心驰神往。

"不行，"许言连连摇头，坚决地再次重复，"不行。"

"为什么？"易慎行收紧手臂将她抱在怀里，"我官职不高，家世一般，确实比不过任曦。"

"你胡说什么呀！"许言双手贴在易慎行的胸口，感受到他略快的心跳，"曦表哥是我的哥哥，不是这么比较的。"心烦意乱的许言赶紧转移话题，"李安超，真的帮不得吗？"

"你真的那么想帮他？"

许言木讷地回应道："我也不知道为何要帮他，或许是可怜他的母亲吧，她太不容易了。更何况，她罪不至死……"

易慎行长长地叹口气，决定妥协，说道："我送他二人到师父那里，我师父叫吴游天，是江湖中数得着的人物。"

之后的事情很简单，官衙来的捕快带走了李母，也抬走了李父的尸体，李安宁和李安超姐弟被易慎行安排人送往吴家坳。考虑到李安宁受了惊吓，易慎行将马车留给他们，而他则骑马送许言回别院。

时间已近午夜，许言透支了体力和精力，坐在马背上昏昏欲睡，几次要跌下马来，幸亏有易慎行将她搂在怀里。

易慎行低头看许言闭着眼，凑到她耳边，轻声唤她："言言……"

许言听到有人这样亲密地叫她，一下子清醒过来，坐直了身体，问："什么事？"

"累了？"

许言可以感受到易慎行浑身散发着热气，温和但不灼热的气息让她有一瞬间的眩晕："不累，只是……不爱骑马。"

易慎行低声笑着，胸口上下起伏着，沉稳的频率让许言的心也随之跳动。

"我背你好不好？"易慎行跳下马背，抬头朝许言伸开手臂，"我背你。"

一向不苟言笑的易慎行眉眼弯成好看的弧度，面部线条立刻就温和了，许言竟觉得自己被他迷住了，害羞地说道："我很重。"

"我背得动。"

第八章 狼牙

　　易慎行吐露心声并没有真正吓到许言，反倒让她静下心来认真考虑婚嫁这件事。许言敏锐地意识到境遇的不济，换个角度去看便是改变的机缘，她现在拥有的或许在许崇道、廖氏、任曦等人眼里不值一提，然而在她看来却是圆满得恰到好处。比如，父母的不闻不问才有了她狭窄的自由，任曦的暖昧不清恰给了她适时的保护，还有易慎行，他的出现或许能带来某些转机。就婚配而言，任曦与易慎行都算良人，从人品来看，这两人都算是品行端正，任曦多少带着些圆滑，易慎行则正直些；从外貌和家世上看，任曦自然是好过易慎行的。总体来说，或者说从世俗的角度来看，任曦好过易慎行。但许言内心的天平却倾向于易慎行这边，她一直记得被易慎行搂在怀里时，那清爽的气息和温暖的体温让她迷恋，她不否认自己是有一些心动的。

　　"怎么会呢，才见他几面而已。"许言自言自语道。

　　柳儿疑惑地放下手里的绣品，问："小姐，你怎么了？"

　　许言的脸微微一红，掩饰道："没……没什么。柳儿，你在绣什么？给自己绣嫁妆吗？"

　　单纯的柳儿即刻被转移了话题，脸蛋儿红红地瞥着许言，说道："您就打趣吧，这手巾是嫣然小姐教我绣的，我是……我是绣给小姐的。"

　　"我看看。"许言凑过去，是一块素白的绢子，一角上绣了几株青竹，显得淡然优雅，"很好看呀，可是我多的是各种绢子，不用你劳神费眼地绣了。"

"小姐呀，您真是要气死我了。"柳儿跺脚，将手里的绣品塞到许言怀里，"您想想，曦少爷多久没来看您了？"

许言虽然对感情一事较迟钝，但她还不至于愚蠢到不明白柳儿说的是什么。

"这里的护卫，都是曦少爷的人，您和易统领来往密切，曦少爷怎么会不知道？以往三五日，曦少爷肯定会来一趟，可这回已经十日没见着人了。肯定是因为易统领，他生气了。我绣这块帕子，就是要您送给曦少爷的。"

许言失笑，又懒得与柳儿解释，她斜斜地倒在榻上，笑得肚子都痛了。

"小姐，您还有心情笑。"

许言好不容易忍着不笑，但眼角和眉梢的笑意还是让柳儿恨恨地盯着她看，许言知道柳儿是在关心自己，握住她的手说："曦表哥有生意要忙，不会时时到这里来看我。"

"可是……"

"柳儿，这事不要再提了，对曦表哥不准提，对易慎行也不准提。"许言极少用这样严厉的语气说话，柳儿虽然满心委屈，却也点了点头，"好了，陪我去爬爬山吧，你看天气多好，秋高气爽。"

自那日下水救人后，许言开始注意锻炼身体。这段时间她总是睡不好，睡睡醒醒间总是在做梦，总能看到醉心于篆刻的自己，影像渐渐重叠，变作在大牢中侃侃而谈、围追堵截韩伟的自己，不跑到筋疲力尽便没有一刻安眠。

别院依山傍水，前门是一汪湖水，后山是整片的竹林，是绝佳的休闲所在。许言看到美景立刻轻松起来，脚步更是轻快，柳儿身体素质不如许言，走了没多久，就落下很远的距离，不得不气喘吁吁地喊她，许言就停下来等她。

许言本来不喜欢竹，因为她觉得竹会抢走周围植物的养分，过于霸道了，但这成片的竹林不但抓住了许言的眼睛，还抓住了她的耳朵，竹与竹相拥而立，风穿过间隙，似哨声扬起，悠悠不绝。许言没来由地想到易慎行的师父，他是江湖中数得着的人物，那他会不会是个隐居于世的绝顶高手？会不会跃上梢头在竹林中游弋？像一只大鸟，拍着风头，傲视竹林。许言心里想着，竟有了几分想要见易慎行的冲动。

"小姐……"

"嘘……柳儿，你听，你听听竹林的声音，多动听。"

柳儿哪分得出什么动听不动听的声音，她喘气还来不及呢，但她也不打扰许言，只是眼睛不闲着地四下看，企图找到下山的捷径，却发现远处有几个穿着官服的人，中间那个身材颀长、站得笔直的人，显然就是易慎行。易慎行也看向这边，确定是许言和柳儿后，飞快地走了过来。

许言闭着眼，嘴角衔着微笑，呼吸清浅悠长。

"易慎行，你也来爬山吗？"虽闭着眼，却不妨碍她准确判断出身边的人是谁。

易慎行轻轻"嗯"了一声。

"你说谎，这里是任家的私人属地，一般人是不会进来的。再给你一次说实话的机会，你来干什么？"许言睁开眼，微笑地看着易慎行，眼里是少见的俏皮，易慎行不由得跨前一步，握住许言的手，低声说道："我来看你。"

许言的脸微微一红，笑着抽回自己的手："你又说谎。"

易慎行看着站在一旁一脸戒备的柳儿，正色说："我来查案。"

"哦？是什么案件需要你九门统领来查？"许言左手握住刚刚被易慎行握了一下的右手，指尖尚有他的温度。

"这次的受害人身份特殊，皇上将案子直接交由大理寺查办，并特地命我辅助查案。"易慎行看着许言，脸上的表情很奇怪。

"易慎行，你有什么话要说？"

易慎行知道瞒不过许言，拉她走到一边，低声说："受害人是被猛兽咬断了脖子，或许是狼。"

"你要查嫣然？"

"任何线索都要核实。"

许言摇头，说道："白默是不会伤人的。"

"我知道，但王少杰的家人到洛州府衙报案说，自己的儿子被一匹白狼咬伤后不治而亡，白狼和白狼的主人被你带走。这件事，你父亲……"即便易慎行及时闭嘴，许言也猜得到，自己的言行终究惹怒了爱面子的父亲，所以她在别院住了这么久都无人问津。

"你不相信我吗？"

"我相信你，但我不相信纪嫣然，她来历不明，要查。"

远处的柳儿不知道易慎行和许言在谈什么，急得团团转，恨不得飞回别院找护卫过来赶走那个讨人厌的易慎行。

在许言的要求下，只有易慎行一人回别院向纪嫣然询问，她怕去的人多了，惹恼了白默，一匹狼发起火来，后果难料。

纪嫣然话不多，静静听完易慎行的问话，只回答道："不是白默。"

易慎行也不是话多的人，问完就走，许言追上他，解释着："易慎行，查案要事实清楚、证据充分才能定罪，你不能因为受害人是被猛兽咬死的，嫣然又养着一匹狼，就认定凶手是她。再说了，即便是白默咬死了他，若没有证据证明是嫣然指示或者诱使的，就和她无关。"

易慎行顿住脚步，很突然地问："想我了吗？"

许言一愣，脸红了，舌头也不灵活了，支吾着："你……怎么突然……"

"这些天，我一直想……想与你谈一件事。"

许言愣住了。

"我今年二十四岁了，原本早该成家，只因为我一直在军中服役，才有所耽搁。我父母早亡，本来没有人能干涉我何时娶妻生子，然而这些年我总在皇上面前走动，难免会有被赐婚的可能。我思来想去，与其娶一名我根本就不认识的女子，还不如趁自己做得了主，由着自己来选。那一日，你说等我想明白了为什么想娶你的时候再说上门提亲的话，我认真想了许久，你性情不同于一般女子，有见识，有决断，想要自己做主自己的生活，不会甘心由着父亲为你择婿。既然你我有共同的需求，何不定下婚约？你嫁给我，免得皇上指给我一个刁蛮任性的富家女，我也承诺给你自由，你想做什么、说什么，我都依着你，绝不干预。"

易慎行本来就不是健谈的人，难得说这么多话，而且说的还是这样的话，立刻就结结巴巴、词不达意起来。许言听明白了，他的意思是两人各有所需，他们成亲，可免去世俗的牵绊，还可以安心做自己想做的事。只是，许言不傻，易慎行若真想娶一个当作幌子的妻子，人选有很多，何必来找她这个性格不算温和、长相不够美艳，还时常有些惊人之举的人呢？怕是……许言的脸越来越红了。

许言迅速吐出几个字，然后便匆匆向前走去："我会考虑的。"其实拒绝的话就在嘴边，却如何也说不出口。许言对自己说，她是因为觉得易慎行的建议具备可行性才犹豫不决的，一定是的。

易慎行粲然一笑，快走几步跟上许言，说："我会请求师父同意我去许府提亲。"

"易慎行，"许言停住脚步，"这事我会考虑，但不代表我同意你的想法。我还有很多事情没做，二哥要的印章、三嫂要的画，我都还没……况且我才十六岁，我还……不想现在就嫁人。"

"需要等多久？"易慎行那灿烂的笑容还在脸上挂着，"一个月？半年？或是一年？"

许言愤愤地说："易慎行，不要和我嬉皮笑脸的。"

易慎行微笑地看着她，一言不发，眼里温情脉脉，他那么冷淡的人，笑容竟然如此温暖。许言心里一暖，脱口而出："留在别院吃饭吧，我们谈谈嫣然的事。"

近一年来，许言有了下厨的兴致，时常就找厨子学做饭，更一改往日的甜腻口味，爱上了浓油重酱的咸鲜口味，还央求任曦帮她寻来一个北方的厨子。放下笔墨、刻刀，读书之余，她也进进厨房，学学做菜，竟有些成就，虽然刀工一般，但胜在味道鲜美，被任曦、柳儿等人称赞得飘飘然，一日三餐倒至少有一餐会亲自动手。

许言领着易慎行到了厨房，她一边围上围裙，一边问："易慎行，你是洛州本地人吗？"

易慎行一愣："我不知道。"

"怎么会不知道呢？你父母是哪里人呢？"许言眼看着易慎行脸上的微笑渐渐消散，意识到自己问到了禁忌话题。

"我不知道自己的父母是谁，是师父将我带大的。"

许言连忙转移话题："对不起……你喜欢吃什么口味的饭菜？"

易慎行看着手脚并用、忙进忙出的许言，心里涌起一阵难以名状的温暖：

"我不挑剔。"

"偏爱吃什么？"或许是因为自己说错了话，许言补救般地一句一句地问他，"总有爱吃的东西吧，爱吃海鲜还是爱吃肉？爱吃咸的还是爱吃甜的？或是爱吃辣的？我厨艺很一般，刀工也差，而且只会做咸鲜口味的饭菜。"

"你做的我都爱吃。"易慎行这种性格的人居然会说情话，还毫不吃力，许言轻轻"呸"他一口，转身进了内厨，心里却为自己那一刻的喜悦狠狠地不齿了一把："你在这里等着。"

或许是因为之前的话题，两人都有些沉默，连夹菜的动作都轻缓了很多。一顿以谈话为目的的饭菜吃得很是沉闷，许言决定还是谈谈案子吧，这是个安全的话题："死了几个人？"

"包括王少杰在内，共四个。"易慎行推开饭碗，"兵部尚书董会新次子董明、吏部尚书谢华独子谢济轩、富商刘祥海幼子刘宗斌。第一个被发现的是谢济轩，就在尚书府外；其次是刘宗斌，在东临门外；最后是董明，在后山竹林被发现。他们三人并不相识，没有共同的朋友，不曾有共同的爱好，不曾见过同样的人，尸体发现地点没有关联，唯一的相似之处就是都被猛兽咬断喉咙致死。"

许言静静地听着，等易慎行说完，她才开口说："还有一个共同点，他们的身份特别。白默在街上伤了王少杰只是偶然事件，而且王少杰并不是当场死亡，所以基本可以确定并不是同一凶手所为。"当然，也有可能是凶手的作案模式发生了变化，许言心中记挂着纪嫣然，没有将这句话说出口。

易慎行点头，表示认同许言的说法。

"在连环杀人事件中，找到死者的共同点是非常重要的，有了共同点就能分析出动机，动机是犯罪中非常重要的一笔，所以……"

"言言……"易慎行打断许言的话，"你说的话，我听不明白。"

许言歉意一笑，决定先给易慎行做一个简单的解释："为什么杀人、怎么杀人、杀人凶器、时间、地点，可以用来锁定也就是寻找凶手，就好像给人画像似的，每个答案都是一笔，找到的答案越多，画出来的画像就越清晰，就越容易按图索骥找到凶手。"

易慎行仍旧一脸疑惑。

"嫣然的来历我确实了解得不多，但她一向不与人争，身体又不好，实在没有杀达官贵人的动机。这些日子我们天天在一起，白默也在，她也没有伤人的时间，况且她和白默根本就没有进城，你负责京都九门的安全应该比我清楚。"

心里有事，许言晚上更加睡不好，白天靠在榻上有了些睡意，便任由自己睡着，蒙眬间，她又进到那间黑漆漆的屋子，黑暗弥漫，屋子仿佛无限大，只有那面镜子闪着光。可以听到很多声音，远远近近、吵吵闹闹却怎么也听不清楚，许言怕极了，恐惧令她慌张，颤抖到连路都不能走，环顾四周，一片漆黑。

"许言，许言……"许言轻声喊着，"许言，许言，你在那里吗？"

镜子仿佛渐渐远离她，黑暗即将没顶，许言吓得尖叫一声，猛然醒了过来，立刻睁开眼，发现自己仍旧躺在洒满阳光的榻上，嫣然靠在近旁，正皱眉看着她。

许言心怦怦乱跳，说不出话来，笑了笑，算是打了个招呼。

"言言，你在喊自己的名字。"纪嫣然轻声说，又坐回到自己的位子上，她眼眸明亮，似乎能看穿许言的心。

许言不想与纪嫣然说起这个可怕的梦，只是应了句："是吗？我困极了。"她打了个掩饰的哈欠。

纪嫣然仍旧看着她，默不作声地看着，过了好一会儿才说："言言，别怕，名字只是个代号，你还是你，无论怎么样都是你。"

纪嫣然说得很玄乎，许言想问她什么意思却来不及了，因为她看到任曦带着几名官差走了过来。看到许言脸色发生了变化，任曦快走几步，将她挡在人群的视线之外，说道："言言，相信我，没事。"

"可是……"

许言尚未从惊梦中清醒，更不知道该如何应对官差抓人，眼睁睁地看着捕快将纪嫣然和白默带走，问道："易慎行怎么不来？"

任曦眼底闪过一丝不快，但还是回答着："易统领负责守卫京畿安全，原本就不该为这些小事分神。"

许言听出任曦语气中的不满："你们之间……不合？"

"他是官，我是民，没什么合不合的。"任曦坐下，喝了口茶，也不管杯子是许言刚刚用过的。

许言抢下杯子，羞涩道："曦表哥，你用了我的杯子。"

"不能用吗？"任曦一直盯着许言的脸，看得她甚至不敢直视他的眼睛，但终究是任曦不忍，叹了口气，说道，"这件事，不好处理。"

"那你还……"

"我只能保护你，多一个人都超出我的能力范围。"

"嫣然是无罪的。"

"那匹狼咬死了王少杰。"

"是王少杰挑衅在先，白默护主在后，责任并不在嫣然。"许言深深吸了口气，"曦表哥，我不与你多说，我要去大理寺，不能让嫣然承担她不该承担的责任。"

任曦脸色阴沉，语气也冷了几分，问："你去找易慎行？"

许言感到不可思议，易慎行是九门统领，他的职权哪有主管案件的大理寺广泛？于是说道："我是去找毛泰璋大人。"

任曦粗粗地喘了几口气，问道："言言，你何时与易慎行这么亲近？"

想到易慎行之前对她说的那些话，许言的脸有些发热，不过她仍旧解释一句："曦表哥，我和他，不是你想的那样的……"

任曦又叹了口气，说道："我本该回林州的。"

许言木讷地吐出一句："何时走？"然后才反应过来，"曦表哥要长留京城吗？"

任曦恢复到平日宠溺许言的模样，伸手要拍拍她的肩，许言下意识地躲闪，他的手尴尬地悬在空中，缓缓握成拳，低声叹息道："过几日便走。"

见任曦起身欲走，许言追过去："带我去见见毛泰璋吧。"

"言言，这件事容不得你插手。"

"那我也不能见死不救呀，曦表哥，至少让我见见嫣然。"

任曦狠心地呵斥着："不行。"

"曦表哥……"

"从今日起，你不得离开别院半步，我会让凌峰看着你。"说罢，任曦大踏步地离开。

如今的许言，即便内心如何的彪悍强势，没有男人的扶助，也帮不了纪嫣然，难不成要去击鼓鸣冤、拦轿子、告御状？倒也不是没可能，任何时代的统治者都在意声望，更怕被史书写成昏君。只是这么做成本太高，还没把纪嫣然解救出来，就有可能先把自己搭进去了。要洗清纪嫣然的罪名，最好的办法是找到真正的凶手。

许言想事情的时候会习惯性地仰头看着屋顶，呢喃着："大前提，嫣然有一匹狼；小前提，有人被狗或是狼咬死……根本得不出唯一的结论呀……"

"你在说什么？"

许言一听到是易慎行的声音，连忙跳下椅子，说道："带我去见毛泰璋。"

易慎行脸上原有的一丝微笑慢慢隐去："不可以。"

"为什么？"

"毛大人是正二品的高官，哪是你想见就能见得到的？"

"易慎行，你不要和我说谎。"许言正色道，"我要听实话，多残酷都要听。"

易慎行身子站得笔直，脸色阴沉，嘴唇抿成一条线，身上那种与生俱来的清冷气质写满了拒人于千里之外的决绝。

许言知道易慎行看起来冷眉冷眼，却比任曦好说话，此刻她也只能寄希望于他了，于是放缓了声音，问："你怎么来了？"

易慎行眸光一闪，不由得放松了身体和声音："我来看你。"

"曦表哥的人，让你进来？"

易慎行脸上闪过一丝自负，答道："凌峰不是我的对手。"

"你与他打了起来？受伤了吗？"许言跨前一步，脸上的急切取悦了易慎行，他伸手去拉许言，说道："没有，我是偷偷进来的，凌峰不知道。"

许言脸有些红，抽回自己的手，羞涩地说："别动手动脚的……我说正事，为什么不许我见毛泰璋？"

易慎行伸手握住许言的左手，将她带到榻上坐下："这事，你不要管。"

"嫣然是我的朋友，我不能不管。"

易慎行是站有站相、坐有坐相的军人，即便是坐在榻上，也挺直了腰背，许言看着都觉得累，遂放松了身体，靠在靠垫上，许久，两人就这样坐着。

"易慎行，我是个性格古怪又孤僻的人，很希望自己能有个朋友，却又放不下防备之心，和所有人相处，眼里、心里都装满戒备，天长日久地，大家就慢慢疏远我，把我说成一个乖张孤傲的怪女孩儿……"

"你不是那样的人！"易慎行冷硬地打断许言的话，"我就是喜欢你与旁人不同。"

许言心里泛起一阵感动，拍拍易慎行的手臂，笑着说："你啊，连安慰人都不会……"

易慎行清晰地看到许言眼中的水汽，想要安慰，却无从说起，甚至许言说的许多话，他都没听懂，他看到她两只手别扭地纠缠在一起，纠结得指节泛白。

即便说着心底里最悲伤悔恨的事，许言脸上的悲切之情并不多，澄澈的眼里氤氲着雾气，雾气一点一点地凝结在睫毛上，最后顺着睫毛滴落。

易慎行的视线原本是落在许言的脸上，可又不好意思一直盯着她看，便昂首挺胸地坐直，盯着面前的字画，听到许言语气中的悲伤，转头看她时刚好看到许言睫毛上挂着的一滴泪珠缓缓滑落，这一发现令易慎行心惊。他虽然认识许言时间不久，但也知道她性情冷静，情绪极少有大悲大喜的波动。容不得多想，易慎行已经伸出手轻轻地擦去许言脸颊上的那滴眼泪。

许言双手捧住自己的脸，深呼吸了好几次来平复情绪，一颗心落定后，她有些后悔，怎么会对易慎行说起这件事呢？即便对易慎行有些好感，可终究不算是了解透彻。

易慎行静默了好一会儿，沉声说道："我不会撇下你，你想要我在的时候，我都在。"

许言微微弯着的身子有些僵硬，抬不起头，也收不回手，只从喉咙中发出一声低低的"嗯"。

第九章　堂辩

易慎行是在大理寺公审纪嫣然那天带许言去的。因为是官宦子弟受害事件，因此，不但有死者家属旁听，更有不少百姓聚集在大堂外，要看毛泰璋如何审理一名弱女子，如何审理一匹凶悍的白狼。纪嫣然安静地跪在大堂中央，仍旧衣冠整洁、姿态优雅，一看就知道并未受苦。白狼被关在铁笼子里，密密匝匝的铁栏杆将它锁住。

许言换了男装，在人群中隐藏了身形，她决定先看清形势。人群中突然一阵骚动，许言被身旁的人挤了一下，险些摔倒，扶住身边人的手臂才得以稳住身体。

"谢谢。"许言下意识地道谢，定睛一看，竟是凌峰，凌峰低眉看着许言，说道："请随在下离开。"

许言哪肯在这个时候离开，但也知道凌峰是受了任曦的指示才看着自己的，于是小声地说："我只是来看看嫣然。"

"不要为难在下。"

许言被骚动的人群推挤到一旁，凌峰将她护在身侧，却是将她带离此处的动作。

"凌峰，你敢动我一下试试？"许言见软的不行，就只能来硬的了，"这里是大理寺的大堂，信不信我大喊一声就能治你个猥亵妇女的罪？"

凌峰虽然听不懂什么叫猥亵，但大约也知道不是什么善意的词，只得松开手。

毛泰璋已经走进大堂，他身材高大，脸庞黝黑，有一股不怒自威的气势。几乎是在他走出场的瞬间，整个大堂一片安静，许言心里叹服，黑脸判官果然了得。

毛泰璋威严的目光扫视全场，在看到许言时微微停顿，然后又若无其事地移开了目光。许言摸了摸头上的帽子，嘀咕着："是被认出来了吗？"

"今日的公审不但关系到四位年轻人的性命，而且关系到我朝京都的安危，因此，皇帝命卓丞相和刑部尚书宫大人监审……"

许言这才注意到坐在左侧的人是卓知非。在大牢的时候，她只顾着盘问犯人，没来得及认真打量这个年纪轻轻就官居一品的丞相，现在看来，这个卓知非是一派文人长相，虽然穿着官服，却温文尔雅，就连一旁的宫且云都显得比他凌厉。卓知非一张脸虽谈不上英俊，倒也端正耐看，尤其是一双凤眼，笑起来勾人心魂。

或许是察觉到自己被人盯着看，卓知非看向许言的方向，眼神深邃幽深，许言低下头，卓知非微微一笑，也收回了目光。

就在许言胡思乱想的当头，毛泰璋狠狠地拍了下惊堂木，喝道："看来不打你，你是不会招的！"

许言惊诧地抬头，一句"住手"不受自己的控制脱口而出，周围的人纷纷看向她的方向。

毛泰璋脾气向来都好，况且许言帮过他那么大一个忙，易慎行又对许言护卫态度明确，总要给易慎行一个面子，他准备放许言一马。倒是刑部尚书宫且云已经低喝出声："是谁咆哮公堂？"

这或许是替纪嫣然开口的一个好时机，许言跨出一步，朗声说："难道是要刑讯逼供吗？"

毛泰璋轻咳一声，说："你是何人？"

"我只是路过此地的外乡人，听说洛州府衙今日公审恶狼伤人案，本想着长长见识，没想到竟然看到一出屈打成招的大戏。"许言做出一副嗤之以鼻的样子。

宫且云一句"大胆"声音还没落地，卓知非开口，平静地说："既是公审，就要令旁听者心服口服……你有何高见？"

看着卓知非似笑非笑的样子，许言莫名的有些恼火，不由得抬高了声音，说道："任何人未经审判是不得被定罪的。纪嫣然不过是犯罪嫌疑人，毛大人就要她身戴刑具跪在地上，不认罪还要刑讯逼供，这不是未审先定罪吗？既然已经定了罪，又何必假惺惺地公开审理？"

卓知非惊异于许言的伶牙俐齿，刑部大牢一见，他只觉得这个小女子虽然看似柔弱，但头脑清醒、反应迅捷，没想到还有这种振振有词、咄咄逼人的时候。许言又道："要判定一个人是否犯罪，就必须要经过律法的审判，就像是今天的公审，甚至是三司会审、九卿会审，必须要证据确凿，而不是用屈打成招的口供来定罪。"

卓知非微微一笑，说道："你懂得倒挺多，此案人证、物证俱在，难道不是证据确凿？"

许言瞥了一眼气炸了的宫且云和一脸疑惑的毛泰璋，轻哼了一声："物证是白狼？人证是王少杰的家人？且不说死者家属的证言效力有限，单说白狼，一头畜生咬死了人，主人就要偿命吗？那使刀使剑的伤了人，铁匠是不是该偿命？"许言知道自己在强词夺理、偷换概念，既然无罪推定不被认可，就不要怪她使用逻辑陷阱。

卓知非和毛泰璋交换了个眼神，眼里除了惊诧，还有一丝了然，许言眉头一皱，难道卓知非和毛泰璋早就知道纪嫣然不是凶手？那么他们的目的是什么？但开弓没有回头箭，许言继续说道："说纪嫣然指使白狼杀人，就必须要明确搞清楚几个问题。第一，她为何杀人？杀人无非为财、为权、为色，死者是丢了绝世宝物还是失了身？纪嫣然一个弱女子，又有何权势可谋求的？第二，如何确定咬死人的就是白狼？我想仵作在验伤时肯定说死者是被猛兽咬死，却没有办法验证伤口大小和白狼的牙齿是否具备同一性。第三，纪嫣然是否有作案的时间？死者多在城里被杀，询问一下守城官兵就能知道纪嫣然、白狼有没有进城，一人一狼目标很明显，只要见过就肯定记得住。"

卓知非的眉毛不由自主地挑高，他从未见过这样的女子，姿态优雅镇定，言语却犀利有理，不留半分余地。

"狱事莫重于大辟，大辟莫重于初情，初情莫重于检验。"宋慈所著《洗冤集录》开篇第一句，既是千古名句，也是办案指南，"既然要定纪嫣然杀人之罪，证据就应该是不容置疑的。我想问问各位大人和在场的乡邻，大理寺勘验现场的时候都得到了哪些有力的证据？这些证据是不是都直指纪嫣然？死者死于猛兽噬咬和纪嫣然养了一匹狼，能否直接推论出纪嫣然就是杀人凶手？"

许言不喜欢卓知非探究的眼神，特地避开，只看主审法官毛泰璋。

毛泰璋轻咳一声，说道："还要听犯人的回答。"

"犯人？"许言抓住毛泰璋的语病直接攻击，"毛大人，任何人在被定罪前都是无辜的。"

卓知非右手轻轻敲打着桌面，开口说："不少顽劣之人，不打是不肯招的。"

许言反唇相讥："也有不少善良之人，就是这样被屈打成招的。"

卓知非微笑不怒，说道："那照你看，该如何办理此案？"

许言一愣，她已经作好了被扔出衙门的准备，就算是给父亲面子，也逃不过一顿板子："必须要对现场进行仔细的勘察，对尸体进行严格的检验，对死者的人际关系进行初步的筛选，然后比对几起案件的相同之处与不同之处，最终勾画出凶手的特征，据此寻出凶手。"

"这位公子……"卓知非伸手拦住已经被气得面红耳赤的宫且云，温和地开口说，"你说得头头是道，不知能否协同大理寺办案？"

许言又是一愣，然后摇头说："不行，从理论上来讲，我也可能是凶手，何况我与纪嫣然是朋友，需要回避。"

"无妨，我相信你不是凶手，更不会因为朋友情谊而徇私。"卓知非说得轻松，许言听起却不轻松，她只想让纪嫣然脱罪，却不想掺和这件事，她有一种莫名的预感，这起案件并不是杀人那么简单。卓知非继续说道："这件事影响极大，总要有个交代。"

卓知非分明就是在暗示许言——若是不答应寻找凶手，就要拿纪嫣然来顶罪了。许言暗暗咬牙，说道："我只是一介平民，没有勘查案件的权力。"

卓知非眼底的笑意更浓了几分，甚至嘴角都勾起了微笑的弧度，说道："毛大人，给这位公子一枚大理寺的腰牌。"

毛泰璋与卓知非似乎有一种默契，他迅速指挥手下将大理寺的金字腰牌送给许言，这种默契让许言心里的不安加重了几分。她迟疑着，不去接那枚如同烫手山芋一般的金灿灿的腰牌。

"卓相。"

听到易慎行的声音，许言迅速转身。他站得笔直，清冷的声音中透着一丝急切，他将许言送到这里后就回了统领衙门，但又很不放心许言一个人在这里。他的脸有些红，显然是在获知许言的事情后匆匆赶来的。

"卓相，在下请命办理该案。"

"易统领越权啦！这案子是大理寺的，不是你统领府的。"

"下官奉皇命协同大理寺办案，对案件比较了解，可担此任，如果没有找到真凶，任凭卓相处置。"

"易慎行，你……"许言要拦着他，不希望他引火上身，而易慎行似乎预见到许言的反应，已经跨前一步，挡在许言身前。

卓知非一脸似笑非笑的表情，说道："既然易统领愿意为朝廷分忧，就准了吧，不过此案既然交由大理寺侦办，毛大人也不能袖手旁观，不如仍由大理寺和统领府协同办案，你们之前就合作过，案子办得很漂亮，再加上这位……"卓知非低声一笑，顿了顿又说，"再加上这位能言善辩的公子，一定能够缉拿真凶。不知宫大人和毛大人有无异议？"

毛泰璋和宫且云怎敢说个"不"字？卓家几代人中，数十人入朝为官，更有几人贵为宰相，在朝中的势力不亚于皇族，有谣言称卓知非会迎娶先皇幼女——年方十五的公主明铮，他即将成为皇帝的妹夫，这样的权势，无人能及。

许言是在易慎行和凌峰两人的陪同下离开的，她知道自己的身份迟早会被发现，虽然卓知非有意隐瞒，但在场人多口杂，怕是瞒不了多久。事已至此，她也只能用"破罐子破摔"的心态安慰自己，说道："凌峰，你去回禀了曦表哥吧。"

凌峰看了一眼易慎行，点头离开。

许言转头看到易慎行的脸色有些憔悴，眼眶发青，下巴上还有久未处理的胡楂儿，想想九门统领算不上什么高官，但毕竟是卫戍京城的要紧职位，公务肯定繁忙，而自己还给他添了一件本不属于他的事务，这事做得好了，功劳恐怕是大理寺的，若是办得不好……许言轻声说："对不起，连累了你。"

易慎行不说话，默默走向在一旁等候的马车。

许言见四下无人，伸手钩着易慎行的手指，轻声说："谢谢你。"易慎行握紧许言的手，又迅速放开，声音有些低哑，说道："暂时不要回别院，那里不安全。"易慎行指了指驾车的人，"这是我的师妹罗敏，她会将你送到我府上。"

许言注意到驾车的人，虽然穿着男装，但皮肤白皙，握着缰绳的手指纤细，更有女性曲线若隐若现，刚刚她也在大堂内听审。

"你呢，不回去吗？"许言问易慎行。

易慎行摇头，说道："我要去见卓相，晚间回来看你。"

罗敏显然是个快言快语、性格外向的女子，见许言呆呆地看着易慎行远去的身影，不耐烦地说："快上车，师哥又不是上战场，怎么还依依惜别了起来？"

许言被她说得脸上一热，连忙爬上车，说道："多谢罗姑娘。"

"不用谢我……我还是头一次见师哥对一个女子这么上心。"

易慎行的宅子并不大，布局也很简单，许言偷偷松了口气，不用担心会迷路了。

罗敏眯着好看的眼睛打量着许言，调笑道："我还以为是什么国色天香的女子呢，怎么矮小得像个娃娃？"罗敏身材颀长，兼之练武，显得高挑又英武，五官虽然不如许言精致，但浓眉大眼，英气十足。同样是穿着男装，罗敏像个美公子，而许言却瘦小得像个小男孩儿。见许言一脸的窘态，罗敏也察觉到自己言语中的不妥，于事无补地又来一句，"我就是这样直来直去的性子，你不要多心，师哥喜欢的，我就喜欢。"

许言脸更红了，这个罗敏当真是个有口无心的人？

"哎呀，你脸红什么呀，这里就我们两个人，难道师哥不是真的喜欢你吗？"罗敏大大咧咧地坐下给自己倒了杯水，仰脖一饮而尽。

许言强装镇定，说道："罗姑娘，不知是否方便帮我找件衣服，这衣服……"

罗敏身手敏捷地跳起身来，说："师哥已经差人去接你那个小丫鬟了，估计也快到了，她会给你带衣服的。我先走了，若有什么事，差人叫我一声就行。"

许言一连三天都没见到易慎行，在他府上住着，她也不好任性妄为，只好把自己关在屋子里，绞尽脑汁地想案子。

三天后，易慎行终于出现，许言自是迫不及待地问："案子有新进展吗？"

易慎行眨了一下黑亮的眼睛，握住许言的手，问："在这里住得习惯吗？"

"我问的是案子，案子！"许言莫名有些火大，"这么重要的案子，别说一天、一个时辰，就是一刻钟、一刹那都很重要，你竟然消失了三天，白白浪费了三天，若真是同一凶手所为，可能会出现更多的受害者。这个基本的道理你不会不懂吧？"

易慎行脸上的表情没有丝毫变化："查案是男人的事，你无须插手。"

许言冷声道："这三天你去查案了，却刻意不告诉我？"

许言向来面冷心热，此刻却满面冰霜。易慎行心里莫名一颤，忙说："我担心你的安危。"

"易慎行，我虽然是女人，但男人能做的事，我一件不少都能做。"许言对自己有清晰的认知，她或许不擅长查案，但若论对刑案的理解，就连南国查案缉凶第一人的毛泰璋也不一定是她的对手。生在一个男尊女卑的社会是许言的不幸，但她不想在心理上也失去男女平等的机会，"既然如此，我可以离开统领府，既不用你费心费力地保护我，我也能自由自在地想怎么查就怎么查。"

许言原以为易慎行是与众不同的，没想到他也这样看不起自己，说不清是因为委屈还是懊恼，她感觉愤怒极了，愤愤然要离开。

易慎行拉下脸，好一阵求饶，才哄得许言重新坐回榻上，他又倒了杯茶，双手捧住，深深作上一揖，见他如此，许言"扑哧"一笑，算是原谅了他。

"这几起案子的受害人都是高官子弟，若凶手不是纪嫣然，怕是……"易慎行欲言又止，许言却一针见血："会涉及朝政？"

"有可能。"

"嫣然会被拿来平息事端？"

"有可能。"

许言眉头皱得紧紧的，若是如此，真相或许没那么重要，但她仍旧不甘心地说："难道……"

"皇上久居深宫，不理朝政，但卓相并非无能之人，之所以带走纪嫣然，只是掩人耳目。"

在许言的思维里，从来就没有"掩人耳目"这一说，定罪绝不能有一分一毫的不确定，更不能为了政局牺牲无辜的人，不过许言仍有疑惑："那还让我查案？"

"你在公堂上说得头头是道，卓相也不得不考虑民意。"易慎行无奈一笑，"你吃过饭了吗？师妹对我说，你这几日吃得很少。"

"我在想案子，所以无心吃饭。"许言无奈地说道。

见识过许言翻阅卷宗那股专注劲头的易慎行完全能想到她沉浸在案子里不吃不喝的样子，他皱眉看着她，不说话。

许言咳嗽一声，决定转移话题："这几天你都查出什么来了？"

易慎行摇摇头。这几天他只是例行巡查，主要是排查了受害人与哪些人有仇怨，受害人虽然都是富家子弟，但绝不纨绔。董明参加了今年的武举，只欠一场殿试，以他的成绩进三甲板上钉钉，而谢济轩、刘宗斌都是满腹诗书、文质彬彬的书生，在京城文人圈颇有声望，尤其是谢济轩，他算是青年学子们的领袖。这样品学兼优、家世优越的青年，实在不该与他人结仇。排查几天，什么都查不到。

许言拿起纸笔，动作迅速地写下三个名字，然后说道："董明和谢济轩都是高官之子，唯独这个刘宗斌的父亲刘祥海是个商人，他再富可敌国，也不能和朝廷中手握至高权力的高官相提并论。"

"刘祥海的生意很特别。"易慎行看了看许言写在纸上的几个字，有些吃惊，她的字过于潇洒了，都说许崇道的女儿书画模印绝伦，竟没有半分女人的婉约气象。

许言挑眉看他，从他眼里发现一丝笑意，问道："你笑什么？"

易慎行也不遮掩，说："你的字，很特别。"

许言心里嘀咕一句，自己的字不就是过于刚硬了些吗？不过不太在意，便接着问："刘祥海的生意怎么特别了？"

"他为兵库供应武器，以被服为主，也有部分铁器。"

许言略微一愣，立刻反应过来，追问道："还有什么别的？"

易慎行道："兵备供应由兵部统筹，原本不需要普通商户插手，只是这几年皇上整饬军备，兵器、战马、被服等需求量大增，刘祥海才得了这门生意。董大人管理我朝上下的兵马、兵器、粮草等，与刘祥海往来密切，在对北国的态度上是主战派。谢大人主和，与董大人针锋相对，但他管着朝中大政及官吏任免，董大人虽然强硬，却不得不考虑谢大人的意见，今年缩减了购买军备的预算……"

"等等……"许言打断易慎行的话，"既然是归属不同朋党，怎么会同时被袭击？"

易慎行摇头，说道："这也是卓相想不明白的地方。"

许言微微点了点头，然后问道："你若杀人，会用什么方法？"

易慎行不假思索地答道："肯定是用剑。"

"那是因为你用惯了剑，用猛兽来杀人，会不会是因为凶手用惯了猛兽？"许言说得很慢，她需要思索的时间，"连续三个人遇害，肯定是有预谋的，既然是谋杀，怎么会用猛兽这种最没有效率也最不容易成功的方法呢？不对，只是我们觉得这个方法不好，凶手却是用惯了的，他必定常年与猛兽为伍，更是饲养、训练猛兽的高手。易慎行，这样的人是很容易找到的。一来他需要一个比较大的场所，不单饲养猛兽不容易被发现，还可以训练猛兽；二来猛兽需要大量新鲜的肉食，他要么自己直接提供新鲜的肉食，要么就是有固定的卖家提供。甚至，他对外可能还有一个合理合法的身份，即便被人发现，也有理由搪塞。"

许言见易慎行脸色猛地一变，心里也是一紧，问道："你知道是谁？"

"北方的万兽山庄半个月前到了京城。"

许言心里有隐隐的不安："所以呢？"

"两天后是万寿节，循例万兽山庄会带猛兽进皇城。"

许言"噌"地站了起来，失声道："你担心他们下一个目标是皇帝？"

易慎行脸色有些苍白，有着不同寻常的紧张。

许言搓着手，也有些慌乱："也许不是我们想的那样，若目标是皇帝，何必先杀了三个人，引起慌乱，这不是很容易打草惊蛇吗？"

易慎行摇头："不是打草惊蛇，而是声东击西……京都卫戍一共十二卫，全部由大将军调配管辖，凶手这样做无非是为了引起人心慌乱，使得卫戍力量分散……时间不多，我要去和卓相商议一下。"

"带我去。"许言一把揪住易慎行的衣袖，"我也是案件调查者之一，不能置身事外。"

饶是卓知非那样镇定淡然的人，听易慎行说完后，也惊得变了脸色，他青着脸，一句话也不说。以目前的情况来看，万兽山庄确实有很大的嫌疑，但万兽山庄地位不凡，必须慎之又慎，否则就是江湖与政局的双重震荡。

许言心里着急，脱口而出："快去调查呀！"

卓知非眉毛挑动一下，问："调查什么？"

"既然万兽山庄有很大的嫌疑，当然是查它啦！"许言看着易慎行阴沉的脸，明白他肯定在心里气恼自己这么着急开口，但案件紧急，容不得磨磨叽叽地客套，"猛兽出没这么明显的活动踪迹，在万兽山庄驻地附近肯定能找到目击者，还可以监控，管他是打草惊蛇还是声东击西，一有行动就立刻按倒，总能抓个现行。"她不是小孩子，从不相信仅靠逻辑推理就能破案，更不相信凶手在毫无证据的情况下会主动认罪。在刑部大牢，她说几句话就能降服韩伟，是因为他的心理状态异于常人。眼前这个案子明显是有缜密的安排和专业杀手的介入，不采取特殊手段，根本就不可能取得有效的证据。

卓知非和易慎行都诧异地看着许言，最后是卓知非提出了疑问："监控？"

"就是派人不分白天黑夜地守着，查看进出所有人的行踪。但是……"许言偷偷瞥了卓知非一眼，见他脸色阴沉，完全不是以往温文尔雅的样子，"虽然万兽山庄完全符合猛兽杀人的客观条件，但有几件事我想不清楚。"

卓知非点头示意许言继续说，只有把所有的疑点都查实清楚，才能正中靶心。

"猛兽杀人这样特别的方式，需要在特定的时间、特定的地点突然为之，才可以做到一击即中。凶手若真是万兽山庄的人，目标也确实是皇上的话，肯定不会提前杀三个无名小卒暴露自己，总不会是演练吧。"许言顿了顿，又说，"据易统领讲，万兽山庄是北方边境最大的山庄，虽是江湖势力，但多年来一直与朝廷共同抗击外敌，没有刺杀皇帝的动机。万兽山庄进皇城献技已是百余年的传统，这么多年来都安分守己，突然转变必然有特殊的理由，所以我在担心……有可能是嫁祸！"挑拨朝廷与江湖的关系，制造冲突，从中渔利。三十六计，反间计最毒，也最有效。

卓知非吩咐着易慎行："这件事交给大理寺和洛州府去查，你专心护卫京城安全。"

易慎行应了声"是"，拉着许言要离开，许言惦记着纪嫣然，问了一句："现在是不是可以放了嫣然？"

卓知非道："不行，案情远没有到明朗的时候，她依然无法自证清白，所以需要继续收监。"

许言恼了，口不择言起来："是大理寺有义务证明嫣然是凶手，而不是嫣然自证清白，府衙没有证据，嫣然就是清白无辜的。"

"言言……"易慎行低声警告她的无礼。

卓知非听了许言的话，抬头直视着许言的眼睛，眼里浮现出的那份锐利似乎要将她刺穿。

许言却不愿退步，她参与这个案子完全是为了纪嫣然，救不出嫣然，她岂不是白白惹祸上身了一把："白默确实是嫣然养大的，白默也确实咬伤了人，可明明是王少杰行为不端、惹祸上身的，与嫣然没有关系。"

"许言，你图什么？"卓知非站起身走到许言身边，低声说道，"别人的命比你的重要吗？皇上命人查办此案的第二天，任曦就来求我，希望我不管用什么办法都要保下你。"代价是任家粮行半年的利润。卓知非原本就不认为许言会与这件事有什么关系，然而北方战事紧张，正是用钱、用粮的时候，任曦自愿送上门，他既送了人情又得了钱粮，何乐而不为？

许言表情木讷，内心却思绪万千，她没想到任曦为了自己居然来找卓知非，不过，任曦和卓知非是什么关系？

卓知非看了一眼站在一旁的易慎行，他脸色阴沉，眼睛盯着地面，一言不发，易慎行对许言的情意卓知非看得很清楚，但他在感情上还是本能地偏向于少年时期就认识的好友，于是说道："任曦是我多年的好友，我始终站在他那一边。"

许言猛然醒悟。原来所有的一切，包括在大理寺卓知非对她的纵容，都是因为任曦，根本就不是被自己的那套理论打动，可他将自己拖进这个旋涡的时候有没有想过与任曦的情谊呢？许言心里的桀骜升腾起来，多年好友又如何？高居当朝一品又如何？卓知非无权为了帮朋友而干涉她的私事，况且还是用纪嫣然的生命作为代价。她口气不自主地冷了下来，说道："我与曦表哥是表兄妹，我也站在他那一边。嫣然是我的朋友，我更愿意为她尽我最大的努力，所以卓相不用威胁我，我也不会因别人的威胁而退却。"

卓知非笑着低下头，附在许言耳边，姿态暧昧地说："你为了自己和柳儿不是甘心被威胁？"

许言后退两大步，退到易慎行身边，她很难忍受别人的亲近，冷声道："卓相自重。"

易慎行勉强恪守着上下级的基本礼节，弯腰行礼道："卓相，夜深了，我与许言先告退。"

卓知非已经收起了脸上淡淡的微笑，点头说："此事重大，今晚的事不可以对第四个人说起。"

第十章　迷踪

　　许言犹在震惊中，卓知非手眼通天到这个程度，连她被挟持的事都知道？难道他是那个蒙面人？许言打了个冷战。

　　易慎行怕许言冷，用披风裹住她。想到卓知非的话，他心里堵得厉害，任曦对许言的心意他看得出来，他也看得出来许言对任曦只有兄妹之情，即便知道这一切，他心里仍旧酸涩得难受。

　　"易慎行，那天的事，只有你知道吗？"

　　被许言这么突然一问，易慎行一下子没反应过来，问："哪天？"

　　"我外祖母生日那天。"

　　易慎行眉头皱了起来，许言不会随便问起这件事。

　　"这件事，除了你我，只有柳儿知道，卓相怎么会知道？"许言四下看了看，"所以，我猜……"

　　"言言……"易慎行打断许言的话，"别乱猜。"

　　许言叹了口气："是啊，他官居一品，温文尔雅，事业有成，家境优越，怎么可能做这种事……"

　　易慎行不理会许言的自言自语，快走几步将她甩在身后。许言怕迷路，连忙小跑几步追了上去，而易慎行似乎是铁了心要甩开许言，迈开步子走得飞快，许言不得不小跑着追过去，挽住他的胳膊，说："你走慢点儿。你这是怎么了呀？"

易慎行脸色阴沉、神情冷淡，很明显是在生气。许言却完全不知道他在气恼什么，这样生闷气的方式也让许言有些恼火："易慎行，有话你就直说，你是气恼我为嫣然据理力争还是气恼我顶撞卓相？"

　　许言半个身子的重量都拖在易慎行身上，但他仍大踏步地往前走，许言干脆用力跳到易慎行背上，易慎行猝不及防跟跄一步，但立刻动作迅速地抱住许言的腿，将她稳稳背住。

　　"你到底在气什么？"

　　易慎行粗粗地叹了口气："原来你拒绝我提亲是因为卓相。"

　　"什么？"许言惊得张大了嘴，"我只见过他三次。"

　　"你刚才夸赞他的那些话过于浮夸了。"

　　许言心里笑开了花，但脸上不敢露出半分笑容，怕惹恼了易慎行："我还可以说他冥顽不灵、树大招风、心口不一、装模作样呢！"

　　易慎行不说话，稳稳托住许言的身体，步子迈得很大，也很稳健。

　　"易慎行，你是在吃醋吗？"许言知道易慎行不会回应自己，接着说，"很久以前呢，有一个丞相，非常非常的惧内。丞相和丞相夫人伉俪情深，但有一天皇上一时兴起要赐给丞相两名小妾，虽然皇命难违，但想到家里的夫人，丞相坚决不肯接旨。皇上也知道丞相惧内，就将丞相夫人接到宫中，试图说服她，还威胁道要么允许丞相娶小妾，要么喝下御赐的毒酒，丞相夫人不假思索地喝下了毒酒。丞相肝肠寸断，泪流满面，可毒发时间到了，丞相夫人仍旧活着，皇上这时候才说赐给丞相夫人的是一杯老陈醋，他知道两人情深义重就收回了皇命。又过了好些年，丞相毕竟是男人，动了再娶一房小妾的心思，可又担心夫人吵闹，于是给夫人留下一首诗，大致意思是说自己想娶一房小妾，丞相夫人也回了一首诗，写道：恭喜郎君又有她，奴家撒手不当家。开门七事都交代，柴米油盐酱与茶。丞相一见，吓了一跳，这开门七件事，独独少了醋，想到皇上当年的赐醋风波，担心夫人那么刚烈的个性，若真娶妾，会真喝毒酒的，只好放下这心思。后世的男女，就造出了'吃醋'的词语来。"

　　易慎行当然知道"吃醋"这词是什么意思，但他也不打断许言的话，听着她用轻柔的语调娓娓道来，是种享受。

　　"醋呢，当然是很好的东西，对身体还有一定的益处。可我不爱吃醋，不喜欢它酸苦刺鼻的味道。"许言只能用这样的方式向易慎行表明自己的态度，男人一旦认定某个女人，对她接触异性都会表现出占有欲，这是本能，改不掉的，"听说有道菜叫'玉笛谁家听落梅'，是用四条肉拼成，一条羊羔坐臀、一条小猪耳朵、一条小牛腰子、一条獐腿肉加兔肉揉在一起，肉有五种，共有二十五种不同的味道变化，合五五梅花之数，又因肉条形如笛子，就叫了个风雅的名字。你说肉就是肉，猪肉和牛肉的味道会有多大的分别呢？"

许言已经不知道自己在说什么了，她虽然不困，但伏在易慎行的背上，伴随着他走路的节奏，竟开始神情恍惚、昏昏欲睡起来。易慎行听到她声音越来越低，咕咕哝哝间细微的喘息散到他的脖颈处，心里涌起一阵温暖，许言虽然从未在嘴上表示过对自己的情义，但她排斥卓知非、任曦的样子他都实实在在地看在眼里，唯独对自己她并无任何排斥。这样，易慎行已经很满足。或许再过些日子，自己再提及提亲的事，她就不会反对了。

周围一片漆黑，许言如何睁大眼睛也看不见，摸索着站起身，试图找个依靠，她四下摸了摸，也没摸到易慎行，只是朝着一个方向摸爬了许久，也没寻到尽头，这黑暗仿佛没有边际似的。隔绝了视线，听力该更好才是，可许言却听不到任何声音，也感受不到一丝一毫的风，这到底是哪里？

过了许久，远处似乎传来一个女人的轻声细语，许言朝着声音的方向大喊了一句："谁在那里？"

大声说话是为了给自己壮胆，在这样的环境里，许言如何镇定也控制不住自己被恐惧席卷。

"易慎行，易慎行，你在哪儿？"许言试图找到这个不久前还和自己在一起的男人，或许只有他才能将自己带出黑暗。

突然，许言感到一双手环住了肩膀，那双手冰凉，带着凉风，吹得她后脖颈的汗毛一根一根地站了起来。许言脑海中闪过无数惊恐画面，更觉得身后是一个张开了血盆大口、红着眼盯着自己的恶鬼。如此想着，那双手似乎收得更紧了，也更冷了。

寒冷透过外衣、内衣、皮肉，透到骨头里，冷得她能听到牙齿打架的声音。

"是谁？"许言声音颤抖着。

没有声音，但从心底里冒出一道声音：你回头看呀！

许言壮着胆子回头，她看见了自己！

许言打了个激灵，从梦中醒来，粗粗地喘了几口气。

"怎么了？"仍背着许言慢慢走的易慎行觉察她的不适，将她放下来细细查看，她竟是满脸汗水。

许言勉强一笑："没事，做了噩梦……"她刚要说说自己那个可怕、清晰的梦的时候，易慎行将她拉到一旁的树后躲了起来，同时做了个噤声的动作。

许言慢慢散去的恐慌再次浮起，她顺着易慎行的目光看过去，驿站门前的暗处有两个衣着怪异的人在窃窃私语，许言听不清楚，但易慎行耳力惊人，附在许言耳边轻声说："他们在谈祭祀。"

秋夜里，风带着丝丝凉意拂面而来，也带着几个词飘到许言的耳朵里："……一定……危险啊，那头……送到东郊去……"

易慎行附在许言耳边，轻声说："你先回去，我跟过去看看。"

许言摇头，刚刚那个梦太惊悚，她总觉得离开易慎行，自己就会坠入那无尽的黑暗中。

易慎行抬起许言精巧的下颌，与她对视，做出"太危险"的嘴型。

许言捏紧易慎行的手指，凑到他耳边说："你若是不带我去，我就自己去。"说着威胁的话，但姿态却暧昧得好像亲吻，许言不由得有些脸红。

两人窃窃私语的时候，一道黑影从身侧一闪而过，跟上了那两个人，这道黑影身量矮，较瘦，许言第一个反应是一个女人。易慎行倒是被黑影吓了一跳，他的注意力都在许言身上，竟没注意到有人擦身而过，实在是太大意了。

"快走，再不跟上去，那人就走远了！"

饶是许言注意锻炼身体，在黑暗中追踪也耗费了她太多的体力，她手脚已经开始酸软，要不是易慎行拉着她，怕是已经瘫坐在地上了。

也不知道绕了多少条街，穿过了多少个巷子，就在许言觉得自己只剩下一口气的时候，易慎行拉着她蹲了下来。许言调整好呼吸后，学着易慎行的模样，偷偷探头看过去，只是她眼力不及易慎行，只看到一栋黑漆漆的院子，星星点点的灯火从院门的缝隙透过来。

易慎行四下观察了一会儿，低声说："你在这里等着，我进去看看。"

许言点了点头，也没忘叮嘱："一定要注意安全。"

易慎行动作很快，他双脚急速地在墙壁上踩踏两次，一个侧翻就翻进了院子，那姿势潇洒极了。许言暗暗羡慕不已，她不可能越过围墙看得见院子内的情况，于是她坐下来，尽量轻地平缓过快的心跳。

天气很好，兼之秋高气爽，能看到满天星辰，只可惜许言并不懂得星星的意义，她仰头仰到脖子都要断了，也没找到传说中的北斗七星，反倒把自己看得眼花，星星渐渐模糊成一张脸的模样，是梦里回头看见的自己的脸，脸色惨白，透着死气。

许言感到后背起了一阵冷风，正想着看看易慎行是否走出来的时候，觉得脑后一痛，一声惊呼还没出口，眼前一黑，便失去了知觉。

乍一醒来，许言有些蒙，后脑勺也有些痛。她眨眨眼睛，摇晃着微痛的脑袋，努力平复乱跳的心。

"别慌，别慌……"许言呢喃着安慰自己，用只有自己才能听到的声音说，"绑架要么为财，要么为色。为色，见到被害人的第一面才是欲望最强烈的时候，现在我被绑在这里，又没有任何人打扰，肯定就不是了；为财，我爹只是洛州府的知府，官职不高，没有其他进项，还得养着家里的众位姨娘，哪里有什么闲钱，再说我又不得爹的欢心，真想从他那里得到钱财，应该绑架许珣才对。不是为财，不是为色，还能是为了什么？"

"啊！"许言低呼一声，心想她遭到绑架会不会是因为猛兽杀人案？这个计划巨大，容不得丝毫错漏，她在大理寺一派慷慨陈词誓要追查凶手的样子，会使得实施计划的人认为她是个不可控的变数，所以才绑架了她。在大理寺获命调查案件的不仅有自己，还有易慎行，也就是说面临危险的还有易慎行啊！再把事情想得可怕一些，那两个在黑暗中窃窃私语，说一些与案件有关的词的人，根本就是为了诱引他们。

本来在黑暗中闭眼思考的许言猛地睁开眼，四下张望起来。自己的手脚都被绳子缚住，动弹不得，嘴里也被东西堵住了，无法起身，无法呼救，只能用眼睛打量着屋子，已经适应了黑暗的眼睛发现这是个极空旷的屋子，窗户很高，应该不是用于居住的房间。

许言暗暗松了口气，这里只有自己，至少易慎行还有一半的机会是安全的，他身手好，不会那么容易被绑架。现在的关键是，她该如何脱身。正思量间，许言听到外屋一阵凌乱的脚步声由远及近，许言连忙闭上眼，装成昏迷的样子。

　　大致判断是两三个人的脚步声，因着脚步声的接近，饶是一向冷静的许言也感到心跳加速、呼吸沉重了起来，她咬着嘴里的布条，强令自己镇定下来，心里暗暗说："别怕，若要杀你，早就动手了，何必等到现在。"

　　一个粗哑的男声用奇怪的语调说着话，许言并没有完全听懂，另一个相对清朗的男声的回答许言倒是听懂了，他说："记得，这个女人，不能伤了分毫，否则要了你俩的狗命。"

　　许言心里偷偷松了口气。

　　粗哑男声应了声"好"，拉起歪在地上的许言，用黑色的罩子蒙住了她的头，看来是发现了她在装晕。也是，自己的眼皮和睫毛都在抖动，换作她也不会相信这个人是晕着的。既然对方不伤自己的性命，许言也就非常配合，不挣扎，不叫喊，安静地半卧在地上。

　　突然，许言脑中闪过一个念头，此人说话是北国口音，任曦曾帮她找过一个做北方菜的厨子，据说是北国人，说话就是这样的语调。

　　南国与北国以沉水江为界，隔江相望，习俗相似，语言相通。南国东临大海，隔海相望的是属国东海，东海国皇帝向南国称臣，自称为东海王；南方则是一片汪洋，朝廷虽然多次派船出海，但都是有去无回；西方与西蔺相邻，西蔺人素来以骁勇善战闻名天下，更因盛产战马——蔺马——以往国力是可以与南北两国三足鼎立的，只是近十余年来由后宫把持朝政，内争外斗，国力大大削减，一直在南北两国的夹缝中求生存。

　　许言想得入神，连双手被解开了都未察觉，直到手里被塞了一个热乎乎的东西，那个低哑的嗓音喝了一声"吃"，她才回过神来。

　　许言不想开口，虽然她一脑门子的问号，但被人绑架还是保持沉默比较好。

　　"许小姐倒是镇定自若得很哪！"那个声音冷笑着，"果然不是一般女子，既不吵闹也不慌张，难道你就那么不怕死？"

　　这会儿再不开口就显得矫情了，许言转过脸面对声音的来源，低低地吐出一个字: "怕。"

那个声音冷哼一声,长长地叹了口气,说道: "女人还是绣绣花、操持家事比较好。"

话虽然难听,却间接验证了许言的猜测,她被绑架是因为猛兽案。

见许言不说话,那个声音继续说道: "不过许小姐不用怕,在这里安安心心地住上几天,我这几个兄弟会好好对你的。"那个声音陡然变得凶悍了起来, "若是有什么不轨之心,就不要怪我心狠手辣。"

紧接着,许言重新被绑上了手脚,塞上了破布,门重重地被关上了。

被人蒙住眼睛无非是不知道时间,但被人缚住手脚然后扔在凹凸不平的地上可不是什么舒适的事情,慢慢地,许言的手脚开始麻木起来,先是针扎一般的痛,接着便失去了知觉。黑暗中,许言感受到前所未有的压力,她因为案子被绑在这里,主使者应该就是犯罪嫌疑人,最坏的结果有两个——纪嫣然被当作替罪羊杀死,皇帝明以凛作为目标被除掉。

前后思量一番,许言决定自救。她身体柔韧度还算不错,很轻松地就坐了起来,这个姿势使得她不必用手肘、胯骨、脚踝外侧等骨骼外凸的部位与地面接触,不至于硌得生疼,但手脚突然血流顺畅使她感到针扎般的疼痛,一阵酸麻。

许言用一个极度别扭的姿势弄掉头上的面罩——将脑袋放在两膝之间,用膝盖夹住面罩,然后脱掉它。脱掉面罩后,许言再次获得仔细观察这间屋子的机会。扫视一周后,她非常失望,这间屋子是个仓库,还是个如同空箱子一样干净的仓库。除了大门,唯一能透进些光亮的是离地两米有余、六寸左右见方的小窗户,就算她解开了绳子也出不去。许言不由得有些气馁,但她心里的倔强再次占了上风,她不相信自己只能任由他人绑在这里,等待救援。

仓库建造得比较粗糙,所以,许言很轻易地就找到了凸出的墙砖,慢慢摩擦着绳子,既不容易被人发现,还能节省体力,同时,许言思索着逃脱路径。她只能通过窗户或者大门逃出去,窗户太高太小,她即便爬得上去,钻得出去,摔下去也会断胳膊断腿的,而大门外恐怕有人看守,手无缚鸡之力的许言只能再次束手就擒。那么,只有冒险一试了。

许言细细打量着捆住自己手脚的两个绳结,虽大小不一,但形制相同,她将其中那个小的系在腰上,留作日后的证据;另一个则被她当作链球使用,一头扔到窗户外，一头则垂落在屋内。当然，她尝试了数次才成功将绳结挂在窗户外，绳子的另一端以一个她满意的长度垂落在屋内。

许言坐下休息了一会儿，平复了心跳，和缓了呼吸，然后狠狠踹了墙壁一脚，声音经石壁回声，大得她自己都被吓了一跳，然后跳到门后，手脚并用地将自己挂在门上。

不出许言所料，大门很快就被人从外面狠狠地推开，她也被狠狠地撞在墙上，皮肉之苦虽已在她的预料之中，但后背与石壁重重撞击的瞬间，还是痛得她掉了几滴眼泪。

冲进来的是两个人，说了几句许言听不真切的话，但最后那句"快追，她跑了"许言听得很清楚，她心里一阵窃喜，但仍旧贴在门上，听脚步声远去后才扶着腰从门口出来，轻轻摸了一把，手指触到一片潮湿，伸到眼前一看，果然是流血了。她扯下裙摆在腰背上系紧，权当止血，然后蹑手蹑脚地往外探望。只是这一眼，让许言倒抽了口凉气。

这座房子位于水边，从许言的方位看过去是三面环水，正对着的是一艘系在岸边的小船，对岸则是一片浓密的林子。她本来计划出了房子就找个隐蔽的位置躲起来，任由那两个人追她、找她，她自岿然不动，等他们走远后，她就可以若无其事、大摇大摆地走回统领府。可现在，她被困在一个三面环水的地方，搞不好是一个小岛，唯一的出路恐怕已经被绑架者堵住了。她怎么才能悄无声息地逃走呢？

许言心里懊恼，她费时费力地制造了一个假象让看守以为她逃走了，就这样功亏一篑了？这个岛应该不大，不需要多长时间就能环岛一周，那两名看守马上就能回来。岸边虽然有一艘小船，但许言不会划船，况且划船离开太容易被发现，要想悄无声息地离开这座小岛，除非她游到对岸去。

许言四下打量了一番，寻找到一条离岸边最近的路径。看得出来这个岛可能本来就与陆地相邻，只是到了雨季才会被水淹了道路，所以距离岸边并不远，许言估摸着也就几十米的距离，应该可以游过去。脚步声已经由远及近，由不得许言继续犹豫，她利落地跳进水里。落水的一瞬间，她被冷水激得打了个寒战，为了不被人发现，她潜泳了好一会儿才偷偷露出水面换口气。

"她不可能跑远，船还在，继续搜。"

第
十
一
章　
归
来

　　许言顺着水流的方向载浮载沉，不一会儿就到了对岸的码头上，躲在草丛中好一会儿，直到周围一片安静，她才偷偷探出头。恰好身旁经过几名商户，高声喊着："快走，否则城门就要关了。"许言偷偷跟在他们身后，往洛州府而去。到了统领府，门人见敲门的是许言，惊讶得呆愣了好一会儿才拉开大门，并急匆匆地跑进去，喊道："敏姑娘，许小姐回来了。"

　　罗敏的动作快得出人意料，许言觉得穿着紫色衣衫的她就像一道闪电劈到了自己面前，罗敏急切地说道："你可回来了！你失踪了这么久，师哥这会儿应该是在去任家的路上。"

　　许言被吓了一跳，连忙说："赶快叫他回来，我已经没事了，可不要惊吓着外祖母。"

　　"你只想着别惊吓着她，就没想想我是不是受得住惊吓吗？"

　　听到任曦的声音，许言连忙回头，她现在虽然算不上是衣衫不整，但头发湿漉漉的，身上还粘了不少的泥土和树叶，看起来自然是灰头土脸的，她从来没有如此狼狈地面对过外人。不过面对任曦，她倒不觉得丢脸，只是急切地问："你告诉外祖母了？"

　　任曦走近许言，上上下下打量她几番，问道："你没事？"

　　许言微笑着摇头，看了看跟在任曦身后的易慎行，他面无表情，不过眼神闪亮，许言道："嗯，没事，没受伤，没吃苦，什么都好。"

"我这次过来是要将你接回任家居住，你住在易统领府上不方便。"任曦一肚子的火气在见到许言后已经烟消云散，但恐惧依然还在，许言的运气不会永远这么好，他应该将她保护在自己的羽翼下。想到这里，他对易慎行的不满又多了一分，卓知非说之所以将许言安置在这里是为了安全，可现在看来是更加不安全了。

许言又瞥了一眼面色冷然的易慎行，摇了摇头说："不行。曦表哥，我留下来是因为案子，案子一结，我就随你回家。"

任曦脸色很难看，他在这件事牵扯许言后立刻就去找了卓知非，希望能保下她，没想到许言陷得更深，不但参与了案件调查，还住到了易慎行府上，更是莫名其妙地失踪，他自然不想让许言留下，却又不忍心直接拒绝她，只能说道："我留下凌峰照顾你。"

许言连忙摇头，说："曦表哥过几天就回林州了，还是让凌峰随着你吧。柳儿一直陪着我，还有罗姑娘，她也一直在照顾我，曦表哥不用担心。"

任曦一直沉默地看着许言，看得许言心里发毛，伸手拉了拉任曦的袖子，低声求着："为了嫣然，你就许我任性一回吧。"

话都说到这份儿上了，任曦也不好再勉强，叮咛了几句后，便离开了。其实任曦也明白，真要保护许言的安全，还是让她住在易慎行府上，一则他的武功比凌峰要高出不少；二则许言被绑架的最大可能是因为查案，由官府的人出面保护也是应该的。否则，哪怕许言如何恳求，他也是不会将她留在这里的。

每次和易慎行单独相处，许言都有些不自在，为了转移这种不自在，她甚至连自己最不擅长的撒娇手段都用上了，娇嗔着："拿些跌打损伤的药给我呀，人家受伤了。"

易慎行眸光闪动，终于说了见面后的第一句话："伤哪儿了？"

许言迎着易慎行探寻的目光，勉强一笑，虽然没有伤得很重，但她走了好几里路，每走一步都会撕扯到伤口，再加上出汗，更会加重疼痛，于是说道："背上。只是些擦伤，柳儿会帮我处理的。"

易慎行把许言从座位上拉起来，将她搂在怀里，虽然双臂用力，却仔细避开了她的后背，只是揽住肩头的位置，用力抱了好一会儿。许言觉得额头一热，是易慎行的吻落下来，他说道："以后，我再也不会将你丢下了。"

被拥进温暖之中，许言之前的坚强全都崩塌，恐惧、慌乱、不安、后怕所有情绪都涌上心头，一时忍不住竟哭了起来。她极少在外人面前哭。

"别怕，有我在。"易慎行也没想到许言竟然哭了，本想拍拍她的背，可想到她受伤了，便安抚地摸了摸她的头，"别怕。"

许言把一脸泪水全抹在易慎行的衣服上，微微抬起头说："我有事要和你说。"

易慎行点头，说道："先上药。"

两人交换了一下不多的线索，截至目前，不管是易慎行还是许言能查到的有用线索都非常有限。其一是许言带回的那个水手结，或许可以查找到绑架者的身份，好歹能缩小搜索范围；其二是饲养猛兽的条件，大理寺派人查了数天，除了万兽山庄，只有几个京城纨绔。倒是间接排除了一条无用线索，那晚易慎行追踪的人只是东海几个普通渔民，聚在一起讨论东海民俗渔民节。

线索越多，越不容易获得有价值的信息。怀疑一个人容易，排除一个人的嫌疑却难，同样，在猛兽袭人这件案子里，线索既多又乱，一一查实、排除，需要耗费大量的时间。这应该就是主使者的目的之一，正如易慎行所言，可以分散京城防卫的力量，使军士们疲于奔命。

所以，许言决定赌一把，就赌这事与万兽山庄有关，赌他们的目标是当今皇帝明以凉，时间有限，人手有限，握紧拳头打人才对。但愿许言的运气上佳，能捉住线头，拎起整张网。

纪嫣然被关押在洛州府衙的女牢里。衙门里有人的好处就是即便纪嫣然是死囚，仍旧享受单独牢房的待遇，而且这间牢房位于女牢最里的位置，不但安静，还有一个小窗户，整个牢房还算得上干净、通透、明亮。纪嫣然明显没受什么苦，白默也很安静地伏在纪嫣然身边，听到许言的脚步声，才跳起身，走到许言身边，嗅嗅她的手。

因为纪嫣然和白默被关押在同一间牢房，狱卒不敢走近，只是远远地看着。易慎行虽然不怕白默，但想着许言或许有什么话要对纪嫣然说，也退出了牢房。

纪嫣然姿态安静、优雅地坐在床榻上，朝许言微微一笑，说道："言言，你来了。"

许言坐到纪嫣然身边，关切之语脱口而出："没人为难你吧？"

纪嫣然微笑着摇头。

"嫣然，你懂得什么叫有罪推定吗？"

"言言，"纪嫣然握住许言的手，许言的手微凉，"你说的许多事我都不懂，也无须懂得。你我虽然萍水相逢，但你肯信我，我已经很高兴了。"

许言听出纪嫣然话里有话，略微一愣，问："那些事，确实与你无关？"

"和白默无关。"

"嫣然！"许言声音高了几度，有些颤抖，"我问的是你，这件事与你有关吗？"

纪嫣然拍拍许言的手，笑道："这件事确实不是我做的，但我不敢说这件事与我毫无关系。"

许言原本只是想来看看纪嫣然，给她送些换洗的衣服，纪嫣然的回答，让她的脸色瞬间苍白，她自诩理智，却抵不过情感的本能。

"言言，我本不姓纪的，而是随了母姓。我娘，是我爹爹受父母之命娶来的妻子，但爹爹从未喜欢过我娘，对我也是冷漠至极。幼年时，我总是想他既然是我爹，为何对我和我娘不闻不问？有一日，我到爹爹书房里找书，发现了一幅画，画上是一名女子，很安静、优雅地坐在河边的石凳上，手里握着一本书，但眼睛却迎着阳光看向一旁的大树，而树的那边隐约是一个男人的身影。那时我才十岁，但我能清清楚楚地看到那名女子眼里满满的情意，她不是绝色女子，笑起来娴静温婉。我虽不懂画，却也看得出那幅画是男人所画，每一笔都写满深情，一定是深爱这名女子的男子用满腔柔情画出来的。"

许言调整好自己的情绪，终于能够直视纪嫣然。她从未说过这么多话，眼里惯有的冷淡也消失不见，仿佛是陷在回忆里，语调越来越柔和。

"我眼睛一动不动地看着那幅画，没注意到爹爹进来，他大怒，一掌将我推到了院子里。我娘不被爹爹承认，在家里也没有地位，虽然我伤得很重，却找不来医术高明的大夫治病，若不是丁逸拼了命将我抱到医馆，十年前我就死了。爹爹这一掌虽没打死我，却打伤了我娘的心，我娘本就整日郁郁，她一时担心我的身体，一时被爹爹伤透了心，过了两年便郁郁而终。她虽不是大户人家的女儿，但品性纯良，温柔贤淑，本不该嫁给爹爹遭遇这样的命运的，就是因为画中的那名女子早她一步抢走了爹爹的心，我娘再温柔懂事，也夺不回夫君的心。"纪嫣然仍旧是语调柔和，好像一切都事不关己。

许言心跳有些加快，她甚至伸出右手摸着左手的脉搏，心脏搏动的速度确实快了许多。

"我在我娘去世后便离开家，丁逸一直陪着我四处寻访名医，可我的身体却一日日地变坏，他听人说天山雪莲可治百病，就去天山采药，我在山下等了足足十天，却等到了丁逸的尸首，他失足滑下山崖，当时就死了。也是在那一天，我在山脚下遇到了白默，它还是头幼崽儿，但通晓人性，我觉得它就是丁逸，就是那个不管我是主子还是奴仆，不管我体弱多病还是身体康健，都陪在我身边的丁逸。"

许言多少猜到纪嫣然要说什么，却逃避般地移开眼神。

"言言，你比你娘美丽。你五官像你娘，我见你第一面的时候还以为你就是那画中的女子，只是你气质较你母亲要沉静、稳重得多，甚至是过分理智，我没想到你会将我带回家中居住。"

许言的心如坠冰窖，但因为已经适时地做了心理建设，所以恢复得很快，她骨子里的冷静隐隐浮现，冷声道："你直说吧！"

"言言，我不恨你母亲，也不恨你。我是个不屑恨人的人，若真是要恨人，也该恨我爹，是不是？"纪嫣然看到许言脸上的冷硬气质渐渐消散，许言果真是将她当作朋友的，如同丁逸一样，不管她的身份、来历，只是对她好，"这几年来我四处游历，到京城不过是因为我从未来过而已，并不是因为仇恨。你我性格虽不同，但我真心将你当作朋友，我想你也如此待我，才会为我和白默四处奔波。"

许言偷偷吐出一口气，纪嫣然将她拉坐在身边，握着她的手，在她耳边说："我爹姓卫，叫卫阳，是万兽山庄的庄主。"

许言睁大了眼睛，今天她受的惊吓真是太多了。纪嫣然能和一匹狼相处融洽，看来是身为万兽山庄女儿的本能。

"那些人被猛兽咬断了脖子，这个时候又是万兽山庄到京都拜寿的日子，过于巧合了，若真是庄子里的人惹了祸，我是万兽山庄的人，抵命也不为过，所以……"纪嫣然握紧许言的手，"这件事你别管了，不要将自己牵扯进去。"

许言回握纪嫣然的手："不为你，也要为白默，若对你定罪，白默也难逃一劫。"

纪嫣然轻轻地叹了口气，说："那只好委屈白默继续跟着我了。"

许言还想说什么，纪嫣然拦住她，说道："言言，我的命本就不长久。"所以，她的命若能换回万兽山庄的所有，是她赚了。

许言心里涌起一阵酸涩，她不是不知道纪嫣然身体弱，她也曾找过京都名医为她治病，但少年时的病痛已经深入骨髓，可谓是病入膏肓，于是说道："那也不行，你要相信我一定能还你清白，还白默清白，即便是去了，也不该背着黑锅。"

纪嫣然微笑着说："这些年来，我几乎走遍了南国，值得了。"纪嫣然起身拥抱许言，用低不可闻的声音说，"易慎行不是佳偶，你不要把心落在他那里。"

"为……"许言开口就要反驳。

"嘘……言言，你我均是消极冷漠的人，易慎行的性子也过于清冷孤傲，你跟着他，会有很苦、很累的路要走，你值得拥有更好的伴侣。"纪嫣然说完这句话，松开许言，转而面对白默，"白默，与言言道别。"

许言抱了抱扑上来的白默，脸上虽然不动声色，心里却酸涩难忍。纪嫣然没有求生的欲望，这就好像一名医生面对没有求生欲望的病人，再好的医术都是枉然，她无计可施，只是轻轻地说："嫣然，再见。"

对案子虽然有了些思路，但纪嫣然的事着实让许言心情极度低落，索性就由着易慎行去查。她在房间里足足憋了一天不肯出门，她盘坐在椅子上，不吃不喝，也不说话，等到天色暗下来，她避开众人，悄然离开。

许言毫无目的地信步游走，不知不觉中走出内城，走进一片陌生的山林中。夜色已深，几乎是伸手不见五指，许言这才感到害怕。许言抬头看看天，没有月亮，依稀可见的那点点星光也不足以照亮山路。秋夜里，空气湿凉，风吹过树林发出沙沙的声音，她心里一阵恐慌，浑身的汗毛都竖了起来。远处星星点点的亮光像狼的眼睛，许言不由得心跳再次加快。她仔细辨认，才发现那不是狼的眼睛，而是灯光，许言喜极而泣。

那是间位于山崖边的小屋，不大，灯光也很昏暗，但对许言来说，这已经很耀眼了，她一时激动，几乎是踉跄着小跑过去敲门。敲了许久，拉开门的是一个有着冷峻面孔的年轻男人，男人身材中等，五官普通，脸上没有容易被人识别的标志。许言调整面部肌肉、骨骼、神经，做出一副无害的表情后温柔一笑道："我迷路了，不知道……"

门被迅速拉开，带起来的风直扑许言面门，她不自主地闭上了眼睛，再睁开眼时闯进眼帘的竟然是卓知非那张温文尔雅的脸。

"许小姐？你怎么到这里来了？"卓知非一脸诧异地看着许言，不过诧异只是一瞬间的事，他迅速恢复到平日的模样，侧过身子，"秋夜露气重，你快进来。"

许言没想到会在这种偏僻的地方见到卓知非，心里一团疑云。

屋子不大，非常整洁，没有床榻，除了门，其他都是桌椅。屋里一共有四个男人，许言唯一认识的是卓知非，还有两个面貌体征没有任何特点的青年男子，最惹人眼的是面南而坐的男人。男人三十岁左右，长了一张有棱有角的俊脸，一双有神的眼睛透着冷静严肃，他虽然松松垮垮地坐着，却掩饰不了健壮的体格，浑身都紧绷着，随时等待着爆发。这个男人，最好不要招惹，许言在心里暗暗嘱咐自己。

卓知非走到这个长相俊朗的男人面前，耳语几句，他快速地扫视了许言一眼，眼里的锐利毫不掩饰，挥挥手，说："坐吧。"是极好听的男中音，带着胸腹的共鸣，却没有感情。

许言累坏了，低眉顺眼地坐下，她看得出卓知非一干人是在等人。

卓知非看许言安静、守礼地坐在角落里，思量一番后走到许言身边，低声问："出了什么事？"

许言正在想那个令卓知非毕恭毕敬征求意见的人会是谁，惊了一下才回过神，说道："迷路了。"

卓知非声音仍旧很低，问着："怎么走到了这里？"

许言本不想与卓知非多说什么，但他姿态平和地一句接一句，许言也不能不应对，于是答道："晚饭后我出来散步，与柳儿走散了，越走越远，林子里黑得伸手不见五指，我循着灯光就走到了这里。"

"今夜，不管看到什么、听到什么，就当没看到、没听到，懂吗？"卓知非说得郑重，许言也分得清轻重缓急，点了点头，强调道："我知道。"

推门进来的是两男一女，为首的男人年过半百，两鬓虽有些斑白，但看起来很精神，走起路来器宇轩昂，跟他身后的一男一女都是二十岁出头的年纪，长得很像，应该是兄妹或者姐弟。

为首的男人朝着卓知非拱拱手，打了声招呼："卓相。"

卓知非也回礼道："卫庄主，多年未见，别来无恙？"

许言虽低着头，但听到"卫庄主"这个名号，仍不由得绷紧了肩头，他是嫣然的父亲？他声音清朗有力，透出来的气度更是爽快、利落，怎么会是那种对结发妻子无情无义、对亲生女儿不闻不问的男人？

卫阳爽朗一笑，说道："上次见卓相还是在我万兽山庄，没想到今日却是在这个山间小屋，不知卓相应我的极品梅珍可带来了？"

梅珍是南国名茶。

卓知非文雅一笑，说："卫庄主，极品梅珍且不多说，您看谁来了……"卓知非微微侧身，让出站在他身后的人。

"卫庄主，认得我吗？"那个好听的"男中音"笑意盎然地说，"亏得我大半夜赶到这个偏僻的所在。"

卫阳看清隐在阴影中的人，一愣，那个人分明就是……他激动地说道："您来了！"

"男中音"走出阴影，身材挺拔魁梧，说道："知非与我虽亲如兄弟，但这件事，我若不来，怕卫庄主怀疑我的诚意。"

卫阳满脸尊敬之情，连连作揖，口称"不敢"。

低着头不明所以的许言脑子里闪过一堆问号，她不敢抬头，纪嫣然说自己和母亲长得很像，可千万不能添乱。想到这里，她屏住了呼吸。

那两个在许言看来长相平凡的人到屋外警戒，其他几个人都坐下了。

"男中音"声音里的笑意若有若无："卫庄主已经知晓计划了？"

卫阳点头说："卓相说得很清楚。后日就是万寿节，不知您有何安排？"

好听的男中音再次响起："按兵不动。"

卫阳疑惑，浓眉挑了起来。

"男中音"继续说道："万兽山庄一共来了九人，需要五人入宫，为了避免被别有用心的人利用，请卫庄主向我说明这五人的情况。"

卫阳脸色微微一变，他听说过京城有几人丧身猛兽之口，矛头直指万兽山庄，难道真有人利用他们？卫阳正色说道："五人中的三人，今日就站在您的面前，这对双生兄妹是我的徒弟，哥哥卫风，妹妹卫雨，从小就在我身边长大。另外两人是万兽山庄的驯兽师，彭笑为和岳溶，我父亲在时他们就到了万兽山庄，是值得信任的人。"

"男中音"头微微斜着，用眼角看人，带着一股尊贵的慵懒，笑着说："有几句话，要与卫庄主密谈，不知……"

卫阳会意，挥挥手，卫风、卫雨退出屋外。卫阳瞥了一眼在角落里低头不语的许言，疑惑道："这位姑娘是……"

"无碍，卫庄主可放心。""男中音"摸了摸鼻梁，"卫庄主，十余年前，您到京城，与一名女子一见钟情？"

许言身子微微颤抖，她终于明白为什么自己要出门的时候被卓知非拦住，为什么"男中音"会说自己在是无碍的，因为那名女子就是她的母亲。

卫阳的嘴半张着，这件事是他放在心底深处的往事，从不与人谈及，即便是身边亲密的人，也都只是猜测，而无任何实据，他是如何知道的？卫阳的心微微一沉。

"男中音"见卫阳这样的表情，知道自己言中了他的心事，声音极低地说："卫庄主，不是我不信任你，我南国男人重情重义，夺妻之恨可燃烧山河。"

许言暗暗咬牙，纪嫣然对事情的了解只是猜测，原来竟是夺妻之恨。

卫阳双手紧握成拳，颈部的青筋时隐时现，胸口剧烈地起伏着，许言偷偷瞥了他一眼，他皱着眉、闭着眼在平缓心情，过了好一会儿，他带着微微的颤抖说："您多虑了，已是陈年往事，我也成婚生子。"

"男中音"点了点头："令千金叫纪嫣然？"

卫阳猛一皱眉，不解。

"男中音"微笑道："数月前，京都曾有一妙龄女子卖狼，是一匹浑身毛发雪白的狼，有个市井混混儿调戏此女子，白狼咬断了那个混混儿的脖子。"

"嫣然在洛州？"卫阳大惊，他是在暗示京城中那些人是被嫣然的白狼咬死的？"她身体可好？带着的药都吃完了？"

"男中音"很惬意地喝茶，姿态虽然优雅，但肢体动作却不善意，他明显表示出自己掌握了某些把柄，却不说明，任凭卫阳猜想。

卓知非与卫阳交情不浅，连忙说："卫庄主不必心慌，令爱身体康健，几日前孟御医还曾为她诊病。"

卓知非口中的孟御医是专门为皇帝看病的孟思远，医术可想而知，卫阳长长地出了口气，说："她身体康健就好。"

许言心里满满的疑惑，听卫阳的口气，明明对纪嫣然在乎得要命，他的表现明明就是一副好父亲的模样。

"男中音"放下手里的杯子："关于明日的计划，你可想明白了？"

卫阳脸色阴沉，点头不语。卫阳明白他不会无缘无故提及陈年往事，也不会无缘无故提及嫣然，要挟的意思已经非常明确。不过，对卫阳而言，皇权牵制与江湖地位都不重要，万兽山庄的百年基业也不重要，他唯一关心的是庄子里的每个人，他要想到一个保全所有人的折中办法。

卓知非缓和气氛，说："卫庄主，此事……"

卫阳打断卓知非的话，说道："卓相不必多言，卫某心中有数，既是应了约，便是应了诺。既然如此，卫某先行告退。"

"男中音"哈哈一笑道："卫庄主不想见见故人吗？"

许言大惊失色，卓知非似乎也没料到"男中音"会说出这样的一句话，脸色已经变了。

卫阳脸色惨白，"男中音"脸上笑意盎然，眼底却异常冰冷，直视着卫阳。卫阳呆愣了好一会儿，眼珠微微一转，看向许言。

卓知非温和一笑，试图缓和气氛："卫庄主不要误会，巧合而已。"

当然是巧合，许言知道这巧合得离谱，但卫阳可不认为这是巧合，他的眼睛一动不动地盯着许言，许言被盯得难受，干脆就抬起头看过去。

卫阳倒退一步，脸色瞬间煞白，嘴唇一直在动，但说不出话来。

许言对母亲的往事一无所知，还能够保持平静，她细细打量着卫阳的长相，就一个中年男人而言，他很是英俊潇洒，长了一张坚毅的面庞，却有一双忧郁深沉的眼睛。就是这个在许言看来过于硬朗的男人和母亲一见钟情，以至于卫阳一直都不肯善待自己的妻儿？可是，在许言看来，母亲嫁到许家，恐怕没有那么简单。

"你是……"

许言轻咳一声，说："我父亲是许崇道，母亲……"她看了一眼一旁的"男中音"和卓知非，"我母亲名叫任依兰。"

卫阳跌跌撞撞地坐到椅子上，颓然摇头。

第
十
二
章
　
承
诺

　　卓知非亲自送许言，这是天大的面子。但许言被卫阳的事情震惊了，始终脸色木然，没有表情。卓知非一直保持着儒雅的姿态，带着许言走出黑暗。

　　虽然亲历了议事现场，可许言几乎没听到半句实质性的内容，但显然万寿节风波该如何处理的细节已经谈妥，"男中音"之所以出现，是为了震慑他们。而许言，是被临时抓起来，然后重重扔下的最后一根稻草。许言低头走了许久，才开口说："你知道的，对吗？"

　　卓知非点头，这事瞒不住许言，他知道。

　　"是皇帝吗？"

　　卓知非再次点头。

　　"刚刚你先维护了卫阳，又维护了我，他怎么会允许你带我走呢？"许言仿佛是在自言自语，"卓相，案子已经不重要了吧，嫣然被带走压根儿就不是因为案子，那三个人被咬死也不是易慎行担心的分散卫戍力量。我现在只有一点想不通……"

　　"你突然出现在洛州府公堂，虽出人意料，但不会超出控制。"卓知非说得很谨慎。无论他如何同情卫阳，都不能施以援手，同样，无论他多么欣赏许言，也不能对她的猜测进行鼓励，"让你查这件事，是我考虑不周。纪嫣然不会有事，你大可放心。"

　　卓知非的话外之音是告诉许言不要再查案了，许言也明白他的意思，于是说道："卓相，我一直在猜测卫阳与我母亲到底是什么关系，是什么原因让他们有情人不能成为眷属。当时卫阳已婚，虽然我母亲家境富裕，毕竟在商籍，算不上显赫，嫁给声名赫赫的卫阳为妾，也不算失了身份。难道许崇道巧取豪夺？可那时候的他还只是个京畿东郊的小县官，哪里有能力逼迫我母亲。刚刚，我想到了原因……"

卓知非心里一动，环视四周，见四下并无一人，他便由着许言信口猜测。

"皇帝登基十五年，我今年十六岁，我母亲嫁给许崇道是十七年前。那时，先皇在位。我记得他刚刚说夺妻之恨，这个夺妻之恨使得皇帝怀疑卫阳行刺，所以真正夺妻的人不是许崇道，而是皇室中的某个人，甚至很有可能是先皇或者当今皇帝，而十五年前的皇帝刚刚大婚，不会娶一个商人之女。所以，我想是先皇要我母亲进宫，而我母亲等不及卫阳上门提亲，为了不进宫，她只能匆匆嫁给了许崇道。"

卓知非低声说："你恨你父亲？"

许言一愣，随即明白，自己一直称父亲为"许崇道"，她也知道自己完全猜对了母亲的往事："不恨，没有他就没有我。"

"许言，今夜，你的情绪让我有些担心，你不但很惊讶还有些无奈。"明明是陈述句的语气，却说出了疑问句的调子，许言在心里翻个白眼，这个卓知非，温文尔雅得不像话。

卓知非和易慎行完全不同，他足够细心，也足够有耐心，许言若不回答，他肯定会追问到底，因此，许言直截了当地回答："我母亲的事，使我害怕往事重演。这件事你了解的，对吗？能不能告诉我到底是怎么回事？"

卓知非点头："这件事，你还是不知道为好。"

许言呢喃着："其实，你不说我也能猜到几分。十几年前皇帝选妃，我母亲作为适婚女子，有可能是要被送进宫的，她是那种渴盼自由的人，当然不想进宫，因为某些原因匆匆嫁给许崇道是有可能的吧？"

卓知非没想到许言猜得如此接近。虽然他和皇帝是近亲，私下亦是好友，但这毕竟是皇室私密之事，他无论如何也不能对外泄露。

"我一直在想，我母亲那么骄傲，怎么会甘心嫁给一个刚入仕的学子。现在想想，固然是形势所逼，更多的是伤心，而许崇道将我扔在院子里不闻不问，怕是也知道我母亲的心不在他那里。"许言说这话的时候眼神飘零，透着淡淡的忧伤，女人永远都是男人的附庸，在家从父，出嫁从夫。

卓知非低低地柔声说："你以后的日子还长着呢！"

许言点点头，眼前已经看得见灯火，她挣开卓知非的手，默默走在他身后一步远的距离。

卓知非微微转头能看到许言好看的侧脸，她脸上淡然中混着的浅浅的忧伤，丝毫都不像一个养在深闺中的女子。许言在大牢中步步为营设下圈套使犯人落网，在大堂上又侃侃而谈语言犀利，她的见识绝不在男儿之下。是什么样的女子才能养育这样的女儿，任依兰，一个能让万兽山庄庄主一见倾心的女子一定是不简单的。正思虑间，卓知非听到许言问了句："你的伤好了吗？"

卓知非立刻想到她问的是什么，只是他没想到许言竟如此敏锐地猜到了那一夜劫持她的人是自己："你认得我的声音？"他记得那一夜自己特地掩饰了声音。

许言耳力很好，分辨得出细微的异同，只是以往她没有往卓知非身上想罢了。虽然她性格冷硬，但黑白分明，这件事一直压在她的心头挥之不去。那人是卓知非，总好过是个杀人如麻的杀手，于是说道："确定了是你，我才能放下心。"

卓知非微笑出声："你极冷静，哪怕是换成一名男子，也不会像你那般既保住了自己，也保住了柳儿的性命……许言，你太奇特。"奇特到连他都不得不刮目相看的程度。

许言不想接这个话题，看到高大的城门在黑暗中矗立着，她朝卓知非行礼，说："烦劳卓相了，我自己回去就行。"

卓知非淡淡地说："慎行在等你？"他没有错过许言眼里闪过的光芒，她果然是担心易慎行误会，卓知非继续说，"任曦就没有一点儿机会？"

许言没想到卓知非没有子女婚姻父母做主的观念，对他的好感倒是多了一分，但她不想和一个只有几面之缘的男人讨论婚嫁之事，于是说："此事不劳卓相挂心。"

远远地，易慎行的身形在黑暗中非常明显，许言看着他英挺的身形，突然觉得他竟是那么好看，不管自己在哪儿、做什么，他都在，像一棵树一样稳健地存在。许言快走几步，双手握住易慎行的左手，低下头，脸附在他的手臂上，轻轻地摩挲，温暖自己已经冰凉的脸。

易慎行心里一暖，伸出右手轻轻揽着许言的肩，低声问："累了？"

"嗯。"

"回统领府？"

"嗯。"许言从未想过自己竟会有这样近乎撒娇的行为，心里的羞恼涌了上来，但她此刻已经因为母亲的事心力交瘁，依赖易慎行的心思多过不齿的情绪，她干脆说，"你背我。"

易慎行的脸在黑暗中有些微红，他不自主地看了看卓知非，卓知非耳力如何敏锐，当然听到许言说什么，不由得微笑着说："送她回去吧。"

易慎行脸皮薄，无论如何也做不到在大庭广众之下背着许言离开，可许言难得有这样的要求，他又不想舍弃大好机会，心思转了好几转，最后吩咐人找来两辆马车，先安排好卓知非，才将许言扶上了自己的马车，直到坐进马车里他才握紧许言的手，低声问："去哪儿了？"

许言抬头看着易慎行那张本来表情极少的脸此刻堆满了关切，还有掩藏在关切后的微怒，她靠到易慎行怀里，放松了身子，微微叹了口气。

"有件事……"

"我想问你……"

两人几乎是同时开口，心里仍有些犹豫不决的许言连忙给自己找了个借口，说："你先说。"

易慎行似乎也是不知道该怎么说，过了好一会儿，才缓缓开口说："我要到军中任职。"

许言觉得脑袋微微一晃，没明白易慎行的意思，他不是一直在军中任职吗？

"往日，我想到军中任职，希望能为国效力，几次与大将军提及，这次任将军回京述职，大将军询问我是否仍愿意替任将军的岗位到北方军中任职。"

许言猛地坐直了身子，问道："你的意思是说你要去北方打仗？"易慎行虽然是军人，但毕竟在京都任职，且担任的是守卫职务，并没有冲锋陷阵伴随而来的风险，但如果到北方任职，就完全不一样了，"危险吗？"

易慎行嘴角微微一弯，许言担忧的眼神让他心里一暖，答道："算不得危险，北国骑兵虽然强悍，但我朝自开国时就在北方国境建造高墙以抵御外敌，且与北国已经多年没有战事。"

许言才不相信易慎行安慰的话，追着他躲闪的眸光说道："你说实话。"

易慎行顿了顿，说："就兵力而言，我朝不及北国，百余年来一直以防守为主，近年来边关虽无大战，但摩擦不断，而我朝向来文官多过武将，所以……"

"所以你要去边关？"

"我既然是军人，就该为国效力。但是，我舍不得你，言言，我舍不得你。"易慎行说着搂紧许言纤细的身子，"若是我战死沙场，你该怎么办？"

许言觉得自己的体温在下降，但她的理智仍在，问："你想到边关去吗？"

易慎行并不给她一个准确的答案，而是用温柔的眸子看她。她虽冷静，但黑白分明，看不得一丁点儿的不公平，若是自己不守在她身边，不知道她要面对多少不可预知的危险。

许言沉默了好一会儿，轻声说："易慎行，你愿意娶我吗？"话一出口，许言自己都被吓坏了。她三番五次分析过自己和易慎行性格上的异同，最大的共同点是冷静到冷漠，慢热到绝情，性格冷硬、倔强到不撞南墙不回头，这样性格的两个人确实不适合在一起。不过，许言也不否认自己对易慎行多少也是有些动心的，他对自己好，相信自己，尊重自己，不会用各种陋习约束自己，甚至挑战规矩来纵容自己，在许言看来，这些是现在的她最需要的，比爱重要得多。

易慎行身体一抖，嘴唇抿得紧紧的，不点头也不摇头。

许言的脸有些红："你不愿意吗？"

易慎行仍旧不说话。

"你不说话，我就当你是同意了。不过有几句话，我要说在前头。我父亲虽然是洛州知府，但我不是父亲疼爱的女儿，母亲也已经过世多年，所以，我没有一份丰厚的嫁妆。"易慎行刚要开口，许言拦住他的话头，"我本人呢，脾性是有些怪的，不温柔，不贤淑，甚至算不上是善良，还有些别人无法理解的爱好。而且，我还要与你'约法三章'。"许言看着易慎行线条俊朗的下巴，一时忍不住，抬头吻了吻他，又连忙缩到易慎行怀里，轻咳一声，掩饰自己的羞涩，"第一，我们只定婚约，要再等个三五年才能成婚；第二，你不能限制我的自由；第三，不能将我当作生孩子的工具。你做得到吗？"她不确定自己是否真的爱上了易慎行，但她确定自己不爱任曦，如此权衡，易慎行是最佳人选。毕竟若是真正拖过了适婚年龄还不嫁，恐怕就会被家人裹挟着嫁给一个陌生人。现在，至少她还有得选，"易慎行，你说句话，我自诩不是羞涩的女子，但我说了这么多，你一句回应也没有，很失风度的。"

易慎行尤沉浸在许言那温柔的一吻中，久久不语。

许言用手肘顶了顶易慎行的胸口，恼羞道："你说话呀！"

易慎行低头吻了一下许言的额头，说道："我回绝了大将军后就去许府提亲。"

"不！"许言坚定地摇头，"为南国建功立业是你的心愿，你要去，我就同意你去。"许言转过身，伸手抱住易慎行，脸贴着脸，柔声说，"慎行，你的心愿也是我的心愿，不管你要做什么，我都会支持。"

易慎行心里一热，嗓子有些发紧，只是点头却说不出话来。

许言脸有些红。这件事她想过，在易慎行第一次说娶她的时候她就非常慎重地想过，只是没想到竟然是在今天这样的境况下自己主动提的。她性格冷清寡淡，或许一生都不会爱上任何一个人，即便那个人是易慎行。但她会试着去爱上那个像树一般坚实的他。只是如今这般选择，总有利用别人的嫌疑，这让许言感到很愧疚，于是又问道："慎行，你真的愿意吗？"

"愿意！"

易慎行回答得简单，许言却听得出他话里的意思，她又说道："哪怕，哪怕……"

"别说！"

许言突然意识到，易慎行虽然什么都不说，但他什么都懂，包括自己要利用他的心思，许言羞愧地说道："别对我这么好。"

"是我情愿的，你好我便好。"易慎行转换了话题，"待猛兽伤人的案子结了，我到你府上提亲。"

"好。"

万寿节当天一大早，易慎行早就整装待发，他穿上了铠甲，许言看着他待命的样子，心里生出了一波不安，她虽然听到了皇上的安排，但不知道具体的细节。

易慎行见许言盯着自己，眼里满是担忧却说不出口的模样，突然有一种预感，自己不能去北方，若有一点点的伤害，许言都无法接受。

许言犹豫一下，开口道："我随你进宫吧！"

易慎行摇了摇头。

"我只是看看。你知道万寿节是有很多节目的，会很精彩吧。"许言知道易慎行吃软不吃硬的个性，连忙追加一句，"就当是你带我去游玩了。"

易慎行仍旧摇头。

"易慎行！"许言低声吼着，这个沉默寡言的男人总会让自己失去理智，"你知道我有大理寺的腰牌，我是可以参与这起案件的任何调查的，你凭什么不许我进宫？"许言倒是忘了，外人没有皇权特许是进不了宫的。

正在两人争执间，门房跑了进来，说："卓相来了，命您带着许姑娘进宫。"

许言刚要露出"你看卓知非都许我进宫"的表情，看到易慎行阴沉的脸，不敢流露半分，安慰着说道："我能照顾好自己。"

易慎行的眉头皱了一会儿才说："去换件衣服吧，进宫不能如此随意。"

当朝一品大员的马车果然是精美舒适，只是许言被那一套里三层外三层的衣物束缚得手脚活动不便，索性缩在马车的角落里一言不发，卓知非和易慎行也一脸肃穆。

皇宫极其宏伟，建筑的雄伟和皇室的尊贵交相辉映，就连一块地砖都散发着不同寻常的威严感。许言一边偷偷提着裙子怕自己踩了裙角摔倒丢人，一边紧跟着易慎行的脚步更怕自己迷路。

万寿节在一个巨大的花园里举行，皇帝明以淙远远地坐在高台上，连面目都看不清楚，臣子们则依官职分坐在台下两侧，武将在左，文官在右，许言紧跟着易慎行坐在西侧下首。

一群戎装武将中坐着个娇滴滴的妙龄少女，粗枝大叶的汉子们纷纷侧眼看许言，甚至窃窃私语起来。许言倒是面目安静、心无旁骛，一心想着如何抵抗繁杂服饰带来的不适，突然，她听到一个高亢的声音拖腔拉调地喊道："起！"易慎行扶她站起身来，然后是一大群人"呼啦啦"地跪下，山呼"万岁"。许言已经有了思想准备，学着身边人的模样行了三跪九叩的大礼。

　　明以淙的声音清朗、高亢："虽然今日是朕的万寿节，但北方战事紧张，国库空虚，过寿亦需节俭，故而朕交代礼部，非京官不得入宫朝贺，非东海国等外邦不予接见，百官献礼均归国库充抵军需，此外，除万兽山庄进宫献艺外，其他所有奏乐、舞艺等全都取消。"

　　若不是许言对明以淙有了些许的了解，还真被他这一番大义凛然的话给唬住了，这些安排表面上看起来是为了节俭，实际上却是为了减少入宫的人员和万寿节的流程，无非是为了控制万寿节过程中可能会出现的意外。如今进宫的人员非常单纯，京官、万兽山庄的人、东海国的使节，刺客几乎就在他眼皮子底下。

　　"依礼制，寿宴应有热菜二十品，冷菜二十品，汤菜四品，小菜四品，鲜果四品，瓜果、蜜饯果二十八品，点心、糕、饼等面食二十九品，共计一百〇九品，今年全部减半，众位爱卿不要嫌朕小气。"

　　众人发出微笑和赞许，许言咂舌，即便减半也是要吃五十多道菜，每道菜尝一口也会撑死。

　　虽然远远看不清楚明以淙的面目，但他姿态明显与许言那晚所见的不一样，他甚至斜斜地垮坐在椅子上，右腿搭在左腿上，频繁抖动，一派富家子弟的做派。一旁还有侍女跪着，双手举高托着食盘，供他取用。截然不同的模样令许言疑惑，自己那晚见到的明以淙真的是如今坐在高台上一脸纨绔的皇帝吗？

　　"开始！"明以淙大袖一挥，司礼太监指挥着众人开始倒酒。

　　寿宴就这样开始了。

　　第一个走出人群的是两名来自东海国的使臣，朝明以淙行礼后说："东海小国，数年来依靠南国才能抵御外敌，国主感激皇上仁厚，命我二人献上一株千年白珊瑚和两枚深海明珠作为寿礼，望皇上笑纳。"

四周窃窃私语说这株珊瑚是龙王的贡品，非常珍贵，许言本想伸长脖子看看到底是什么样的稀罕物，却被人群挡住，她本就不是好奇的人，也就作罢了。易慎行见许言探头探脑，低声询问，许言微笑着摇头，心里倒是有句话想对易慎行说，只是这会儿人多口杂她也开不了口。

　　接着又是南国的几个属国、邻邦献礼，都是奇珍异宝，许言对这些东西不感兴趣，在阳光的照射下，有些昏昏欲睡，偷偷躲在易慎行身后打起了瞌睡。

　　恍恍惚惚间，许言又开始做梦了。梦里，她回到自己无比熟悉的房间里，四墙被阳光照得发亮，有一面墙壁的巨大书架上，书按大小摆放得很齐整，许言凑过去摸着书脊，念叨着："《洗冤录》《唐律疏议》……"

　　身体猛地一抖，许言从恍惚中惊醒，捏紧的手心里全是汗水。看着易慎行宽阔的后背，她偷偷伸手握住易慎行的手，感到他掌心传来温暖的气息，许言才长长地吐出一口气，平复混沌的情绪。

　　寿宴广场中央的空地上蹲坐着六头狮子、六只老虎，披挂着金灿灿的皮毛，时不时咧开血盆大口，看得许言心里一阵阵发毛，她昨夜已经将晚间看到的所有事情都告知易慎行，他也猜不透皇帝到底有怎样的计划，这个计划里甚至包括了许言，否则也不会差人叫她进宫。易慎行心里也涌起一股不安，他反手握紧许言的手，将她整个人挡在身后，似乎这样就能将她保护得完完整整。

　　胡思乱想的当口儿，许言听到几声尖叫，抬起头的时候，已经有一头狮子扑向高台上坐在皇帝左手上位的皇太后刘氏。

　　明以淙几乎是从座位上弹跳起来，凌空抽出腰间的宝剑，这柄剑自然是吹毛断发、削铁如泥的宝剑，明以淙自上而下顺势一砍，狮头被砍了下来，血液爆炸一般地在整个花园喷薄，铠甲锃亮的宫中侍卫动作更是快如闪电，护卫住明以淙的同时，将整个花园团团围住。

　　许言被扑面而来的血腥味刺激得几欲作呕，动物的血腥气本就比人的要浓重一些，何况狮头被砍，出血量大到无以复加，她倚靠着易慎行的背站好，虽然呕吐感一波接着一波，但她脑子非常清醒，不停地问自己，被攻击的人怎么是皇太后？

一番人声鼎沸过后，万兽山庄一行五人被禁军押解跪在地上，几头猛兽已经被关在笼中，不停地咆哮，却不具备任何威慑力。

原本坐在明以淙身旁的皇太后刘氏因为受惊被送回宫中休息，皇后和其他嫔妃均吓得脸色发白，有的已经晕倒在侍女怀里。

明以淙仗剑而立，身上鲜血淋漓，他怒目环视全场，显得有些狰狞，如今的他已经褪去纨绔的外表，完全露出肃杀冷酷的内里，百官们不曾见过这副模样的皇上，窃窃私语起来。

许言打量着现场，暗暗赞叹明以淙的能力，现在的场面完全在他的掌控之内，包括那几头人力无法控制的猛兽都在卫阳的帮助下控制得很好。看来，明以淙不怕人，只怕兽，而他屈尊去见卫阳就是要他在最恰当的时机控制住可能被鲜血刺激得兽性大发的野兽。

大将军刘宗和丞相卓知非分别站在明以淙两侧，明以淙见现场已经得到控制，缓缓举起手中的长剑，用剑尖指着群臣环绕一圈，然后将剑扔在地上，吐出一个字："查。"

内侍取来衣物要给明以淙换上，他冷冷地推掉，坐回到龙椅上，又强调着："彻查。"

卓知非一直在配合着明以淙，他冷着脸说："卫庄主，万兽山庄百余年来受朝廷恩赏，地位超然，你为何做出这等弑君的事来？"

卫阳面色肃然，沉声说："此事与万兽山庄无关。"

"众目睽睽之下，难不成还能有人指挥得了万兽山庄的猛兽？"

卫阳站起身，缓缓伸出右手，掌心朝上，是一串红色的手串，与一般手串不同的是，这串红色的珠子中均匀地穿着三个铃铛。卫阳将手串戴在手上，轻轻摇动，虽然没有声音，但笼中猛兽仿佛听到什么命令似的朝着卫阳齐声咆哮，在场的人都吓得脸色发白。

那串铃铛应当是特制的，发出超出人听力范畴的声音来引导动物。

卓知非待猛兽咆哮声止后，示意卫阳解释。

卫阳点头言道："太后身上是否有此类手串，请交给在下检查。"

明以淙挥了挥手，内侍会意匆匆而去。

卫阳继续说："这个手串制作得非常特别，不但颜色鲜亮，而且内有机关。"卫阳一边说着一边拿起手串，转动其中一个红色珠子，"这几颗珠子是手串能否发出声音、发出何种声音的开关……万兽山庄的猛兽经过多年训练，对特制的手串会有特定的反应，虽然这声音我听不见，但从刚刚猛兽的反应来看，是攻击的指令。"

卓知非问："卫庄主的意思是，有人指示猛兽袭击皇太后？"

卫阳既不点头也不摇头，说："除非是和猛兽朝夕相处，猛兽不可能认识初次见面的人，更不可能直接避开众人而去袭击太后，所以，我怀疑是有人将万兽山庄特制的手串放在了太后身上，引得猛兽循声而至。"

说话间，内侍一路小跑过来，双膝跪地，双手高举过头，掌心托着一串鲜红色的手串，手串中系着三个铃铛。

笼中的猛兽低声咆哮，卫阳用手半捂着嘴，也发出几声低低的咆哮，笼中的猛兽骚动几下，最后安静地坐下。

内侍在明以淙的指示下将手串递给卫阳，卫阳接过后细细查看起来："此物确实是万兽山庄特制。"

卫阳一句话使全场喧闹起来，本来围在一旁的卫士也纷纷抽出刀剑朝卫阳几人聚拢了过来，只待明以淙一声令下，就可以将这五人拿下。

卓知非与卫阳是旧相识，对卫阳的个性也算是了解。自从任依兰过世，卫阳变得消极厌世。若不是万兽山庄还没有人能接替他的位子，他早就一走了之，远遁江湖了。所以，在皇帝实施这个巨大的计划之前，他特意提及卫阳，希望年轻、决绝的皇帝能看在万兽山庄百余年来功德的分儿上对卫阳手下留情。

那日，明以淙看着明晃晃的太阳，面目肃杀，一字一板地说："卧榻之侧岂容他人安睡。"在明以淙看来，边关这股强大得不受其控制的力量是文治武功的最大变数，即便是卫阳这样无欲无求的人，也难以让他安心。

卓知非沉声问道："万兽山庄光天化日之下行刺皇太后一事，证据确凿，你还有什么话要说？"

卫阳从明以淙在山间小屋秘密见他那一刻开始，就在心中设想了数种可能，他协助朝廷对抗北国骑兵，不算是纯粹的江湖人，多少也了解些政治权谋，直觉告诉他皇帝不可能只是要他在万寿节上控制猛兽，他万万没想到的是，皇帝的计划居然是要直接拿下万兽山庄。这样的变故让卫阳这样直来直去的人有些接受不了，难不成要在百官面前直接质问皇帝吗？卫阳抬头直盯着明以淙，眼中不乏锐利的询问，明以淙的眼睛也一动不动地盯着他。这一眼，让卫阳心里莫名有些慌张。他所有纨绔爱玩、好色任性的表象都是演给外人看的，实际上，他有着残酷、狠绝的个性，能隐忍，善筹谋，一旦时机成熟，他的心比谁都冷硬。

万兽山庄地位特殊、技能特殊，几朝皇帝或拉拢，或打压，都有将万兽山庄除之而后快的想法，只是一直忌讳着万兽山庄在北方的作用。如今，明以淙就要做那位举刀斩首者。事已至此，卫阳只有沉默，他说的任何一句话都有可能被当作把柄。

秋高气爽，失去云朵遮挡的阳光赤裸裸地照在身上，许言被晒得有些眩晕。但看明以淙色厉内荏的样子和卫阳卑躬屈膝的态度，她明白，这件事的影响力已经超出了她的想象，如今凶手是谁已经不重要了。许言不由得佩服纪嫣然的直觉，她归案，对万兽山庄何尝不是件好事？

明以淙抚摩着身上的一块玉佩，久久才开口说："此物，是内务府呈进宫中的玛瑙手串，朕见它色泽红润、质地温和便送与母后。"

此言一出，满场皆惊，不少官员开始大声斥责卫阳，各种"忘恩负义""不知恩惠""不忠不孝"的词从四面八方砸向卫阳。

卫阳倒是镇定得多，他微微抬了抬眼皮，坦然接受来自这位壮年皇帝的决绝。万兽山庄失去了卫阳，就好像猛兽失去了利齿，虽然不会伤害到南国朝廷，但同样地，南国北方也失去了与北国对峙的一股力量。明以淙难免有些后怕，卫阳在心中揣测着，也在思量着如何用最小的牺牲争取到最大的利益。

明以淙环视全场，嘴角扯起残酷的笑容，问道："知非，此事该交由何人查办？"

卓知非微微欠身行礼，说："应由大理寺查办。"

黑脸判官毛泰璋脸色更黑了三分，但是卓知非点名，他也不得不表明态度，况且大理寺主管刑案，也是无从推辞，毛泰璋连忙站出队列，朝皇上行礼。

明以淙点头，接着说："一人独断难以服众，应有旁人协办……刘大将军推荐一人。"

刘宗连忙行礼，言道："卑职推荐九门统领易慎行。易慎行一直参与案件调查，了解前后经过，他虽然性格冷清，但武功高强，头脑灵活，武官中只有他能担任这一职务。"

易慎行挺直腰背，单膝跪地，朗声答应。

明以淙看着跪在地上的一文一武，嘴角扯出一丝微笑，说："朕也推荐一人。"

失去易慎行遮挡的许言直直地承受明以淙凌厉的眼神，她知道自己的角色在那天晚上就定了下来，是躲不过去的，便坦然抬头回视明以淙，虽然脸色略有些苍白，但她眼神淡定，这令明以淙心里微微惊讶："许言，你愿意帮朕这个忙吗？"

卓知非脸色微微一变，卫阳和易慎行齐齐脱口而出："不可！"卫阳甚至弯下身，做了叩拜的姿势。

明以淙微笑着问道："有何不可？"

易慎行嘴唇抿得紧紧的，卫阳却已跪倒在地，说道："请皇上体谅。"他已经伤害了任依兰，万万不能再将她的女儿拉进旋涡。

许言本来在人群的最后，她被卫阳那一跪震撼到，心里的倔强涌了上来，暗暗想不就是一个案子吗？许言拨开人群走到易慎行身侧，站定，迎着明以淙的目光说："您需要什么样的帮助？"

明以淙眉头一挑，惊讶写在脸上："你能提供什么样的帮助？"

许言冷冷地回道："彻查案件和权力平衡，您需要哪一种？"

卓知非呵斥道："大胆，谁准你信口胡说？"

明以淙倒是淡定地挥挥手，他从来就不怕旁人非议："自然是彻查案件。"

许言点头说道："今日有关人等都在现场，是查案的最好时机，不知皇上是否准许我在您的万寿节上查案？"

明以淙哈哈大笑，已经是放松和快乐的语调："查，当着朕的面查！"转而又以冷冰冰的语调说，"不管他地位多高、权势多大，朕都给你权力查！"

许言面目沉静，表情上看不出悲喜，说："必须先做两件事：第一，将谢济轩、董明、刘宗斌尸体上的伤口与这头狮子的牙齿进行比对，从伤口的痕迹判断到底是不是这头狮子咬死了他们；第二，我需要对万兽山庄的人进行单独讯问。"不管这件事的结局如何，纪嫣然必须活着，她要剪除纪嫣然与案子之间的所有关联，"王少杰是被狼咬伤致死，与本案明显不是同一人所为，所以无须再耗神费力地查。"

明以淙大手一挥，立刻就有人去办，然后问道："还有什么要求？"

"我需要一间安静的屋子和一名文书。"

明以淙摇头，说道："朕已经说了，当着朕的面、当着文武百官的面查。"

对母亲的故人，许言有几分同情，这样一位江湖豪客，如何也不该在这大庭广众之下跪着受审，于是说道："皇上是否有兴趣听一个故事？"

"说。"

"曾有张三和李四两名窃贼，他们联合起来偷偷潜入皇宫盗窃，结果被侍卫逮了个正着。侍卫将两人分别置于不同的两个房间内进行讯问，并告诉他们：如果一个人坦白了罪行，交出了赃物，就证据确凿，两人都要被判有罪，如果另一个人也坦白了罪行，则两人各入狱五年；如果另一个人没有坦白而是抵赖，则会因盗窃和拒不承认有罪再加刑五年，而坦白者则会因为有功减刑五年，立即释放。如果两人都抵赖，则侍卫因证据不足不能判两人犯了偷窃罪，最多就定他们个私闯皇宫的罪名，将两人各判入狱一年。对张三来说，虽然他不知道李四会怎么选择，但他知道无论李四如何选择，他选择坦白总是最优的，显然李四也会这样想，结果是两人都被判刑五年。但是，倘若他们都选择抵赖，每人只被判刑一年。张三和李四面临着四种组合方式的选择，在这四种组合中，双方都抵赖是最佳的选择，但是出于对自身境况的担忧和对对方的不信任，他们最终都会选择坦白。"

明以淙、卓知非、刘宗、毛泰璋、易慎行、卫阳等一干人等，包括文武百官、侍卫、宫女全是一脸茫然。

刘宗是武将，心直口快，脱口而出："私闯皇宫是重罪，当以谋反论处。"

许言下意识地看了看易慎行，他虽然听不大明白，但知道她是在劝说皇上给她单独审问犯人的机会，因而回了许言一道了然的目光。这让许言心里多少有些安慰，原来是有人能听懂，不是自己表达得有问题。

明以淙略一思忖，问道："你的意思是说，只有对他们单独审问，他们才会审时度势地说出事实的真相？"

"皇上您说的是。"

明以淙沉默了一会儿才说："朕准许你单独审问，但必须有卓知非和刘宗在场旁听。"

许言很坦然地点头，心里嘀咕着，明以淙还真是多疑。

卫阳一行五人被带到了朝房，许言将他们分别安置在单独的房间后，回到朝房坐下休息。许言早上吃饭少了些，又被太阳晒了半天，有些犯晕，开始闭目养神。

隔断了视觉，其他感官就会变得敏感，许言听到有人进出的声音，脚步极轻，应该是个瘦小的人踮起脚尖走路，从步幅来判断大约是名女性。果然，许言听到卓知非低声说："给他们拿些茶点来。"回应的是一个清脆的女声。

刘宗体形彪悍，声音洪亮，说道："真不知道皇上是怎么想的，竟许一个女子来审案。"

许言不为所动，面色平静地闭目养神。有时，时机是等来的，卫阳他们需要时间来考虑自己到底要说什么，时间越长，他们的逻辑就会越乱，当然，如果时间久到他们破罐子破摔就不妙了。因此，时机的把握很重要。当他们想得够久，开始考虑如何回答是对自己最好的选择，就是她推门而入的时机。

刘宗声音低沉了下来："这次，皇上是下定决心了？"

卓知非轻轻"嘘"了一声，淡淡地说："皇上的个性你是了解的。"刘宗曾是帝师，与明以淙朝夕相处多年，怎么可能不了解皇帝的个性，他只是没想到皇帝竟会如此决绝。

刘宗微微叹了口气，言道："我在北方近十年。"言外之意，他曾与卫阳并肩作战十年。有些感情产生于战场上的生死一瞬，却永远不会泯灭。

许言见的第一个人是卫雨。

卫雨，二十岁左右，以驯兽为业，又有哥哥在身边照顾、保护，许言猜测她的性格要么极度乖张，要么极度单纯。之所以选择她作为第一个讯问对象，是许言记得自己在说那套理论的时候，瞥到卫雨头微微下垂、左手轻轻掩住半张脸的样子，许言看得清楚，那是羞愧的表情。所以，要么一击即中，要么找到开锁的钥匙。

许言见桌上的茶点丝毫未动，伸手倒掉杯中已经凉了的茶水，重新倒了一杯。

卫雨的眼皮微微动了动。

"卫雨，"许言直呼其名，"想说些什么吗？"

卫雨低垂着脸，表情始终淡淡的。

许言笑道："人的性格与成长环境有很大的关系。我与卫庄主虽然只见过两次，但看得出来，他是个重兄弟情义高于一切的人，而且淡泊名利，你是他的徒弟，如何也不会长成一个罪大恶极的人。所以，我至今都想不明白，你为什么要遣人绑架我？"

许言的话无异于炸弹一般，将一直都低头不语的卫雨炸得抬起来头，满脸惊诧，下意识地嚷道："你冤枉我。"

许言也不和她兜圈子，直接说："动物身上有一种腥臭味，长期与它们生活的人，身上难免会沾染这种味道，男人们就不管了，随他臭去，你是女子，自然爱美，用了味道浓烈的香粉来遮盖这种味道，这两种并不十分美好的味道掺杂在一起，就形成了你独特的气味。那日在小木屋，我就感觉你身上的气味非常熟悉，就在刚刚，我更加确定之前引我上钩的女子就是你。你长期和动物生活在一起，如入鲍鱼之肆，久而不闻其臭，而我天生就对味道敏感，既不喜欢香，更不喜欢臭，所以，我对你身上那种味道记忆深刻。"

卫雨的脸色有些苍白，那日她特意改变了身形，没想到竟被这个看似柔弱的小女子认出来了，还是因为气味。卫雨不自主地嗅了嗅，她当然闻不出任何味道。

许言清楚地看到卫雨鼻孔翕动的小动作，也不拆穿，说道："你不说话是对的，绑架毕竟是重罪，不能光凭体味就定你的罪。但我想问你一句，你有没有想过，你的一念之差，可能会害死万兽山庄上上下下一百多号人的性命，这个罪过你承受得起？"话已至此，许言自认无须多言，起身准备离开。

"你知道我是北国人吗？"

许言叹了口气，淡淡地说："万兽山庄在北境，南北两国交融，你是北国人又如何？"绑架许言的人虽然是北国人，但因为从事渔业，懂得打水手结，误导了许言。

"你生在京都官家，家境优越，哪会懂得北境普通人家的苦。"卫雨的眼神如同火焰一般烧着许言的后背，迫使她缓缓转过身，许言语气中带着些叹息，说："你说得没错，我衣食无忧，生活无虞，体会不了战争之苦。我理解人如同草木一般在狂风暴雨中飘摇的挫败感，但我理解不了为了为了一己之私伤害别人的做法，即便这种行为有确切的理由，我也理解不了。今日，我不与你讨论两国交战、百姓受苦的事实，我只与你谈卫庄主，他将你与你哥哥养大，难道就该为了你的一己之私承担后果？"

卫雨的眼睛有些红，但仍旧咬着牙，一句话也不说，许言微微一笑道："那人给了你什么承诺？或者威胁了你什么？"

两个人沉默了好一会儿，卫雨开口说："是卓知非。"

许言先是一愣，转念一想随即明白，卓知非已位极人臣，没有谋反的理由，他教唆卫雨做这件事，当然是明以淙授意，借力打力来削弱朝廷潜在的反对势力。如此说来，那晚自己被卓知非挟持，应该是他私会卫雨遇到了什么意外。

"你不吃惊吗？"卫雨瞪大了眼睛看着一脸淡漠的许言。

许言摇摇头："朝廷争斗从来都不是温情脉脉。卓相的承诺让你动心，所以你指使猛兽咬死董明、谢济轩、刘宗斌，只是，卓相那样的人怎么可能告诉你全盘计划？狮子扑向皇太后，闹到无法挽回的地步，万兽山庄已然不保。你这才后悔没早些告知卫庄主实情让他有所准备，才感到羞愧，对吗？"与猛兽一起长大的卫雨，还是过于单纯了些。卓知非，一派温文尔雅，倒是很有手段。

卫雨扯出一抹残酷的微笑，说道："我哥说你这个人看似无害，实则精明能干，你着手调查案子后，我担心事情败露连累了义父，所以才找人绑了你，还特意找了几个在东海生活的西蔺人，若不是卓相来找我，你现在是死是活还说不定。"

许言知道她只是在说凶狠的话罢了，若是要她许言死，直接捅她一刀不更干脆？许言静静地看了卫雨好一会儿，才淡淡地说："事已至此，愧疚已经没什么用，文书就在这里，你有什么话，跟他说吧。"

第十四章　宫变

　　回到朝房，只有卓知非一人在安静地喝茶，见许言进来，他微笑着问："这么快就问完了？"如今他还能保持原来那一派温文尔雅，这功力，让许言不得不佩服。

　　"只问过卫雨，不过我觉得应该没有继续问下去的必要。"事情已然明朗，不管万兽山庄这几个人是有意还是无意背叛卫阳，他们都只是受命于当今皇上，所以，被袭击的是太后。原来，骄傲自负的明以淙，也是怕死的。

　　"我曾想过娶卫雨。"卓知非对许言瞪大眼睛的反应视而不见，反倒在发笑，"为此，我与我父亲有过很长时间的决裂，当然，最终还是我向他妥协。"

　　许言当然惊讶，但她惊讶的却不是卓知非曾经想娶卫雨，而是到了如今这样的境地，他居然还有心情开玩笑。

　　"万兽山庄虽是江湖势力，但百余年来一直与朝廷携手对抗北国，或者说得再直接些，这一百多年来，若没有万兽山庄在北方，南国堪忧。为此，先皇们对万兽山庄处处优待。"卓知非带着一丝微微的苦笑，"万兽山庄地位特殊，北国从未放弃对其进行渗透，卫老庄主强势，山庄上下一条心。卫阳不同，他优柔寡断，意气用事，甚至因为情伤对山庄事务不闻不问。他对山庄管得少了，底下人心思就活泛了起来，北国、西藏更是乘虚而入。卫风、卫雨都是北国人，一直以来都有细作劝说他们倒戈，只是他二人在南国生活十余年，对年少时的仇恨记忆模糊，更不想两国再次陷入混战，就将这件事秘密告诉了我,我与皇上商议后,决定将计就计。许言,我希望你能理解……"

许言愣愣地想了好一会儿,才开口说:"你要说的就这些?"

卓知非一愣,又说:"我知道瞒不过你。"虽然与许言只有几面之缘,但卓知非很信任她,知道她即便了解真相也不会四处宣扬。

许言看着院子里站得整齐的几名卫士,呆呆地愣了好一会儿,才说:"我问你几个问题,希望你能如实回答我,如果不方便,可以不说,但不要骗我。"

卓知非轻轻点了点头:"问吧。"

"那晚,你因何受伤?"

"我去见卫风,被庄里的卫士发现,为避免不必要的麻烦,我没表露身份,哪承想那名卫士使得一手好暗器,我躲闪不及,伤了左臂。若不是你驾车经过,我还真不知道如何面对卫庄主。"

不知道卓知非是真的对卫阳存有一份义气还是随口说说,他既然选择了站在皇帝那边,就必然做不成卫阳的朋友。不过,他也不是什么十恶不赦的坏人,救了也就救了,许言因为这件事一直悬着的心稍稍放下了,又问道:"董明、谢济轩、刘宗斌,非死不可吗?"

"此事说来话长了,你了解皇上登基为帝的经过吗?"

明以淙虽是先皇嫡长子,十五年前能够登基为帝,也是经历了一番血雨腥风的。当年众望所归的人选,一是先皇幼弟睿王爷明旌,他军功累累,在军中一呼百应;一是先皇长子礼王爷明以沣,他学富五车,在文官中地位非常高。两虎相争,最后得益的却是无功无德的明以淙。明以淙登基之初,睿王党和礼王党斗争非常惨烈,明以淙只能暗地里悄悄培植力量。他很聪明,更能忍耐,万事从不亲自动手,只坐看睿王党和礼王党在争斗中僵持,消耗力量。如今,睿王爷英年早逝,礼王爷在陪都养病,明以淙完全有能力掌控朝局,缺的只是个反戈一击的机会。如今,恰是时机成熟。

"董大人是睿王党首,谢大人是礼王党首,朋党争斗无端消耗国力,皇上自然不想将这样的人留在朝中。只因他们都是两朝元老,根基繁茂,并且都有世袭的爵位,也不是轻易能动得了的。五年前,北方传来战报说北国在边疆滋扰,皇上大喜,想借对北国一役将兵权和人权收回。可没想到刘宗亲自率领十万精兵对北国五万骑兵,仍旧大败而归,这一役,北国一举侵占南国北方三州，我朝十万男儿枉死北方，军力大减。为平息战乱，皇上不得不派人到北国和谈，再割让北方六州土地。原本是反戈一击的一战，变成了朝堂上下对皇上的声讨，皇上大怒后命令彻查，虽然查到被服、兵器等是劣等品，却怎么也查不到劣质军备的源头。”

刘宗所率十万骑兵是明以淙培植多年的精兵，更是南国仅有的骑兵，战力原本可以与北国一较高下，没承想却败得惨烈。这让准备以此战树立权威、掌控朝局的明以淙如何咽得下这口气？更让他怒发冲冠的是，怎么查也查不到源头，甚至事发后，仍有大量劣质武器、被服等涌进兵部。

“不管哪朝哪代，兵权必须由皇帝亲自掌控。皇上不是没想过杯酒释兵权，只是董会新身居要职多年，实力遍布朝野内外，一时之间难以撼动，其子董明年轻力壮，更是武举人。董会新试图以儿子任朝中要职为交换条件，皇上壮年，哪里能忍受这些，所以才出此下策。”董会新共有四个儿子，最争气的就是这个董明，好武擅斗，又精通兵法，稍加培养就是一名悍将。只是，在明以淙眼里，不受自己控制的将军，再精明能干，也要放弃。

“人治不如法治，要想惩治坏人，完全可以依靠朝廷法度。”许言说道。

“非常时期当用非常之法。北国重兵压境，随时都有可能开战，等不了三司会审。”

“那谢济轩又做了什么不得不杀的事？”

“皇上这么做，是为了打击谢大人的势力。谢大人向来主和。十年前，南北两国僵持，原本是势均力敌，谢大人亲自以使臣身份入北国洽谈两国开埠通商一事，却谈出了个北国要求两国通婚的条件。那时皇上即位不久，无法掌控朝局，即便心里一百个不愿意，也不得不受制于权臣，几番挣扎努力，还是没能避免瑾公主北上的结果。皇上少年时代不受先皇重视，生活艰难，与瑾公主相依为命，送公主和亲本来可以找一个王爷甚至是大臣的女儿封个公主的名号，但谢大人坚称北国皇帝看上了瑾公主。其实，北国皇帝哪里认得瑾公主，只是因为皇上想将瑾公主嫁入卓家，北国皇帝担心皇上借此巩固皇权。而且在五年前和北国大战失败后，北国皇帝找了个借口，说瑾公主是南国奸细，瑾公主最终被凌迟处死。”

许言心尖一颤，一是明以淙竟然这么记仇；二是北国能将南国的长公主处以剐刑，残忍的同时，也是表明要与南国决裂。明以淙是把谢华当作仇人看待的，杀掉他唯一的儿子，让谢华感受割肉之痛。

"怪不得皇上那么恨北国，历尽千难万险也要与北国开战。"

"你的第三个问题是什么？"卓知非摸了摸茶杯，茶已经凉透，时间不早了。

许言轻声说道："我也猜得到，这个案子根本就不需要查，凶手根本就是……""皇上"两个字在舌尖徘徊，终究还是没说出口。

"黑白分明是好事，但不能过于黑白分明，尤其是在朝堂上。我来回答你最后一个问题。被北国蛊惑的人是彭笑为，为了掩人耳目，他操控的是卫风饲养的狮子。彭笑为看不惯卫庄主消极沉闷，受不了朝廷对山庄的压制，本来就生了嫌隙，更何况北国绑架了彭笑为的儿子彭敏加以威胁，他是七代单传，彭敏也是他在四十岁才有的唯一的儿子。北国策划入宫弑君的目的不是杀人，而是使朝廷与万兽山庄产生嫌隙。弑君案一发，若皇帝不惩治卫阳，就失了君威；若惩治了卫阳，就失去了万兽山庄。北国盼着能爆发一场朝廷与江湖的厮杀，朝廷专心镇压江湖势力，在战场上必定捉襟见肘。不过，皇上已经承诺帮彭笑为找回彭敏并且不以此治卫庄主的罪，条件是彭笑为能劝说卫阳放弃万兽山庄并自尽谢罪。"

许言猛然抬头，一脸惊诧地看着卓知非。

卓知非敛起微笑，脸上竟有几分忧伤："所有人都是皇上的棋子……皇宫已经被刘大将军的亲军保卫，不许任何人进出或是传递消息，只有这样才能让北国人确信皇上性命堪忧，才有机会铲除北国在京都的势力，当然，只有这样才有机会找到彭敏。"

"彭敏今年多大？"

"六岁。"

"他母亲在哪儿？"

"高龄产子，血崩而死。"

许言缓缓坐下，呆愣了好一会儿才说："留子杀父，何尝不是另一种残酷。"

"彭笑为不死，不足以堵住悠悠之口。"卓知非站起身，朝许言行了个礼，"我应任曦要求，要保你周全，却没能做到，对不起朋友也对不起你。"

许言连忙起身还礼，朝廷一品大员朝她躬身行礼，她怎么受得起？

卓知非见许言表情淡淡的，看不出悲喜，以为她对身为棋子被人操控已经释然，故而转身要往外走，许言在他身后呢喃着："从证据角度去分析，彭笑为倒也不是能够确定无疑地被定罪，疑点有四：一是手串的制作工艺有没有可能已经失传？二是他的手串有没有可能被人偷盗？三是如果他不认罪，谁能证明那个手串就是他的？四是我对卫阳所陈述的驯兽技巧有疑问……"

卓知非猛然转身，低喝一声："许言，闭嘴！"

许言保持着一个瘫坐在椅子上的姿势，口中念念有词："被判处死刑的重大案件，怎么能仅靠一些口供来定罪？即便彭笑为认罪又如何，在公堂上审理时也有可能出现新情况……"

卓知非跨前一步，一把将许言从椅子上拉起来，动作粗鲁，低声喝道："不管你对卫庄主存了多少好心，现在都憋到肚子里，再多说一句，我就让慎行将你送出宫。"见许言一直垂着的眼有些湿润，卓知非又缓和了语气，"卫庄主与你母亲确实有些旧情，但如今你母亲已经过世，卫庄主的结局已定，你的那些话也改变不了什么。相信我，我会尽最大的努力给卫庄主和万兽山庄所有人一个好的安排。"

"送我出宫吧！"

卓知非叮咛着："今天你的所见所闻都烂到肚子里，对谁也不能说，否则就是杀头的大罪。"

明以淙仍旧穿着那套血衣，脸色阴沉地盯着百官，一言不发，在场百官被烈日灼晒着，都有些眩晕，甚至陆续有几位年老官员晕倒，小太监们早有准备，迅速地将官员们送往一旁的朝房休息，等候的太医们也立刻为他们诊治。

卓知非不在寿宴现场，官职最高、资历最深的当属吏部尚书谢华与兵部尚书董会新，谢华更身兼大学士职位，便开口说道："皇上，百官们已经在此等候一个多时辰，都有些疲累，不如……"

董会新也迎合着："是啊，目前北方战事紧张，臣还有大量事务需要处置。"

明以淙用眼角斜斜地看向谢华与董会新，那模样是这两人从未见过的，往日明以淙极少上朝，总在后宫玩乐，他们对明以淙的认知一直停留在皇帝年少好色、喜好玩乐上。如今的明以淙，他们很陌生，但作为操控朝廷多年的权臣，说话、做事少有考虑明以淙情绪的时候。谢华又说："刑案自有刑部去查，何苦让百官们在此等候？请皇上准臣等先行告退。"

明以淙冷冷地看着他们，心里暗暗发狠：若不斩杀权臣，朕何以成就大业？

小太监接收到明以淙的眼神，双手捧着托盘，托盘上是满满的奏章，欲走下高台送给谢华与董会新，明以淙起身走上前，一个甩手，托盘和奏章都摔到这两人身上，甚至有几份奏章砸在他们的脸上。明以淙辞色严厉地喝道："你们先看看如何处置这些事吧！"

谢华与董会新翻看几份奏章，都是各级官员或言官的弹劾奏章，不过，这两人也都习以为常了，把持朝政这么多年，弹劾的奏章从未断过，只不过是没有机会送到皇上的案头罢了。谢华、董会新自恃功高，又是朋党党首，完全没把弹劾放在心上，纷纷说："皇上，小人之言，不足为信。"

他们忘了，对大权在握的皇帝来说，没有惩戒不了的臣子。或许，往日的明以淙奈何不了他们，而如今，百官们被封锁在这皇城之内，外面的一切已然翻天覆地。禁军、四大营、城防、六部、九寺全由明以淙的亲信接手控制。看似一朝之功，实则计划十五年。

"小人之言？"明以淙冷笑，"来人，把刘祥海给朕押过来。"

刘祥海明显是受过刑的，身上、脸上都有伤痕，几乎走不了路，由两名侍卫半押半扶拖到明以淙面前，失去了来自侍卫的支撑力量，他软软地跪坐在地上，身体、脑袋都是耷拉着，发现那个穿着紫色官服的人是董会新后，他扑到董会新身上，哭叫道："董大人，救命呀！"

董会新一惊，几番挣扎也挣不开刘祥海的搂抱，脸色大变，呵斥道："来人呀，把这个家伙给本官拉开。"

明以淙一言不发，侍卫们一动不动。

百官们这才醒悟，皇帝是要对朝中权臣下手了，过寿不过是个借口。明以淙登基十五年，亦受权臣操控十五年。他隐忍蛰伏、韬光养晦，如今开始斩杀权臣。这时，识时务的官员立刻倒戈相向，更有写弹劾奏章的言官们纷纷走出人群，同陈董会新、谢华的罪状，什么七大罪、十大罪的陈述均有之。

明以淙心中有数，一句话都不说，由着百官们叽叽喳喳，倒是刑部尚书宫且云评估着形势，高声说道："臣有本要奏。"

明以淙仍旧不说话。

宫且云继续说："两位大人都是正二品的重臣，不能因为有人弹劾就随意定罪，但言官们言之凿凿，也不能不查。"

明以淙眼底深沉，看不清他是怒是喜，宫且云心跳加速，可不要拍马屁拍到了马蹄子上，如今风云变幻，一步错，则步步错。正思量间，明以淙缓缓开口："刘大将军何在？"

刘宗一直站在人群之外，亲率禁军控制场面，听到明以淙喊他，立刻走过去。

"将你查实的情况说给百官们听。"明以淙放松了身体，靠在椅背上休息，但力量不懈，随时都有可能暴起。

"五年前，南北两国大战，以我朝军力，完全可与北国抗衡，甚至取胜，但最终大军败北，十万骑兵几近全军覆没，本将受皇上密旨严查战败原因。经查实，战败原因有二：其一，战马有失，十万匹战马并非全是耐寒的蕳马，约五万匹是普通的南马，虽耐力好，却不耐寒，大战恰是冬季，战马染病、冻死者不计其数；其二，棉衣有失，因为我朝将士们不适应北方寒冷气候，故常例是一名军士配备两套栽绒帽、皮棉衣、皮棉靴，但将士们拿到手的棉衣重量不足原定的一半，且棉衣、棉靴外层不是皮革根本就达不到抗寒的效果，以致我军遇到大雪冻死、冻伤者过半；其三，万兽山庄有失……"说到这里，刘宗停顿一下，看了明以淙一眼，才说，"大军后撤时，与狼群相遇，卫阳指挥不当，虎群未能阻拦住狼群，我军将士被狼咬死、咬伤者过万，甚至遭到虎群反噬。"

第三个理由，并不完全属实，彼时卫阳正带领百兽殿后，大军穿越雪原时偶遇狼群，因为经验不足，在这场混战中死伤无数。但这个理由，刘宗必须要说，这是明以淙压制万兽山庄的原因之一。彭笑为受北国蛊惑谋刺皇上，卫阳可以推脱不知情，而战场上的过失，卫阳无处可推。

谢华明显地松了一口气，刘宗所言全是针对兵部，与他吏部没有关系，而董会新冷笑道："大将军还真是能说会道，那场大战可是你亲自带兵，怎么着？战前准备立功，战后便要推脱责任吗？"

明以淙歪了歪头，说："刘将军所言可有证据？"

刘宗一拱手，言辞肯定地说："没有证据，怎敢乱说？目前，有兵部左侍郎、武库司主事、刘祥海、刘祥海的掌柜、北防军几位后军将士等人证，有武库司和刘祥海供应的军服、战马等物证。"

明以淙站起身，走到高台的边缘，跳下去，走到董会新的面前，一脚将他踹倒在地，厉声呵斥道："朕的十万铁骑，就葬送在你这样的小人手里，朕给的俸禄不够多还是官职不够高，你还要蝇营狗苟追求那些小利？"明以淙转而面对谢华，几乎是怒声大骂，"你不要以为这是兵部的事，与你吏部无关，吏部负责官吏考核，这就是你给朕考核的好官，吏部难辞其咎！"

明以淙缓步在百官中间穿行，一张脸一张脸地看过去，这些脸他都很熟，却不是因为见面的次数多。这些年，他每年坐朝理政的时间不超过一个月，政务都由丞相带领六部官员处理，但事实上，前朝处理的每一件事都会由暗卫秘密报给他，官员们的档案中甚至包括画像。多年来，他隐藏在幕后，表面上不理朝政，却通过爪牙掌控着前朝所有人。

"是不是以为朕在深宫，就对你们的所作所为全然不知？"明以淙一步一顿、一步一句，"朕的将士遭狼噬，你们的儿子便被猛兽咬死。朕与姐姐永远分离，你们就白发人送黑发人。朕当年无可奈何做的所有事，今日要一件一件还回去。"

明以淙目光凛冽，官员们都低头躲避，几乎不上朝的皇帝根本就是头装睡的雄狮，一朝醒来，天下震惊。"来人，将董会新、谢华及其九族下狱。"

谢华与董会新因为皇帝那一番话而惊恐得说不出话来，他们不甘心，却抵抗不住禁军将士的拖拽。

明以淙绕了一圈后，重新坐回到龙椅上，此时的他腰板挺直，目光如炬，问道："此案，谁来审？"

满场寂静。

"宫且云？"

突然听到自己名字的宫且云愣了一下后连忙回道："若论刑案，大理寺毛大人首屈一指；若论军事，刘大将军独占鳌头，应当由这两人共同审案。"

宫且云真是个老狐狸，明以淙的意思明明是问他是否能够审案，他却装聋作哑，顺水推舟推荐审案人，惹得明以淙一动不动地盯着他看了半刻。宫且云的心提到了嗓子眼儿，如今的皇帝已经不是他所认识的皇帝了，能做出什么事来完全无法预料，直到明以淙说话，他才放下心来。

明以淙说："宫爱卿所言极是，这两人确实是最佳人选，不过还需要一人。九叔，不知您是否肯帮朕这个忙？"

皇帝的九叔是先皇的弟弟，是如今皇族中辈分最高的亲王——陵王明旃。明旃其人，算是皇族异类，一向不参与政事，倒是爱书如命。不过，他个性优柔寡断，根本不适合处理刑案，但明以淙有他的考虑。刘宗与毛泰璋虽然官职高，但都出身平民，没有个位高权重的人压着，怕是治不了董会新、谢华这样的名门之后。当然，卓知非是最佳人选，但他事务繁多，分身乏术，再说陵王明旃还是值得明以淙信任的。

明旃起身应了声"是"，又缓缓坐回椅子。

礼王党与睿王党两派党首一朝覆灭，皇帝的雷霆手段令人惊诧，不单单是董会新、谢华这两位正二品的高官，受到牵连的各级官员不下百人，其中还有任曦的四叔任怀国。任怀国驻守在西南边陲，为了利益收过兵部的劣质被服，虽然不至于闹出五年前对北国大败那样的恶性事件，但西南边境与西蔺相邻，西蔺蠢蠢欲动多年，想要趁乱咬下南国的一块肉，任怀国的行为，根本就是对西南边境安全的巨大威胁。不过，念在任怀国屡立战功、任家粮行多年来对南国军粮支援之功，再加上任家交了粮行半年的利润，在卓知非的斡旋下，任怀国之罪并未牵连家人，只他一人被判斩刑。

如今的洛州城，百官们人人自危，生怕牵扯自己，一时间京城官场余震连连。

第
十
五
章

赐
婚

　　许言跟在易慎行身后顺着宫墙向外走，临近宫门处被内侍拦住，小太监气喘吁吁地行了个礼，说："许小姐，皇上有事召见。"

　　许言和易慎行对望一眼，想不出会因为什么事被召见，走到御书房外，卓知非已站在门口，易慎行刚要开口，卓知非伸手一拦，沉声说："皇上只传了许言，你随我在此等候。"

　　许言不明所以，忐忑不安地独自走进书房。书房虽然装饰得奢华，但毕竟是皇帝读书之地，总归有一些书卷气掩盖了皇室威严，明以凉着便装坐在椅子上，正微笑着看向许言。

　　许言心里"咯噔"一下，连忙跪下行礼，明以凉大手一挥："起来吧。"许言站起身后，不敢动，不敢说话，更不敢找地方坐，真正感受到皇家威严。

　　"知非早就说你是奇特之人，朕还以为他是信口胡说，今日一见，果然不同凡响，难怪连知非那样的人都对你动心。"

　　许言惊讶地抬起头，明以凉仍旧笑意盎然："知非是朕的伴读，更是朕的表亲，按说朕是该考虑他的心意，可……"

　　许言眼睛越睁越大，四周沉闷得让她呼吸困难。

　　"普天之下莫非王土，率土之滨莫非王臣，若朕强要你进宫，知非也不会怪朕。"

　　"皇上……"许言腿一软跪在地上，"您不能这么做。"

"朕为何不能这么做？朕虽后宫佳丽三千，但得朕心者甚少，若有你这样的贤内助，朕应该会……"

"皇上，不可。"许言慌乱得不知道说什么好，"我父亲只是个末流小官，身份低微……况且……我与……"许言脸一红，咬牙就要说自己和易慎行已经有了肌肤之亲的时候，门"咣当"一声被推开了，卓知非大踏步走了进来，铿锵言道："皇上，臣有一事相求。"

"哦？"明以淙轻轻笑着问，"什么事能让温文尔雅的卓相如此慌张？"

卓知非深吸一口气，说道："臣求皇上赐婚。"他不看许言，继续说，"臣请求皇上为我和许言赐婚。"

明以淙摸着下巴上青青的胡楂儿，微笑地看着瘫软在地的许言："知非，你是头一次跟朕提请求。你可曾记得你的姨娘——朕的母后，是要将铮儿嫁给你的。"

"是太后娘娘高看了臣，臣此生非许言不娶。"

"非许言不娶"这五个字重重地砸进许言的心里，她茫然地看着卓知非，自己与这个男人倒是有些投缘，但情谊终究浅薄。卓知非的侧脸透着坚毅，让人捉摸不透他的心思。

明以淙脸上的笑容慢慢消散，问道："确定？"

"确定！"

明以淙吐出一口气，说："此事暂且不提。毛泰璋已经查明内务府的内线，虽然那人已经自尽，但总归是有些蛛丝马迹，循着踪迹查过去，不管是谁，格杀勿论。卫阳既然决定隐退，朕考虑再三，着内卫左卫头领明量接任，你觉得如何？"

卓知非偷偷"嘘"了口气，明白许言的危机暂时解除，应答着："明量值得信任，这么多年朝廷经营北方力量，他彻底接手万兽山庄只是时间问题。至于内务府……皇上，臣贸然猜测，此事怕是与朋党有关。"

明以淙微微点头。卓知非见明以淙脸色阴沉，又说："按照您的安排，卫阳自此留在京都，享亲王待遇。"

明以淙点头，说："此事由你处理即可，既然卫阳肯放弃万兽山庄，就按之前决定的去做，卫阳、卫风等人留在京都，其他人去陈州，终身不得回京。"明以淙借力打力将万兽山庄这一地位超然却能力高强的角色打压下去，并使之成为自己可以利用的力量，在日后对北国的战争中，万兽山庄将是他成为千古一帝的神兵。

见明以淙开始批阅奏章，卓知非搀起许言离开，一路上两人都一言不发，直到看见高大的宫门，许言才稳了稳心神，问："皇上为什么要这样做？你又为什么要这样做？"

卓知非看着远处易慎行徘徊的身影，淡淡地说："你很特别，皇上有此举动倒不出我所料。"

"可你……"

"我与皇上一起长大，对他很了解，今日之事绝对不是他一时冲动，若你或慎行与皇上正面交锋，说不定会双双获罪。"

许言心有余悸，说道："可是，你与我……"

"无妨，今日只有我们三人在场，我慢慢向皇上说明。"卓知非仍旧一派温文尔雅，"有没有想过，我对你情深义重到非你莫娶的可能？"

许言被他看得心里发慌，紧张地说了一句"不要说笑了"后，飞快地跑向等在宫门外的易慎行身边。

看到许言脸色苍白、嘴唇颤抖、手心里全是汗，隐隐有些预感的易慎行脸色也变得阴沉。

卓知非看了看倚靠在易慎行身上的许言，又看了看脸色冷然的易慎行，仍旧是一如往日的微笑，声音平淡得听不出任何异样："有话可随时到我府上说，任曦认得路。"

许言暗暗咬牙，对着已转过身的卓知非喊："卓相，留步。"他既然决定施以善意，可为什么要挑拨她和易慎行的关系？许言既然决定与易慎行携手终身，就必然会履行自己的诺言，她不希望这段关系因为误会而解体。只是如今，最重要的是解除皇帝赐婚的危机。

卓知非侧过身，满脸笑意地看着许言。

卓知非带许言进了一间雅致的院子。只是，许言并没有心思欣赏美景。屋里走出一名美少妇，花容月貌，一开口却是雷厉风行："卓相来了，不知您今日是吃饭还是喝茶？要喝什么茶？"

卓知非对谁都是一派温和，笑着说："借夫人一间小屋，与朋友谈些事情。"

那女子上上下下地打量着许言："倒是头一回见您带名女子到我这里……丁香，把里面那小间收拾出来，泡一壶上好的梅珍来。"她的眼睛里似乎带着钩子，看得许言很不舒服。

坐定后，卓知非才说："此处是京都有名的私房菜馆，刚刚那名女子是老板，也是大厨，叫作孟正羽。正羽的丈夫与我是莫逆之交，几年前他不幸战死在疆场。"

许言惊诧地问："卓相上过战场？"

卓知非哈哈一笑，说道："家父为了历练我，曾让我在北方任先锋官三年。"

因为劫持事件，许言知道卓知非并非文弱书生，但她也没想到他竟有在军中任职的经历，还是担任冲锋陷阵的先锋官。

说话间，一个手脚伶俐的丫鬟已经轻手轻脚地走进来，将茶点摆放在桌上后，又悄无声息地离开了。

许言被心事压着，根本就没食欲吃东西，只是匆匆喝了口茶，为了解渴，也是基于礼貌。

卓知非看到许言眼神飘零的模样，心里叹息着如何聪明、冷静，她到底只是个年方二八的少女。卓知非心中怜惜顿起，以他独有的安慰人的语调说道："此事你不必担忧，一切有我。"

许言从不相信没有缘由的好运，难道仅仅因为许言是他少年好友的表妹，是他得力助手心爱的女子？这些都不足以解释一名臣子反抗皇帝的行为，于是问道："为什么？"

"你是我的救命恩人。"卓知非难得露出开玩笑的语调，"滴水之恩当涌泉相报，何况救命之恩？"

许言脑海中出现卓知非一脸坚毅地说他此生非她不娶的样子，但她已经顾不得去细细思量了，她担忧地问道："万一皇上真为你我赐婚怎么办？"

虽然只见过明以淙两次，但他唯我独尊的桀骜模样令许言印象太深刻了。他先利用纪嫣然、许言强迫卫阳听命于他，又利用许言查案对卫阳施压使得他心力交瘁放弃万兽山庄，这根本就是个在权力斗争中游刃有余的政治家。

男人将所有的精力都放在政治上，便不会因为爱去娶一个女人，之所以做出要将她接进宫的举动，无非是因为许言那与众不同的能力对他有些许帮助。想到这里，许言打了个冷战，若真进了宫，且不说她能否适应后宫波诡云谲的环境，更何况作为一个人，许言完全接受不了一个只将她当作棋子的夫君，这是一个完全凭个人喜好就可以对她的命运翻云覆雨的男人。

卓知非眼角带笑，说道："那你就嫁入相府。"

许言脸色"唰"地一白，慌忙说："卓相不要再开玩笑了。"

卓知非眸光一转，换上了平日里的温和气派："皇上只是一时之性，有机会我也会劝说皇上。"

许言仍旧心事重重，无奈地问："能给我一壶酒吗？"

卓知非眼神闪亮，叫来人吩咐："拿一壶桑落。"桑落是名酒，有诗云：色比凉浆犹嫩，香同甘露永春。

许言几乎是滴酒不沾的，这与她严谨刻板的个性有关，她无法忍受醉酒后那种身心失控的感觉。但今天，许言特别想喝酒，想享受酒后的迷醉，这可以让她的脑子得到短暂的休憩。

酒后的许言，话较平常多了一些，她说了许多卓知非完全听不懂的话，平日里略有些苍白的脸也红润了起来，很好看。亦有些微醺的卓知非忍不住伸手想要触摸许言绯红的脸颊，她微微偏头躲了过去，侧脸笑眯眯地看着卓知非。

宿醉对许言来说是一夜好眠和异常的饿，所以当她看到易慎行时，说的第一句话是："我饿了。"

易慎行的脸上仍旧像往常一样淡漠得没有任何表情，但许言看得出他在生气，她端着手里的白粥，一边吃一边问："你在气什么？"

"我明日就随军去北方。"

许言险些被口中的稀粥呛着，咳嗽了许久才开口问："怎么会走得这么匆忙？"

易慎行冷清的脸上没有任何表情，双唇更是抿得紧紧的，许言没有错过他眼里一闪而过的光芒，追问道："你知道了昨天的事，对不对？"

易慎行不点头也不摇头，久久才叹出一口气，说道："若我能够立下战功，就有机会请求皇上将你许配给我。"

"你这话是什么意思？"许言一把抓住易慎行的手臂，"你说过要到我家提亲的，你反悔了？"

"我想娶你，但不是现在。"易慎行握住许言的手，轻轻地摩挲着。

"为什么？"许言眼眶有些湿润，这些天发生的事已经完全超出她能承受的范围，如果易慎行在这个时候放弃她，那她就真的只能听天由命。许言不由得带着哭腔质问易慎行："为什么呀？"

易慎行伸手想去擦许言眼角的泪，被她侧脸躲了过去。许言极少有这般脆弱的时候。

"言言，若是皇上赐婚，我一个四品小官争不过卓相的。为今之计，只有立下军功，才有机会改变一切，哪怕皇上要你入宫，我也有能力将你留下。"

许言被心里浓重的无力感折磨得泫然泪下："可是战场凶险……而且卓相答应了会帮忙。"

易慎行摇头说道："不行，虽然我相信卓相，但此事不能仅靠卓相一人之力，况且……"

"况且你觉得我与卓相有私情？"许言挣开易慎行的手，自己抹了抹眼泪，强装镇定，"没了信任，你我有了婚约又怎样？"

易慎行张开双臂抱住许言，闷声道："你选了我，我就要有能力保护你，因而我要到北方去，那里虽然凶险，但按南国的律法，军功最容易得到爵位，只有这样，我才能有与皇上、卓相争的资本。你不必担心，我虽然从未在战场上历练过，但我自小习武，有足够的能力保护自己，我会回来娶你。"

第
十
六
章

冥
婚

易慎行北上后的一个月是朝局变动最大的一个月，在这一个月内，借着董会新、谢华、刘祥海之案，六部九卿几乎换了个遍，斩首、流放、抄家的官员及其家眷一万有余。官员倒台，官职多有空缺，虽然明以淙筹划多年，也只是重要职位有人接替，一时间人手不足，只好决定加一年恩科多招收些新晋学子来补缺。真是一朝天子一朝臣。

任家因为任怀国的案子大受打击，任曦本来已经回了林州，却又赶回来处理家事。任老夫人因为小儿子获刑，伤心过度一病不起，任曦四处奔波，既为家事也为国事，难免憔悴，瘦得几乎脱相。所以许言一见他竟有些认不出来，难免有些心疼，将他让到自己的榻上休息。

任曦蜷缩着躺下，闭上了眼。这副模样的任曦，许言还是第一次见，也不知怎么安慰，索性一动不动地坐在一旁。

"小拾儿……"任曦轻声喊着，许言便轻轻应了一声。

"这些日子，我才真正感知了人情冷暖。"

虽然明以淙开恩，任怀国之罪不牵连任家，却不是平白无故地恩赦，而是拿任家一半产业换来的，当然，任家产业即便是减半，也比普通人家富贵得多。可叹的是人心，原本依附着任家的一众亲朋走的走，散的散，还趁火打劫了一把。许言的继母廖氏，原本一门心思要把许珣嫁入任家，如今竟随意找个借口拒绝了任家的提亲，并立刻与生意场上任家的死对头袁家公子定了亲。一向与廖氏交好的任昱找上门，两人争执不休。

原本还想着借助姻亲积蓄力量的任家受挫，已经决定牺牲个人感情的任曦更是备受打击，难怪他在不足一个月的时间内瘦削成这副模样。

许言拉了拉任曦的衣角，问道："曦表哥，你还好吗？"

任曦突然抬起头，枕到许言腿上，将脸埋进她怀里，闷声说："我傲气了小半生，如今却受这样的侮辱。"

许言收回要推开任曦的手，忍了忍，垂放到身侧，安慰着："相信以曦表哥的能力，肯定能东山再起。"

任曦不过是顺遂久了才受不了这个不轻不重的打击，任家既没被没收财产，又未被案件直接牵连，只是从金字塔的顶端走下来而已，哪里来的消沉颓废？

任曦闷在许言怀里好一会儿，才坐起身来，垂着头，低声说："我来求你件事。"

"兄妹之间何必说求？"任曦长久的沉默令许言疑惑，到底是什么事值得任曦说一个"求"字，还不敢抬头看她？许言莫名心悸。

任曦几次深呼吸，甚至起身背对许言，声音闷在胸腔，许言听不清他说什么，疑惑地问了一句："曦表哥，你在说什么？"

任曦回头，眼睛却看向一旁的圆桌，低声说："四叔一生未曾娶妻，如果单独下葬便是孤坟，会坏了任家祖坟的风水，需要帮四叔娶妻。"

冥婚之风，屡禁不绝，康誉之《昨梦录》记载，凡未婚男、女死亡，其父母必托"鬼媒人"说亲，然后进行占卦，卜中得到允婚后，就各替鬼魂做冥衣，举行合婚祭，将男、女并骨合葬。

"堪舆替四叔算过八字，柳儿与他相合。"任曦说完这句话，便颓然坐在凳子上，他知道此言一出，两人的情分便一刀两断。

果然，许言站起身，问道："你说什么？"柳儿是和自己一起长大的，虽有主仆之名，却与姐妹无异，在许言心里，任曦的分量都未必赶得上柳儿，他竟然要柳儿与任怀国配阴婚。许言牙齿咬得"咯咯"作响，接着问："什么意思？"

冥婚有死后婚与生前婚两种。但不管是哪种方式，柳儿的一生就都毁了，哪怕任家富贵有余。

任曦低着头，一言不发。

"不行！"许言斩钉截铁地摇头，"绝对不行！"

"小拾儿，我求你……"任曦何尝不知道这是陋习，但久卧病床的祖母求他，他也是身不由己，再说柳儿不过是个无父无母的小丫头，能嫁到任家享受富贵，未必就一定是坏事。

"曦表哥，这里不欢迎你，再不走，我就喊人了。"许言几步走过去打开房门，虽然气得浑身颤抖，却姿态坚决地赶人。

任曦跪在了地上："小拾儿，若非万不得已，我怎么会拿柳儿的幸福开玩笑。你放心，只要有我在，柳儿在任家就不会受苦。你是要表哥给你三跪九叩吗？"

任曦陌生得好像她从不认识，气恼、惊惶、蔑视种种情绪堵住许言的喉舌，连话都说不出来。柳儿进来送茶，见任曦跪在地上，进也不是退也不是，呆立在门口。

许言尖声大叫："柳儿，你到我身边来！"声音之高亢惊恐，她自己都害怕。

柳儿不明所以，还以为是这兄妹俩有了什么矛盾，连忙放下茶盘，伸手去扶任曦，说："曦少爷这是演的哪一出呀？"许言却拉开柳儿，高声喊着："敏姑娘，快将曦……将这恶徒赶出去。"

任曦见许言态度坚决，深深看她一眼，转身离去。

配阴婚的事，许言不敢对柳儿明说，怕她担惊受怕吃睡不香，更怕她做出什么不理智的事，只吩咐她要不分日夜地跟着自己。当然，许言还是偷偷与罗敏说明，请求加派人手保护柳儿，罗敏一听这样的事，恨不得拔刀去砍了任曦，要不是许言拦着，最不济也要把他打得鼻青脸肿。罗敏嘴上骂骂咧咧，行动上也很迅捷，并安慰许言说，统领府有八百士兵，另有他们三四个师兄妹在，连只苍蝇都飞不进来，更别提任曦这样的文弱商人。

许言从不曾有过如今这般惊惧、恐慌以致坐卧不安的状况，她怕极了，有时候盯着柳儿看久了，柳儿就会变成穿着红色嫁衣、脸白如纸、唇红如血的模样，只有紧紧握着柳儿的手，感知她掌中的温热，才能驱赶冰冷恐惧的幻象。

日有所思夜有所梦，夜里也少不得噩梦的惊扰。梦境里，许言走在一条又长又窄的土路上，柳儿和往常一样，陪在她身边，叽叽喳喳地说："小姐，你看，咱们遇到送亲的马车了。"

眼前凭空出现一队人，还有马和轿子，十余名杂工肩扛手提着礼品，人人都着红衣，轿子和一应嫁妆也都蒙着红色的布，一行人正吹吹打打地一路走来。

柳儿年少好奇，拖着许言追赶，许言仍旧纵容着她，就如同两人逛夜市那次一样。只是，待跑近了，许言一晃眼的工夫，柳儿便消失了。一时间，许言怕极了，她一边喊着柳儿的名字，一边在人群中寻找。

许言穿着白色的衣服，在红色中起伏，渐渐也有了几丝红色。脚夫、杂役、轿夫、迎亲与送亲的亲友，一张脸一张脸地看过去，都那么像柳儿，却又都不是柳儿。

怪异的是，那些原本该是鲜活、欢喜的面孔，竟惨白得如同死人，眼睛直勾勾地看着前方，对许言的呼喊置若罔闻。再仔细一看，他们的衣物已然被汗水打湿，鞋子也磨破露出脚趾，有的甚至裸着脚底板，那脚都被石头磨破了，他们像中了邪一般，既不觉得累也不觉得痛，只是一路向前。

许言惊得顿住脚步。长长的队伍缓缓穿行而过，每走一步，便有红色的液体滴落，原本红色的马车和轿子渐渐变得惨白，车架上更露出纸糊的衣服以及纸糊的锦匣、耳环、镯子、戒指、簪子之类的首饰，全都是冥器。

这是要接走柳儿去结阴婚的队伍。许言不知道哪里来的勇气，快跑着追上去，直扑八抬大轿，撩开轿帘，轿中是一副黑漆漆的棺材，随着轿夫的脚步上下起伏。管不了那么多，许言使出吃奶的力气去推棺材盖。

"吱呀"一声闷响，柳儿着红色绸缎嫁衣，脸上扑满白粉，眼睛凹陷闭合着，棺木打开，她亦睁开眼，两行血泪绵延而下，微笑着说："小姐，你来啦……"

许言猛然惊醒，从榻上弹坐起来，幸亏屋里一直亮着灯，昏黄的灯光渐渐驱散寒冷，一转头，却发现原本躺在她身边的柳儿没了踪影，再摸被窝，已然凉透了。她的心也凉透，噩梦成真，柳儿丢了！

许言大惊失色，梦中的恐怖画面全涌现在脑海中，瞬间将她淹没，她只着中衣，连鞋袜都顾不上穿，光着脚就往罗敏的房间跑，大声喊道："柳儿丢……丢了！快……快带人去任府找，现在还不到子时，来得及。"

因许言提前说过，所以这几日罗敏衣不解带地守着，根本就不相信柳儿真能从守卫森严的统领府被人掳了去。想来是许言草木皆兵了，她连忙安慰道："别急，府里有四队共八十个人值夜，我立刻派他们去找。"

去哪里找？密不透风的统领府？还是偌大的洛州城？

"不准出去！"许言猛然顿住身子，对要出门的士兵们大喝一声，她面色凝重地环视四周，"立刻点验府内是否有人走失，是否有财物丢失，四墙内外各处门锁是否有破损。"

到底是易慎行带出来的兵，虽然心有疑问，却立刻不打折扣地执行命令。

火把将整个院子照得亮如白昼。

地上铺着统领府的平面图，许言把每一队士兵巡视的路线和时间都标注在图上，聚精会神地盯着看。院内守卫的士兵们围作一圈，都盯着半伏在地上的许言，面面相觑。

罗敏不解，急吼吼要找人的是她，如今趴在地上不急不慌也是她。

许言在找痕迹。直觉告诉她，柳儿是被任家人掳去了。可除了任曦的说辞之外，她毫无证据。今晚是任怀国的七七夜，倘使她要带兵硬闯任府，就必须确保能闯出个结果，否则既失了任家的亲情，也失了寻找柳儿的先机。

"报，府内走失一人，无财物损失，门锁四墙均无损坏。"

副将很快把勘验结果带了回来，许言却置若罔闻，仍趴在地上，嘴里呢喃着："怎么做到的？统领府明明如铁桶一般……时间、路线……时机，对，时机！白非和凌峰都是高手，只要找准时机，避开众人，悄无声息地带走柳儿不是没有可能……"

"你在说什么呀？"罗敏终于忍耐不住，开口询问。

许言起身的动作猛了些，眼前一黑，险些摔倒，她手里抓着平面图，咬牙切齿地看着罗敏："四队八十人值夜？真是易慎行带出来的好兵啊！"

"你……你什么意思？"罗敏完全不明所以。

许言把平面图扔到副将脚下，咬着牙说："入夜后，统领府前、后两道门全都落锁，为避嫌，慎行的三个师弟住在前院，罗敏陪着我与柳儿住在后院，巡夜的士兵也全部集中在后院。如此，白非和凌峰只需避开士兵。而士兵们虽然一刻不停地巡逻，却不可能做到时时刻刻、一处不落地监控整个后院，尤其是换班的时候。"

罗敏抢过副将手里的平面图，略一思索便明白过来。这几日，巡夜的士兵共分为四队，每队二十人，两队一组巡逻，每两个时辰换一次班，换班地点在前、后院的大门处，也就是许言所住房间的正对面。原本统领府只安排二十人巡夜，也是分为四队，每队五人。如今人数翻倍，交接的时间自然也翻倍。这将近半刻钟的交接时间，就变成统领府后院防备最为松懈的时间。即便罗敏就住在许言隔壁，但她不是神仙，苦熬了几夜，也有人困马乏的时候。况且白非、凌峰俱是高手，想无声无息地潜进来，不是没有可能。

"去敲门。"罗敏的吩咐还没说完，许言早一步喊道："都火烧眉毛了，敲什么门，直接砸！"

任家大门再怎么坚固，也抵不过这几位江湖高手的一顿打砸，轰然倒地的同时扬起一阵尘土，门房见是许言，惊慌地喊着："表小姐，您……您怎么来了，这大半夜的……"

许言抽出罗敏的佩剑，厉声道："谁敢拦我！"

见许言这般凶神恶煞的模样，还真没人敢拦她，有人匆匆跑向任怀国的灵堂。

灵堂设在西跨院，院内搭了高棚，棚下摆了两桌酒席，放着各色酒菜，桌旁都是任家人，甚至久病不起的任老夫人也被人搀扶着坐在那里。没有人拿筷子，只是满脸哀容地静坐着。

许言带着人闯进去，任旭、任曦、任昱立刻齐刷刷地站起来，脸色都是一变。

许言冷冷地看着眼前的亲人，一张脸接着一张脸地仔细看过，她要牢牢记住这帮人脸上的冷酷、绝情。

任曦最先开口："拾儿，你体谅一下祖母的心情。"

"我没报官，也没带官兵来，已经是宽容体谅了。"听许言说完，任曦脸色巨变，脚下有些跟跄，站在一旁的任昱不忍心，嚷嚷一句："不就是个小丫鬟吗，还值得你舍命舍脸的？"

时间紧迫，容不得浪费。许言一边往灵堂走，一边冷哼一声："昱表姐，你得庆幸我还肯叫你一声表姐，否则你为了那个不争气的夫婿，与廖氏勾结，从任家和许家往来中克扣钱粮的事我早就告到官府去了。还有，去年冬天，你与廖氏谋划着害我……"

任昱高声喝道："你血口喷人，你……"

"要不要我带着莫云来和你对质？"许言高声打断任昱。莫云只是个小丫头，根本就不值得费心费力地用一个收受回扣的罪名谋害她，最大的可能就是莫云看到了什么不该看的、听到了什么不该听的，再结合廖氏与任昱的交往，许言多少也有些了然，她不说，不反抗，不代表她就不知情。

"今天我不是来翻旧账的，而是来告诉你们，我许言的人，你们谁也别想动一根手指头。否则，任家的败亡就在明天，我说到做到！"许言一步步走向灵堂，狠狠推开要阻拦她的任旭与任昱。只有任曦快跑几步到许言身边，哀求着："拾儿，你这么闹，会要了祖母的命啊！"他拉住许言的手，将手里的某样东西塞到许言手里后，才松开手，说道，"拾儿，今夜你踏进灵堂，日后就不要再踏进任家半步。"

许言脚步凝滞了片刻，她既然来了，就已经将后果考虑在内，这一步再艰难，也要跨过去，她朝任怀国的灵堂鞠了一躬，向后堂跑去，冥婚的新房一般都设在灵堂的后方。只是当许言等人冲进新房时，不见柳儿的身影，供桌上的金银、玉器也一扫而空，任怀国的牌位更是摔在了地上。

颤颤巍巍跟在人群后的任老夫人见状，哀叫一声便晕了过去，任家人顿时慌作一团。许言充耳不闻，仔细观察着整个房间，确定这是个偷盗抢夺的现场后，指着半开的后窗说了句："追！"

通常情况下，偷盗者逃离后就会消失得无影无踪，但今晚这个窃贼却怎么也逃不掉，一则是他见柳儿眉清目秀起了歹心；二则是统领府的府兵正在秘密搜查，他拖着柳儿刚走出一条街就被府兵堵了个正着，要往后退时又遇上了追踪而至的许言等人。他一时情急，抽出刀子抵在柳儿的脖子上，癫狂大叫："都别过来，否则我杀了她。"

柳儿是刚出狼窝又进虎穴，吓得瑟瑟发抖，见来人是许言，哀叫了一声，完全说不出话来。

窃贼见领头的是女人，更是嚣张且肆无忌惮起来："全都给我让开，否则白刀子进红刀子出……"

许言朝身边的罗敏挥挥手，冷声道："杀了他。"

罗敏一愣，一个窃贼，即便数额巨大，也罪不至死。

"杀了他！"许言转个身，背对柳儿，再次肯定地说，"敏姑娘，以你的箭术，是否可以做到杀他而不伤及柳儿性命？"

"做得到，只是……"

"那就杀了他！"

罗敏眼里的许言，虽然冷漠却不冷血，难不成因为冥婚这件事，她还性情大变？不过，看在师哥的情面上，罗敏还是按照许言说的做了，她拿过弓箭，拉开弓弦，直指窃贼露在外面的一只眼睛。

这窃贼不过是图财，见许言等人来真格的，立刻吓得扔下刀跪地求饶，被府兵们按倒在地。许言见状急忙转身，跑过去将柳儿抱在怀里。

柳儿"哇"的一声哭了出来："小姐，柳儿险些嫁给一个死人了。"

许言一边安慰着，一边对罗敏说："直接送去洛州府衙吧。"窃贼貌似疯狂好杀，实则胆小怕死，不会拿自己的命来赌。

柳儿止不住地哭，许言摸出一个小瓶来，哄着说："别哭，快把这药吃了。"

罗敏眼尖，疑惑地问："柳儿好好的，你给她吃什么药？"

"这是曦表哥给的……"

"你居然还信他？"

许言长长叹了口气，她怎么能不相信任曦呢？如果不是他提前上门提及冥婚一事，就算柳儿半夜失踪，她也不会立刻想到去任家找人。刚刚在灵堂时，他将这个小瓷瓶偷偷塞到自己手里的时候，悄声念了句柳儿的名字。许言顿悟，任家要活着的柳儿与任怀国举行婚礼，还要让死了的柳儿与任怀国合葬，好歹毒的心。许言沉默许久，说："吩咐下去，今晚的事绝不可以对外人提起。"

许言终究做不到铁石心肠，哪怕是为了任曦，她还是决定饶了任家。

第十七章 江湖

　　易慎行离开京城后不久，许言就购置了一套宅院，处在闹中取静的繁华地带。罗敏很不理解为什么要花一大笔银子买房产，统领府房间有的是，再说，就算许言已经和任家决裂，还可以搬回许府住。罗敏大大咧咧的个性当然理解不了许言的心思。皇帝要求许言进宫的事情极少有人知道，但卓知非那句"非许言莫娶"的话却已经人尽皆知，许崇道更是用一种看着高官厚禄的眼神看着自己的女儿，这让她瞬间没了安全感。

　　当然，许言不是小孩子，还没笨到以为离开了许家就能躲得掉一切的程度。无人时，她细细盘点着这一年来自己积攒的银钱——一套位置还算不错的小院、几张面额惊人的银票以及随身携带的散碎银钱。许言并无经营能力，除了母亲留下的一些钱财之外，这些东西是靠卖掉几方材料上佳、雕工细致的印章换来的。在许言看来，有一个安身立命之所，远比那些饿了不能吃、冷了不能穿的印章有用得多。更重要的是，许言开始懂得培植亲信的重要性，她每隔五天都要教李安宁、李安超两姐弟识字、读书，将他们当作学生进行教导，希望他们有朝一日能成为自己的左膀右臂。

　　易慎行交代罗敏要跟着许言，照料她的生活，保护她的安全。罗敏是个随遇而安的个性，跟着许言对她没有任何影响。倒是许言觉得自己干扰了罗敏的日常生活，诚心实意地抱歉，也不要求她时时刻刻陪伴着自己。

　　按照许言的想法布置的院子，沉静优雅，比在许家偏僻小院居住要舒心多了。而且，这里足够隐蔽到让她远离人群，不过仍躲不掉那些特意要烦扰她的人。毛泰璋自认为和许言有几分交情，在大理寺遇到疑难案件时就会找她，许言因为心里的那一份正义感拒绝不了，破过很多或大或小的案件；上门提亲的人来往不断，尤其是那个坚持不懈的展鹏飞，各种能送的山珍海味、奇珍异宝统统送遍了。

倒是卓知非，那日一别后，许言再也没见过他。

易慎行是以刘宗副将的身份去的北方，虽然军职不高，但在军中的地位不凡。在他去北方的第二个月，北国夜袭中军大营，想要刺杀统帅刘宗。易慎行的帐篷距离刘宗最近，也是第一个赶到的，刀剑无眼，他也受了伤。当然，许言对这些并不知情，易慎行在信件中总是报喜不报忧的，他还托人送许言一双非常漂亮的马靴，附言道：待我回京，教你骑马。想到两人曾经亲密地同乘一匹马，许言心里害羞，轻轻"呸"了一声，然后把马靴藏在箱子的最深处。和马靴同时送来的一件狐皮大氅把许言吓了一跳，她一直都排斥穿皮衣，所以这件大氅也就随着马靴一起压在箱子底了。

一封信要送半个月甚至更久的时间，固然给了许言更多安静的时间，也使她陷入了一种复杂的情绪中，这种情绪以相思为主体，附以莫名其妙的辛酸、难过，还要撒上一些快乐的碎屑。当然，即便通信手段再不发达，许言还是收到过几封易慎行的信，她犹豫再三，提笔写道：也想不相思，可免相思苦；几番费思量，宁愿相思苦。

柳儿看着许言微微泛红的脸，打趣道："小姐是不是想易统领了？"柳儿原本支持任曦，冥婚之劫后小姑娘肯定记仇，再想着易慎行对许言的好，立刻转变了态度。

许言心事被人猜中，掩饰地咳嗽一声，把手里已经封好的信封递给柳儿，说道："送到军中吧。"

柳儿掂量着手里的信，说道："小姐，有人找您。"

许言皱了皱眉："又是展鹏飞？他还真是执着。"

"是两名公子，说是临海阁的江少爷。"柳儿并不知道临海阁的名望，她倒也机敏，已经问过罗敏，得知临海阁位于洛州府东一百多里的海州，是江湖中闻名的四城之一的东城，"那个江少爷，比女子还要美貌几分。"

"临海阁是做什么生意的？"许言问道。

柳儿笑道："什么做生意，见着人家可要恭恭敬敬地叫一声江少侠的。"

许言挥手让柳儿带他们进来，心里疑惑江湖人找她做什么。

真如柳儿所说，临海阁的江公子比女人还要美三分，若不是那一对英气、好看的浓眉，换上女装根本就是沉鱼落雁、闭月羞花的美女。他着一身白色衣衫，玉树临风，和许言想象中的五大三粗的江湖人士完全不同，他身边另一位个头儿很高的男子倒是有些江湖气，面孔黝黑，浓眉大眼。江公子乍一见许言，眼里闪过一丝惊诧，但隐藏得极好，略一行礼，说道："在下江灵墨，这位是我的义兄简泽。"

虽然江灵墨掩饰得很好，但他上下打量的动作还是没躲过许言的眼睛，她心里略有些不快，但对这个相貌如此美好的青年人，她终究做不到冷言冷语，柔声说："我就是许言，不知道江少侠找我什么事？"

江灵墨语调虽然温柔，但语气中有拒人于千里之外的冰冷："我听说万寿节上有人说说话就能破案，没想到竟然是个弱不禁风的小女娃。"

"你大可现在就离开。"许言的声音更是冷漠，她吩咐正在倒茶的柳儿说："不必倒茶，他们要走了。"

简泽知道江灵墨原本就不相信女人的办事能力，之所以被自己强拉到这里，也是抱着死马当作活马医的想法，连忙缓和着说："灵墨言语不当，请姑娘原谅。我这个兄弟只是不善言谈，并非有意冒犯姑娘。"简泽拉过江灵墨要他赔礼道歉，"我们都是粗鲁汉子，不懂得世家公子的那一套规矩。"

许言冷哼，并不领情，招呼着柳儿："送客。"

江灵墨脸上闪过一丝惊讶，连忙起身，面对许言，深深地鞠了一躬，说道："许小姐，江灵墨在此道歉了。"

许言看得出江灵墨是骄傲的人，没想到他竟然这么快就给自己道歉，心里惊诧，微微点头回礼道："我接受你的道歉。"

见许言表情仍旧淡淡的，江灵墨脸上挂不住，微微泛红，许言突然问道："找我什么事？"

江灵墨稳了稳心神，说："临海阁在一个月内共有五人失踪，昨日在海边发现了第一名失踪者的尸体，是失血而亡，其他四人仍旧杳无音信，所以我寻到这里，想请许小姐帮忙。"

许言眉头微皱，失踪案演变成了杀人案，恐怕还涉及江湖恩仇。"你想让我怎么帮忙？"

江灵墨浓眉一扬，说道："当然是破案救人。"

许言摇头道："你只是寥寥几句，线索太少，根本破不了案，也救不了人……况且……"许言顿了顿，"临海阁能人无数，找了一个月都没找到，我也不一定找得到。"失踪案的诸多线索大多来自细微之处，但时隔这么久，哪怕许言有三头六臂，也不一定能找到失踪者。

简泽道："事在人为。"

无论是从事件的难度还是江灵墨的态度来看，许言都不想管这件事，但想想有四个人生死不明，她又难以放下。江灵墨应该是不常笑的人，微笑转瞬即逝，声音和许言一样平淡地说道："是我怠慢了许小姐，再次向您道歉。"说罢，江灵墨又一次躬身抱拳。

许言连忙摇头，面对一个阳光般美好的少年，她如何也做不到态度恶劣，只能说："这件事超出我的能力范围，我不但帮不上忙，还可能将你们引入歧途。四人失踪、一人死亡，时间紧迫，容不得一丝一毫的错误。我看你们还是尽快报官吧！"

简泽明显已经决定放弃，江灵墨决定再争取一次，如今许言是最后一个可能帮得到他的人，他接着说："其中一名失踪者是我的妹妹，已经身怀六甲，若再晚个一两天，怕是……"江灵墨深深吸了口气，"大哥的一位好友在朝中任职，听说了你在万寿节上的出色表现，我与大哥才快马加鞭赶来求你帮忙。"

江灵墨如此骄傲的人，竟用了"求"字，许言抬头看他，发现他右手去掀长袍的一角，左膝微微弯曲，竟是要跪下。许言连忙伸手扶住他，答应道："千万不要这样，我随你去。"

没想到江灵墨还雇了一辆豪华得超出她想象的马车，但许言不领情，这完全不是处理重大案件应有的态度。时间就是生命，许言说道："我也要骑马。"

江灵墨看着许言："你会骑马？"

"不会。"许言回答得理直气壮。

江灵墨脸色发黑："不懂得骑马如何骑马？"虽然洛州到海州不过百余里，但快马加鞭也需要几个时辰，她这样瘦弱的女子根本忍受不了如此的颠簸。

"我可以和你骑一匹马啊！"许言说得理所当然，但这话却令江灵墨和简泽震惊，任何一个大家闺秀都不会愿意和陌生男子同骑一匹马的，这就是他二人特地雇了一辆马车的原因，考虑到许家的家境和地位，还特意雇了辆豪华马车。

许言似乎意识到自己的要求是不被世俗允许的，脸微微有些红，说："时间紧迫，不能过多顾虑男女之别。江少侠，你看起来较瘦，加上一个我，应该不会太影响马的脚程。"

江灵墨和简泽互看一眼，既然女人都不介意，他两个大男人何必要介意，更何况时间确实非常紧迫。江灵墨用大披风裹住许言，一则天气变冷，他担心瘦弱的许言会生病；二则披风是极好的掩饰工具，宽大的风帽也能够挡住许言的脸。

江灵墨让许言坐在自己身后，将她两只手绕在自己腰间交握，轻声说："抱紧，若是颠簸得难受，就告诉我。"

许言轻轻"嗯"了一声，微微仰头能看到江灵墨光滑的下颌，线条美好得令人难以置信。同样是习武的男人，相较于易慎行，江灵墨更瘦，许言靠在他身上硌得很不舒服，呼吸间可以闻到他身上有股淡淡的香味，细细辨别，是女人身上才有的香气。许言心里疑惑，一个习武的男人，竟然会用香粉？不过，她还是知趣地抱紧江灵墨，怕自己被飞速奔跑的马儿颠出去。

到达临海阁已经接近午夜，颠簸了一路，许言耗尽了所有体力，昏昏沉沉的被江灵墨搀扶进临海阁。

"还没睡？"见许言靠墙站着，江灵墨松开她的手，向前几步，迎上一名扶窗而立的女子。

许言也是年轻貌美的妙龄少女，但看到这名女子，瞬间让她觉得自愧不如，沉鱼落雁、闭月羞花等所有许言知道的形容女子美丽的词语加到她身上都不过分。看着江灵墨和她亲密的样子以及女子微微隆起的小腹，许言心想这两人难道是夫妻？

那名女子微笑着朝许言点头，算是打个招呼，然后温柔地对江灵墨说："住厢房吧，我已经安置好了。"

江灵墨右手放在女子的腰上，左手轻轻放在她腹部，摩挲着："今日吐了几次？药吃过了？饭吃过？"

"只吐过两次，胃口还好，三餐吃得不少，药也按时吃了。"女子柔声回答，眼睛温和地直视着江灵墨，笑意满满，"已经四个多月了，哪还会那么娇气？"

江灵墨住的宅子叫藏心阁，位于临海阁最东靠海的位置，平日里少有人来往，宅子里只有一个叫梦娟的丫鬟。这会儿梦娟匆匆跑进来，声音在夜里听起来有些尖锐，说道："少爷，城主差人来找您。"

江灵墨眉头微微一皱，拒绝的话还没说出口，简泽帮腔道："临海阁的规矩——外人不得入城，他找你是情理之中。"

梦娟在一旁补充说："城主要您带此人去见他。"

许言本来头晕目眩得有些想睡，听说要去见一位大侠，立刻清醒不少，抬起头时却发现江灵墨脸色清冷。

倒是简泽笑着说："早晚都要见面。"

江灵墨温和地说："我也想带你去休息，只是我伯父生性多疑，今晚他若见不到你，是睡不好觉的。"

不知道是不是因为夜半见面的缘故，许言总觉得这位城主的脸上写满疲倦，连端着茶杯的手都有疲软的下垂感。许言微微弯了弯身子，说："城主好。"

江若斐起身，朝许言拱了拱手，算是打了个招呼。

旁边的江灵墨声音淡淡地说："这么晚了，伯父找我来有什么事吗？"

"你也知道这么晚了，还带生人进城？"江若斐长吐一口气，"最近事多，你实在不该再惹麻烦。"

许言听这话有些惊讶，难道江灵墨在带自己回来之前没有跟家人说过？听简泽的意思，临海阁是不允许外人进来的，也怪不得江若斐会不满。江灵墨脸上出现了一闪而过的鄙夷："赶了一天的路，我先带客人去休息。"

许言心想，既然是带自己进城调查案件，就应当和这位一城之主搞好关系，免得以后做起事来束手束脚，甚至，她有可能今天晚上就被扫地出门。许言也不知道该说什么好，只好偷偷拉了拉江灵墨的衣袖，希望他能明白自己的意思。

江灵墨深吸了口气："已经失踪了五个人，再不找到因由，恐怕是凶多吉少，而且再有十多天就是四方大会。"

"她的底细你了解吗？"江若斐看人的方式让许言很恼火，他虽坐着且视线较低，但眼神中的居高临下简直要溢出来了。许言暗暗想：临海阁的城主到底是有多么崇高的江湖地位，才使得他看人会用这样的态度？"如茵也失踪了，我不会拿她的安全开玩笑。"江灵墨脸色又黑了几分，"许小姐是洛州知府许大人的千金，参加过万寿节，而且得到了大理寺毛大人的信任，所以吴饮泉才为我引荐。"

江若斐眼神中流露着非常明显的不信任，看得许言很不舒服，好一会儿，他才挥挥手说："回去休息吧，我许你找人是不想让这件事影响了四方大会，所以要秘密地查，还要在四方大会之前查清楚。"

"我上次带回来的生人是伊人。"回去的路上，江灵墨突然说道。

许言一愣："伊人是谁？"

"你刚刚见到的女子叫秦伊人，是我的内人。伯父希望我能与其他江湖世家结亲，而不是娶一个毫无背景的普通女子。"

许言愣住了，这话是什么意思？他娶妻和自己来查案有什么关系？或许是看到许言一脸疑惑，江灵墨停下脚步，微微笑着说："我虽桀骜，但分得清轻重，只是我伯父并不这么想，他或许以为我带你回城是因为喜欢你吧……"

许言惊讶得快要跳起来，江灵墨看到她的反应，轻笑出声，好一阵才说："你不如伊人美丽、温顺，我不会喜欢你的。"

江灵墨带许言走到一间灯火通明的房间前，停下脚步，转身面对她说："你看起来冷眉冷眼，似乎对这件事毫不关心，但我知道你是真心在帮忙，我很高兴。"

"我面冷心更冷，才不管别人的死活呢！所以……"许言"哼"了一声，"去把那个黑脸大个子叫来，我们谈谈案子。"

江灵墨道："颠簸了一天，你太累了。"

许言摇头道："时间紧迫，浪费不起。"

江灵墨准备开口劝劝许言，她看起来那么纤瘦，刚下马时她脚步踉跄几乎跌倒，脸色苍白得好像随时都可以昏睡过去，但许言伸手一拦，说："要我查案，就要听我的，快去。"

第
十
八
章
血
案

　　整个失踪案持续了三十二天，每七天会失踪一人，一共失踪了五个人，四男一女，最后一名是女子，就是江灵墨身怀六甲的妹妹江如茵。

　　简泽见江灵墨紧闭着嘴，便自行开口说："第一名失踪者叫岳平，是左卫的侍卫，今年三十岁，体格健壮，功夫倒是一般。第二名失踪者叫林佳华，不是临海阁的人，是我与灵墨的好友吴饮泉的家人，那日是到临海阁给老夫人送寿礼的，今年三十三岁，并不懂武功。第三名失踪者是后厨的帮工，叫丁聪，刚刚二十岁，本来是随左卫卫长习武的，但因为前年摔断了手臂，只得弃武。第四名失踪者是江松山，才十五岁，虽不是江氏嫡系，但他祖父是老一辈唯一的老人，所以城主对其祖父、父亲极其重视。第五名失踪者就是如茵。"

　　许言眉头紧皱，简泽又补充道："如茵是在房间里失踪的，其他人的具体失踪地点不明。"

　　许言稳了稳因累而飘散的心神，问道："已经找到的那名死者是谁？"

　　"是岳平。"

　　"死因呢？"

　　"失血过多，因为左腿根被砍了一刀，身上的血几乎都流光了，被发现时大概死了三天。"

　　人腿根处有一条大动脉，若是被切断，几分钟内就会因为失血过多而昏迷。但人体是特殊的机器，心脏失去跳动，血流自然停止，所以除非有外力作用，否则即便死者因为失血过多而死亡，也不会出现全身的血几近流光的现象。是什么原因能导致人体的血流尽致死呢？

"岳平是在临海阁东北的海边发现的，被发现时尸体水肿变形，且被剥除了外衣和一切饰品。我与岳平相识多年，知道他体格不同于常人，略有些佝偻，且左脚内侧在几年前曾受过重伤，根据这些特点判定是岳平。"简泽怕许言听不明白说得很慢。

"除了这些，没有任何的辨识特征吗？他的家人认尸时是怎么说的？"

"他没有家人。"简泽知道光凭佝偻的肩头和左脚的特征就判断尸体是岳平略显得草率，但岳平没有家人，作为外人实在没有更多的特征可供判断。

许言微微叹气道："权当这人就是岳平吧。还有没有其他线索，比如尸体上遗留了什么痕迹吗？弃尸现场有没有什么特别之处？如茵的房间有没有什么痕迹？失踪的人有没有共同之处？"

简泽摇头道："尸首是被海浪冲上岸的，哪怕有什么痕迹也都被海水冲刷掉了。如茵房间和平日并无不同。至于失踪的几个人，他们彼此倒是相识，但算不得亲近，如茵平日里不喜欢亲近生人，对这几个人更是陌生，也从无交流，所以，他们五个人真的很难有什么共同之处。"

"最后一名失踪者是女人，先撇开不谈。其余四个男人呢，除了七天便会失踪一人，他们可有共同的朋友？或者共同去过的地方、见过的人、做过的事？"许言发现简泽和江灵墨脸色阴沉，显然她的问题根本就没有答案，"不谈这些，带我去看看这几个人的房间。"许言觉得自己眼前一黑，便软软地摔倒在地上，但她意识清楚，知道自己是累了，便认命地闭上眼。

简泽和江灵墨动作飞快，一左一右扶起许言，简泽拿起她的手，摸了摸脉，低声对江灵墨说："累的，无妨，我送她去休息，你回去照顾伊人。"

"我来吧。"江灵墨看似瘦弱，臂力倒是惊人，轻而易举地将许言抱起来，闭眼等着眩晕感消散的许言被吓得睁开了眼，惊呼："我自己能走。"

江灵墨脚步稳健，似乎没听到许言的话。

许言认床，换了个新环境，她睡不好，索性便早早起床。藏心阁不大，正房三间，东西各有厢房一间，院子倒很开阔。临海阁背山面海而建，层次错落有致，藏心阁处在中间位置。其余十余个院落应该都是木质材料，很巧妙地镶嵌在半山腰上，每个院落都能看到澎湃的大海。

许言住的是西厢房，梦娟引她到东厢房用早饭，屋里只有江灵墨夫妇，秦伊人见许言进门，起身迎上来，微微欠身说："许小姐，您来了。"

许言也连忙回礼道："江夫人早。"

江灵墨坐在靠窗的位置，手里拿了一卷书，头微微垂着，初升的太阳照进来，投映出一个年轻、美好的侧脸，一向对外貌无感的许言，心里竟有些妒忌。江灵墨抬头，给了许言一个打招呼的微笑，然后又低头看他的书。许言那声"哼"好不容易才压制住，正要随着秦伊人坐到餐桌旁，眼睛瞥到江灵墨手中的书，劈手夺了过来，翻看了起来。

江灵墨眉毛微微上扬。许言的脸渐渐严肃起来。

这是一卷名为《怪谈》的古书，记载着各种坊间流传的古说奇谈，江灵墨看的那页纸上写的是"复生"。很多词许言并不懂，甚至有不少生僻字她还不认识，但大致看得懂意思。简单地说，就是某人生命垂危的情况下，在其存世的时候，用人参、灵芝等各种有着起死回生功效的药材做药，并用活人心口那块肉做引子，为此人续命。若是仍救不活此人，一定要保着尸首不腐烂，继续喂下名贵药材熬煮的药汤，只是药引子变成了人血。如此这般七七四十九日后，到月圆之夜的极阴之时，就能复生。

用名贵药方和残暴药引子续命的方法自古有之，许言对这些药方没什么兴趣，她看的是书中记载的取血方法——取活人血，用新鲜的人血浸泡尸首，还要像活人吃饭一般，每天用鲜血熬煮的药汁喂食三次，直到第四十九天后那个月圆之夜的极阴之时。书中还写道：男子鲜血阳气重，是最合适的人选，但关键的却不是血，而是以命换命，要用一名咒怨极深的婴儿的命换回那名死者的命。许言在心里念叨着，什么样的婴儿才是咒怨极深的？她打了个冷战，胎死腹中的婴儿才是咒怨最深的。

许言捏着手指细细算着时间，口中念念有词，脸色越来越差，然后"唰唰唰"地摘着书页，看到最后一页画了张怪异的图谱，图示的北方放着一颗骷髅，骷髅面前摆放着一个香炉，香炉中插着三支香，南方则放着一具棺木，棺木中胡乱画着几道符。

江灵墨看着许言脸色万变以及怪异的翻书方法，忍不住开口问："你在干什么？"

许言眉头皱得紧紧的，然后陡然一松，放下手里的书，坐到餐桌旁，说了句："吃完饭再说。"

许言体格纤瘦，饭量却大，尤其是早饭，不但要吃好，还要吃饱，她饭量之大，不但令秦伊人侧目，连江灵墨这个大男人都侧目了。许言吞下最后一口粥，放下饭碗，说："去停尸间看看岳平的尸首。"

临海阁当然不会有什么专门的停尸间，只是找了个偏僻的院子，在背阴且位于地下的房间堆放了许多冰块，兼之不透光、不透气，存放尸首倒也说得过去。许言走进房间的时候，没感觉到冷，倒先闻到了一股尸体腐败的恶臭，亏得她有所准备，已经拿出手绢系在脸上遮挡住口鼻。

许言举着火把，绕着尸体转了好几圈，犹豫再三，仍旧下不了手，转而吩咐江灵墨："解开上衣看看他左胸胸口有没有伤疤。"

江灵墨依言行事，也确实看到了那个圆形的疤痕，许言见江灵墨脸上惊诧的表情就知道自己猜中了，不过她仍旧探头过去看了一眼那个疤痕——面积大，瘢痕肥厚，略高于皮肤表面，呈红色充血状。可见伤得很重，伤口也较深，且边缘整齐，应该是利器所致。

许言细细观察了好一会儿，又吩咐道："你按压一下那道疤，是怎么样的手感？"

江灵墨伸手轻轻按压一下，答道："略硬。"

许言呢喃道："只凭眼睛观察，简直就是乱猜。猜就猜吧，我还能期待从天而降个人来给我解答这些问题吗？"

两人从停尸的地方出来。太阳很亮堂也很温暖，与地下阴冷、腥臭的环境简直是两个世界，许言深呼吸了好几次，直到闻不到腥臭味，才开口说："从表面观察，那道瘢痕是利器所致，伤口很小，但很深，大约是在三个多月前形成的。"

"什么意思？"江灵墨还真是个不耻下问的人。"你来看尸体的重点是什么？"

"验证一些事情。"许言挥挥手，"现在该去看看如茵的房间了。"

江如茵与父亲江云朗同住，院落位于藏心阁的西侧，结构与藏心阁大致相同，不过要大一些。

江灵墨朝坐在桌前的中年男子喊了一声："爹，您也在？"

坐在桌前的男人，个头儿较高，即便是坐着也能看出他腿很长，面目周正，五官憨直，与江灵墨清秀雅致的外貌完全不像，江云朗脸上有长年累积的忧郁，完全不是江湖豪侠该有的模样。

江云朗抬头看到有外人，站起身，行了个礼，许言也连忙回礼。

江灵墨见父亲满脸哀伤地坐在妹妹的房间里，知道他肯定在担忧如茵的安危，安慰道："这位是我请来查案的许小姐，一定能找到如茵的，您不要过于担忧。"

许言倒是想安慰几句，但想想案子的恐怖程度，还是忍住不说，只是微笑点了点头聊以回应。

江云朗伸手拍了拍江灵墨的肩头，叹气离开。

许言看不懂这父子二人眼神中传递的信息，回忆了一下自己在屋外记住的方位，再次打量了房间，确定床榻在整间房最北的位置后，一猫腰，钻了进去。

江灵墨来不及阻拦，看着许言扭动的双脚，竟有些好笑，心情只好转一会儿，又因许言举着的骷髅头而阴沉了下来。

许言一手举着头骨，一手掩着口鼻，眉头皱得紧紧的，说："拿过去。"见江灵墨犹豫不决，许言解释道，"别担心，这不可能是如茵，她才失踪四天，即便是一失踪就遇害，也不可能现在就骨化。"

江灵墨浓眉微微一抖，伸手接过颅骨，问道："那会是谁的颅骨？"

"不知道，但是应该与如茵失踪有关。现在有几条线索，你来寻人。"许言四下找了找也没找到水，放弃了洗手的打算，"女，年龄在十五岁到二十五岁，体质偏弱，身高中等，不懂武功，但懂得一些医学知识，与岳平相识，甚至是关系亲密，半年内有亲人重病然后去世，以如茵的房间为准线向南寻找。要快！"

江灵墨与简泽从小一起长大，日夜相处，配合默契。简泽找到卫士长和与岳平关系匪浅的人询问；江灵墨则一路向南，细细寻找；许言虽然因为前夜没睡好，一直昏昏沉沉的，但唯恐有变故，仍旧与江灵墨一起找人。

盲目寻找简直就是大海捞针，所幸飞奔而来的简泽带来了好消息，他语调略有几分紧张地说："医馆的沈慕青，一年前夫君去世，半年前生下一名男婴，但因她孕期受到过重创，几次三番地生病，男婴胎里带病，她费心费力地调养也不见效，四个月前孩子去世了。"他缓了缓，又说，"沈慕青没学过医，但一直在医馆打杂，多少也有些底子。她今年二十岁，生完孩子后没有好好调养，再加上丧子之痛，身体一直很差。"

江灵墨皱了皱眉头，脸上竟有几分意料之中的了然，更多的还是难以置信的惊讶，还有几分犹豫，转头看向医馆的方向。

许言不明所以，想着目前的情况难以预料，江如茵性命堪忧，容不得拖拉，焦急嚷道："快走呀！"

医馆的主事是个白须长者，虽不是江氏宗族，更不懂半点儿武功，却是德高望重的老人。江灵墨和简泽都是晚辈，这会儿也顾不上行礼，没等白须长者开口，江灵墨便问："沈慕青呢？"

白须长者一愣，立刻答道："去园子里采药了。"他朝南边指了指，"慕青很有天赋，本想拜我为师正式学医，只是她夫君去世后便没了这心思，就到园子里伺候草药。"

江灵墨大踏步朝草药园走去，简泽动作更是迅捷，身影一闪而过。许言深吸一口气，快跑几步追了上去，远远便看到江灵墨和简泽进了一间简陋得甚至没有门的茅草房。

即便是远远望过去，许言也能看到一名中年女子匍匐在地上，面前是简易的灵堂，里面摆放了三具棺木。不知道是不是因为灵堂的缘故，走进茅草房的许言感到一阵阴瑟瑟的冷，她不由自主地打了个冷战。

这名女子应该就是沈慕青，有几分姿色，若非受尽折磨，怎么会在二十岁的妙龄就苍老得如同中年妇女。

江灵墨直截了当地问："如茵在哪儿？"

"我不知道灵墨少爷在说什么。"沈慕青的声音低沉得如同老妇，完全不像妙龄女子。

许言已经顺过气来，她端详着面前的三具棺木，两大一小，其中一具大棺材应该是沈慕青夫君的，那个小的是那名夭折的孩子的，可另外一具大棺材呢？许言问道："那是谁的？"

本来匍匐在地的沈慕青迅速抬起头，回答道："当然是我的。"

回答得太快反而是为了掩饰，许言并不相信，抬腿就要往棺木的方向走，哪知沈慕青动作迅捷得如同护崽儿的母猫，一把推开许言，厉声喝道："你要干什么？"

许言摔在地上，疼痛随之而来，她挣扎着抬高身体，喊道："扶我去看那几具棺木！快！"沈慕青如此激烈的反应，棺木里肯定藏着玄机。

简泽连忙蹲下身，摸了摸许言因骨折而弯曲的胳膊，说道："骨头断了，不要动。"

"断了也要找人呀，扶我起来。"江灵墨也弯下腰，想要查看许言的伤势，被她一把推开，"时间紧迫，找到如茵再说。"

沈慕青仍旧是护卫的姿势挡在棺木前，尖声呵斥道："灵墨少爷，这是剑恒的灵堂，你要闯吗？"

江灵墨还真就因为沈慕青的话止住了动作，眼神飘到一旁的牌位上，问："如茵在哪儿？"

许言清楚看到江灵墨与简泽对沈慕青明显的躲闪里带着歉意。

许言胳膊疼得直抽冷气，也没了好好说话的耐心，几乎是怒吼着喊道："如茵身怀六甲，马上就要生了，你是想要一尸两命吗？"

沈慕青眼神恶毒地盯着许言，就好像是黑夜中狼的眼睛，凶狠得仿佛是要吃人的样子。许言对沈慕青置之不理，径直绕三具棺木走了一圈，然后指着其中一具画着咒符的棺木说："打开它！"

江灵墨和简泽都是一愣，开棺对死者是极大的不尊敬，沈慕青更是尖叫一声，扑向许言道："你是个恶鬼。"

江灵墨知道许言要开棺是有不得已的理由，一面是世俗的纠缠，一面是妹妹的安危，两相撕扯，他多少有些无奈，却本能地伸手拦住张牙舞爪的沈慕青，低声说了句："九嫂，我是为了找回如茵，你也是最疼爱她的。"

许言被"恶鬼"两个字吸引了注意力。人在愤怒的时候会说出许多咒骂的语言，但极少有人咒骂别人是"恶鬼"的，许言不由得一愣，细细思量一番，更确定了自己的想法："你才是恶鬼，试图扰乱天地运行的恶鬼。死亡面前，人人平等，怎么努力都没用。"

"平等？"沈慕青仰天一阵诡笑后竟然落下眼泪，手指颤抖地指着江灵墨和简泽，"你问问我夫君江剑恒是怎么过世的，就知道在这临海阁里根本就没有平等可言。"

简泽和江灵墨的脸色同时暗淡了下来。

"剑恒是江氏一族的旁支，他们见死不救，也不许我救吗？"最后几个字沈慕青是用尽了全身的力气嘶吼出来的，她本来声音低沉，此刻却混杂着尖锐，听起来很是刺耳。

许言看着神情恍惚的沈慕青，又看看脸色阴沉的江灵墨，只得冲身边的简泽喝道："活人比死人重要，开棺！"

沈慕青疯了一样地挣开江灵墨的钳制，扑向棺木，脸色大变，高声尖声，五官已经扭曲了："还差三天，就差三天。"

面对女人，简泽好像不知道如何下手，许言怒从中来，抽下简泽挂在腰间的长剑，重重砍在棺盖上。棺盖应声倒地时，扬起一阵灰尘，棺木一开，江灵墨的眼泪就流了下来。

一个妙龄女子眉头紧皱，闭目躺着，脸白如纸，腹部高高隆起，双手交叉放在胸前，指尖血肉模糊，光线乍泄的同时她眉头皱得更紧，低低呻吟一句："哥，救救我。"

江灵墨推开沈慕青，扑到棺木前，喊道："如茵，哥哥来了。"

许言长长吐出一口气，靠着墙壁慢慢滑坐在地上。沈慕青知道大势已去，身子一软，摔倒在地上，泪如雨下，本来好看的脸竟然有些狰狞。

简泽帮着江灵墨扶起躺在棺中的江如茵，江灵墨一边小心翼翼将她抱在怀里，一边说："大哥，诊脉。"

江如茵睁开眼看到抱着自己的是江灵墨，顿时眼泪汪汪，伸手揽住江灵墨的脖子，呢喃着："哥，肚子痛。"

江灵墨和简泽脸色瞬间变白，简泽皱眉查看脉象后，说："别让如茵乱动，直接抱回家，我去找产婆。"

许言已经痛得冷汗直流、视线模糊，她看到简泽的影子在身前一闪，有气无力地喊："简泽，这儿还有一名伤员呢！"

简泽也是着急，动作粗鲁地抱起许言的时候碰到她的断臂，一时间痛得许言龇牙咧嘴，连反抗的力气都没有了，只是虚弱地呻吟一声，闭上眼，听天由命吧！

按时间算，江如茵并未到预产期，只是这几天的折磨让她早产，早产的孩子不容易存活，所以简泽帮许言接骨、固定后，两人都到了产房外，江云朗、秦伊人等也都已经在外等候。

没见到江灵墨，许言有些惊诧，转头低声问了问简泽。简泽同样低声回道："在里面。"然后用眼神指了指产房的位置。

很多人认为产房是不洁之地，甚至是血光之地，不适合男子进入，江灵墨完全不顾及这些民间忌讳而进产房陪妹妹，足见兄妹情深。许言虽对生孩子的知识一窍不通，但也知剖腹产子十分危险，她用低而又低的声音对简泽说："要通知如茵的夫君，否则……"

简泽做了个噤声的动作，低声说："他身负重伤，目前不省人事，灵墨担心如茵受不了打击才将她接回江家待产……"

等待是件煎熬的事。丫鬟、婆子进进出出，如茵呼痛的声音也是断断续续，在外面等的几个人都因为这份煎熬而憔悴了身心。

为了分散注意力，许言将简泽叫到一旁询问沈慕青的情况。简泽低声说："我已经差人将沈慕青看管起来。沈慕青的夫君江剑恒是江氏旁系，排行老九，所以，灵墨才叫她一声九嫂。剑恒比灵墨大几岁，他两人自小都体弱多病，别人玩耍、练武的时候，他两人只能喝药养病，有些同病相怜的情感。虽然灵墨的病情更严重些，但他因着一些机缘，慢慢好转，剑恒却不同，身体越来越弱。慕青和剑恒青梅竹马，早早就嫁入江家，希望能为剑恒冲喜，即便有什么不幸，也能留下一男半女的。也不知道是不是冲喜起了作用，又或许慕青懂得一些强身健体的方法，他二人成婚后，剑恒的病情倒是稳定了些，甚至一年多以前在两仪宫的四方大会，剑恒和慕青随我们一起前往。在两仪宫，灵墨与剑恒遭人围攻，对方人多势众，剑恒完全不懂武功，灵墨双拳难敌四手，难免顾此失彼，等我赶到的时候，两人都受了重伤。"简泽看了许言一眼，凄凉一笑道，"灵墨的母亲是我的义母，对我有救命之恩，虽然我们三人都是一同长大的兄弟，但对灵墨，我心里更多了份情谊。当时，我想都没想就先救了灵墨，再转而去救剑恒，但已经来不及了。这一幕正好被赶来的慕青看到，她怎么都不肯原谅我与灵墨，在我和灵墨心里，也很难原谅自己。"

听到这里，许言了解到，恐怕沈慕青认为江灵墨作为嫡系能够获得更好的治疗，而江剑恒却无人关爱，只能等死，所以，在江灵墨和简泽冲进江剑恒的灵堂时，两人明显的退缩就不难理解了。

简泽接着道："这一年来，灵墨几次三番试图与慕青缓和关系，表面上看，慕青也没有最初时候的恨意，可谁能想到她竟然堕入魔道，试图用邪恶的方法让剑恒和孩子复生。"灵堂的阴冷不单单来自阴森的环境，棺木下方还有一个冰窖，能够保证尸首不腐，"慕青或许接受了剑恒离世的事实，毕竟这么多年，剑恒的身体一直不好，她也有所准备，但她难以接受的是孩子的离世……孩子出事时我与灵墨出外办事，再次错过了救治孩子的最佳时机，所以，慕青就更恨我二人了。"

"如茵床下的那颗头骨是慕青从老坟中挖出来的，据她说这座坟位于极阴的所在，做法后能够打开地狱之门，召回孩子的魂魄。而岳平一直对她有好感，对她言听计从，甚至挖了心头肉做药引子，其他几个人都是不懂武功且容易袭击得手的人。慕青说，三日后地狱之门就会打开，她会将孩子的魂魄从地狱召回，但为保孩子日后平安、健康，要用如茵腹中胎儿的命与阎王作交易，所以，她不但不会饶了这未出生的孩子，恐怕也饶不过如茵。"简泽朝许言深深作了一揖，"这次多亏了你，否则如茵性命难保。我与灵墨见到慕青都有些难以面对，若不是你，如茵恐怕就……"

许言连连摆手。如果不是江灵墨在看那本《怪谈》，一向笃信无鬼神的她怎么会想到这种邪灵传说呢？被害人都是沈慕青随机寻找的容易下手的人，没什么共同之处，从被害人的角度去寻找凶手不但找不到线索，还会浪费时间，江如茵不吃不喝地躺在棺材里能熬几天？谁也无法猜测后果。

简泽忧心忡忡地看了看产房，说道："已经五六个时辰了……"

许言刚准备安慰他几句，听到产房里传来婴儿的哭声，她立刻站直了身体。

产婆匆匆跑了出来，朝江云朗笑道："二爷，是个小少爷，母子平安哪！"

简泽快走几步到江云朗身边，说："孩子早产，不能见风，我进去看看如茵。"

许言不由自主地跟着简泽进了产房。产房自然是有一股扑面而来的血腥味，让许言惊讶的是江灵墨几乎是呈"大"字形躺在地上喘着粗气。许言转身去扶江灵墨，岂料江灵墨挡住她的手，呼吸越来越沉重，明显的吸气时间短，呼气时间长，脸色潮红，连话都说不出来。

许言感到不妙，她知道这是哮喘症，发作起来就是这个模样，哮喘是会死人的。容不得多想，许言试图扶起江灵墨，怎奈江灵墨再怎么瘦也是个大男人，许言还废了一只手，根本就用不上劲儿。对于哮喘病人来讲，不通风的环境简直就是杀手。许言一急，朝那个小丫鬟喝道："赶紧找个人把你家少爷扶到通风的地方，快去，会死人的。"

许言紧握着江灵墨的手，安慰道："别着急，忍住，慢慢呼吸。"

江灵墨虽然呼吸短促，胸口剧烈地上下起伏着，但神志清醒，一直用黑亮的眼睛看着许言。

江云朗半抱半拖地把江灵墨扶到旁边的屋子，秦伊等几人一哄而上，把一张床围了个水泄不通。

许言气不打一处来，扒拉着人群，嚷道："不想他死的都给我散开！"她将江灵墨扶坐起来，使得他身体微向前倾，然后尽量用温和的语气说："你听我说，你是因为太累而呼吸痉挛的，现在把身体靠在手肘上，随着我的节奏呼吸。江灵墨，别急……呼……吸……呼……吸……"许言一边安抚地摸着江灵墨的后背，一边用自己的呼吸节奏影响他。

简泽赶过来的时候，看到江云朗等人远远散开，许言扶着江灵墨，口中念念有词："呼……吸……呼……吸……"

简泽知道江灵墨是因为劳累而旧病复发，连忙拿出一个药瓶凑到江灵墨口鼻处，让他嗅闻。也不知道是许言的急救方法奏效，还是简泽的灵丹妙药奏效，总之，江灵墨的呼吸渐渐平稳，许言这才举着受伤的胳膊，长长吐出一口气，说："他衣服都湿透了，最好换下来，着凉会加重病情的。"

江灵墨一直握着许言的手，见简泽进来，才缓缓松开，问："如茵怎样？孩子怎样？"

简泽安慰着："都好，如茵只是脱力和失血，慢慢调养就能恢复。因为早产，孩子有些体虚，不过不要紧，头三个月精心照料，与一般孩子没什么两样。"

"派人送信去田家，不管田戎身体如何，这孩子毕竟是田家唯一的血脉，应该告诉他们。"江灵墨说话明显不似平时那般清朗有力。

简泽伸手拍拍江灵墨的肩膀，沉声说："放心，有我在。"

第
十
九
章

诛
心

　　见江灵墨已经慢慢恢复，人群散去，只有秦伊人留下在旁陪伴。许言喊住简泽，想要去见沈慕青一面。沈慕青一案，本已无其他问题可查，应交由当地衙门处置。许言要见她，更多的是想走进她的内心深处。

　　沈慕青被安置在自己的房间里，只是派了几个人守着门，并不打扰她，更不限制她在房内的所有活动。沈慕青已经将所有的窗户用木板钉上，阳光从缝隙泻入，映着灰尘，留下几道细细的光线。

　　当许言踏进门的时候，看到沈慕青在整理衣物。床上、桌上、地上铺满了大大小小的孩子的衣物，还有鞋袜和帽子。沈慕青趴伏在地上，抚摩、亲吻着所有的衣物。许言突然有些想哭，她就站在门边，久久地看着那个弯曲如桥的脊背。

　　"你来找我做什么？"沈慕青的声音仍旧低哑，如同是吹散了的柳絮，四下飘散，毫无生气。

　　许言低声应着："我想……你或许有些话要说。"

　　"我的话，都说给了剑恒和儿子听。剑恒，你看，这是我给楼儿绣的小肚兜，多精致，多好看，你知道我原本绣工差，这是第十一件，才有这样的针脚。还有这件小棉袄，我絮了厚厚的棉花，海风再大，雪再厚，楼儿也是不怕的。等他大了些，就可以穿这双靴子了，这是那年你身体好转，出门猎来的鹿皮做的……"

不知道是因为室内昏暗，还是因为沈慕青嘶哑的音色，许言感到自己背后的汗毛瞬间全部耸立起来，冷汗顺着脊背往下滑，她不由自主地咽着口水。

沈慕青仰面躺在地上，手里紧抱着那些孩童的衣物，眼睛却直勾勾地盯着屋顶。

"你闻闻，楼儿身上的奶香……"沈慕青的鼻翼急速地翕合着，又深深吸了口气，笑容更深了几分，"你总是说我，不该那么频繁地给儿子洗澡，别伤着他稚嫩的皮肤，你看，楼儿身上哪怕一道红痕都是没有的，多细致，多嫩滑……"

许言犹豫着，要不要去打断她幻想中的美景。

"所以，是你破坏了这一切！"沈慕青放下怀中的衣物，撑起身子，缓缓站了起来，已然是一脸冷酷，"所以，是你破坏了沈慕青的一切！"

许言震惊地后退，抵靠在门上，呵斥一声："你是谁？"

"我是谁？"沈慕青狞笑着，"我是沈慕白，是慕青的哥哥。"

沈慕青原本性格温顺，认命胆小，屡遭大难，她步步后退，灾难却步步紧逼，怯懦的沈慕青退至黑暗的角落，异变出强硬、黑暗的沈慕白。沈慕白做了所有黑暗恶毒的事，以保护角落里那个哭哭啼啼的沈慕青。他喝骂着沈慕青，骂她怯懦，骂她不思进取；也哄着她，说自己会是她的依靠，做什么事都帮她。只是，天性难改，沈慕青如何也做不到狠心冷血，看到江灵墨，看到简泽，她甚至避开视线，靠着墙边走；他们微笑着叫她，她喏喏应着，心里却在流泪。沈慕白恨铁不成钢，他想为她做件事，让她恢复到有夫君、有儿子的正常生活。

许言身体里的每一个细胞都在叫嚣着"危险"，她暗暗抽下门闩，握在身后。

"所以，是你毁了一切！"沈慕青眼睛瞪得巨大，眦眦毕现，眼白通红，喷火一般。"你该自裁！"

许言努力压制着自己的呼吸，看着沈慕青的眼睛说："慕青，慕青，你是不是也曾这样喊过江剑恒，喊过你那叫楼儿的儿子？"

沈慕青将食指竖在唇上，"嘘"了一声，轻轻地说："慕青睡了，她需要好好休息，不要打扰她。"

许言毛骨悚然，有些颤抖，如何理智的人，也禁不住恐惧的本能。

此时，门外的简泽敲了敲门，说："许小姐，时间差不多了，我们该回去了。"

简泽的敲门声似乎是隔着一层纱，听不真切，却也听得清楚。求救与自救的念头瞬间转了几转，许言应了一声："好。"

沈慕青不语，似乎对许言不呼救这件事很满意，竟咧开嘴笑了笑。

"那些人都在哪儿？"不曾找到过除了岳平之外的其他尸首，是用了怎样的抛尸手段？若是弃之大海，对他们而言，似乎是最好的结局了。

"他们就在这里。"沈慕青说得轻松自然。

许言闻言，心里一紧，似乎在房间里闻到了尸体腐臭的味道，沈慕青既然懂得在灵堂地下安置冰块，很难说这个房间的某个角落里不会藏着尸首。她不自主地摸了摸手臂，抚平上面的鸡皮疙瘩。

"他们，取了血，剩下的便是药渣了，而药渣自然是扔到土里做肥料。"

"你……"

"为了救那个病秧子江灵墨，临海阁搜罗天下名药，却也帮了我大忙，要不然还真寻不到有什么药可以让人即便是死了也能流血不止的。之后，他们就没用了，我用慕青切草药的铡刀，将他们剁成小块，然后丢进化粪池，发酵些时日，就是上好的肥料了。你没见到，慕青种的草药，长得那么叶肥根茂！"沈慕青说这些话的时候，语气毫无起伏，冷静得可怕。

"岳平呢？"

沈慕青眼神略有些恍惚，似乎是在回想，继而眼神转冷，说道："他，挖掉心头肉，本该再割上两千多刀，切成肉片喂狗，若不是慕青求情，他怎会活到成为血供？一个跛子，哪有资格对慕青动情？"

"沈慕白，你毁掉了沈慕青的一切，可曾有过一丝一毫的悔意？你被杀人的快感迷惑了心智，根本就停不下来。你有没有想过，若无慕青，怎会有你？"许言咬咬牙，又说，"你居然说这一切是为了慕青，你的天性，或者说你的诞生就是为了杀人，以满足你嗜血的天性。是你怂恿慕青接近岳平，否则对剑恒感情深厚的她，怎么会做出那种事？慕青一直在医馆帮忙，她心里不可能相信这样所谓的疗法。只是，哪怕她心中有一点点的犹疑，你都看得清清楚楚，对吗？你迷惑她，要她相信做这一切会使她的夫君和儿子从地狱归来。即便慕青原本是善良的，也受不住你日日夜夜的蛊惑，她恐慌，不敢入睡，每一次入睡都是你对她领地的侵犯。她原本就是胆小怯懦之人，熬不住折磨，便退到角落里，日日以泪洗面。而你，堂而皇之地占据她的头脑，利用她的身体做了恶事。沈慕白，你仍旧觉得自己是为她好？你以慕青哥哥身份自居，可曾做过一件哥哥该做的事？沈慕白，是你亲手将慕青推入黑暗中。"

许言跨前一步，左手仍旧在背后握着门闩，受伤的右手平直向前指向沈慕青，一字一顿地说："你杀了沈慕青！杀了自己！"她说这话的时候，完全忘记自己是在沈慕白心里扔下了一颗炸弹，而这颗炸弹何尝不是炸在沈慕青心里？背靠背而生的两个人，本就不分你我，生则同生，死则同死。

许言知道沈慕青是无辜的，杀人、取血，做所有恶事的都是沈慕白。但她也知道，即便裂变出再多个不同的灵魂，本心也难辞其咎。沈慕白固然该死，但沈慕青的懦弱与纵容，同样不可原谅。

那个人，眼神清浊交互，内里是沈慕青与沈慕白在厮杀，是情义对情义，恨意对恨意，也是美善对丑恶，善良对暴戾。

沈慕青面色阴晴不定，是狂躁与阴郁在争斗，若狂躁胜，则沈慕白胜；若阴郁胜，则沈慕青胜。

这是个好机会，也是脱离险境的最后机会。许言跨步向前，将手里的门闩重重抡下，落在沈慕青腹部。许言是留有几分善念的，如果这一下打在人身体最脆弱的部位，许言固然能逃出生天，沈慕青却有可能失去性命。

沈慕青脸朝下重重地摔在地上，许言趁势转身离开。

出了门，许言并不解释发生了什么，只吩咐守卫说要请大夫救治沈慕青。

沈慕青的一生，即便凄苦，却总存有希望。而许言却使她看清丈夫、儿子俱死且永无生还可能的真相，也许沈慕青的一生不是毁在江剑恒去世的那一日，不是毁在儿子夭折的那一日，而是毁在心神俱灭的今日。

心死如油枯。沈慕青的未来怕是只剩下一具躯壳，因而在许言看来，恶性事件完结。她睡得很好，早上还能早起，也有心情好好逛逛临海阁。这是难得的能够游览江湖中赫赫有名的城堡的机会。

对许言来说，独自在这栋庞大而复杂的建筑群里走动，其结果必然是迷路，许言已经绕着这栋七层的塔状建筑物走了三四圈。倒不是许言认出了这栋塔，而是她认出了守塔的守卫。

许言不想在原地鬼打墙般地乱转，尴尬一笑，问道："能告诉我回藏心阁的路吗？"

守卫还未开口回答，从塔里走出一名男青年，二十五岁上下，身高中等，体格匀称，国字脸，浓眉小眼，着一身蓝色衣服，眉眼带笑道："藏心阁又来新人了吗？"

他肆无忌惮地上下打量着许言的动作令她很不舒服，忍了忍，又问："请问，从这里怎么回到藏心阁？"

"我二弟已经成婚，你最好早点儿死心。"许言立刻明白，这男子是江家人，从守卫的态度来看，身份还不低。许言对这年轻人没好感，也不管自己已经迷路，转身便走。

"这位姑娘……"许言觉得自己眼前一花，那人已经拦在她身前，露出一副富家少爷的下流模样，不过他迅捷的动作倒是让许言相信，江家人，一个个武功都不错，"你不是找不到回藏心阁的路吗？"

许言厌恶仰视别人，退后两步，才开口说："这是哪里？"那人虽然表现得流气十足，但伪装的痕迹过于明显，况且他是江灵墨的兄长，应该不是什么坏人。

"有趣，有趣，这回灵墨倒是带回了个有趣的人。"年轻人收敛了脸上的微笑，显得一脸的庄重，说道，"这是拱玉楼，除江氏一门外，任何人不得入内。"

许言连忙道歉："对不起，我只是迷路了，没有闯入的意思。"

年轻人仍旧用打量的眼光看着许言，满眼玩味，接着说："我这个二弟，一直喜欢美丽的事物，你虽然算不上十分美丽，却很有趣，越看越有趣。"

这个年轻人应该是江灵墨的兄长，与江灵墨却没有半分相像，尤其是那双桃花眼，不怀好意地笑着。"你这么快就能找到如茵，应该也知道我是谁吧。"

他什么都知道，却用陌生人的态度在试探她。

许言咬牙道："你是谁？"

"你猜得到如茵躺在棺材里，竟然猜不到我是谁？"他笑得很灿烂，只是眼底有一抹讥笑一闪而过。

"你是江若斐的儿子。"既然他自称是江灵墨的兄长，态度又如此傲慢，就只能是江氏嫡传一脉，除江云朗的一子一女，就只能是江若斐的儿子。

"你认识我？"

许言也不隐瞒，说道："你态度傲慢，十足的继承人嘴脸，又自称是江灵墨的兄长，我想不出在临海阁里还能有谁。"

他好一阵大笑，然后收敛了笑容，躬身行了个大礼："在下江昀，怠慢了。"

许言多少有些惊诧，还没来得及细细思量，就见江昀猛然抬头，满脸肃然，朝身后的侍卫做了个手势，低喝一声："出事了！"然后一闪身，奔向左侧的一间院子。

许言浑身上下陡然紧张了起来。她明知有危险，却本能地跟了上去，看清院子里的情况，惊讶得张大了嘴。

江灵墨被人一剑穿心，仰躺在地上，胸口有一道伤口正汩汩地流着血且急促地上下起伏，脸色苍白，出气比进气多。

江昀和许言均是一愣，然后几乎是同时扑了上去。

江昀点了江灵墨胸口周边的几处穴道，试图止血，许言则伸手直接按住了伤口，大喊着："快给他披件衣服保暖。"然后低下头，高声喊着："能听到我说话吗？江灵墨，你睁开眼看看我！江灵墨，江灵墨！"

许言一边注意着江灵墨的脸色，一边喊着他的名字，试图让他集中精神，在大夫赶过来之前千万不要晕过去。慌乱中，她抬手给了江灵墨一记耳光，力道之大，他白皙的脸立时就出现一个清晰的手掌印。

江灵墨本来有些散乱的眼神转瞬凝聚，虽然黑亮如星的眼睛明显地暗淡了下来，但视线仍旧准确地落在许言的脸上，嘴唇翕动一番，明显有话要对她说。

许言连忙低下头，将耳朵附在江灵墨嘴边，听到他呢喃着一个字："同……同……"

许言认真听着，却只听到这一个字，不免有些心急："你说什么？"

江灵墨脸色惨白，嘴唇翕动，什么声音也发不出来。许言心慌意乱，朝身边的江昀大吼一句："大夫呢？简泽呢？"

许言能够感到鲜血汩汩流出浸染了自己的指尖，生命迹象在一点一滴地流逝，眼角不由得有些湿润，声音颤抖地说："江灵墨，你不能离开，很多人都在等着你呢！江灵墨，你给我坚持住，江灵墨！"许言听到自己尖锐、刻薄的声音，但掩盖不住声音背后的恐惧，她知道江灵墨的伤势极重，凶多吉少，"江灵墨，你还没到可以死的时候！"

许言扯下外衣，包裹住江灵墨渐渐变冷的身体，而后将他抱在怀里，并对江昀说道："把你的外衣脱下来。"

站在一旁的江昀并没有解开衣服的动作，脸色难看，猛然推开许言："滚开！"然后将江灵墨扶坐起来，谁料江灵墨竟按住他的手，摇头，嘴角竟扯出一丝如释重负的微笑。

并没有风，阳光也极好，但许言觉得刺骨的冷，那种冷是从骨头里往外散发，冷得她颤抖、无力，以致指尖打战。

简泽很快赤着脚、衣冠不整地奔了过来。接连几天，寻找如茵、如茵生子、江灵墨旧病复发，很久都没好好休息过，他刚刚放松下来沉沉地睡个觉，江灵墨就出事了。

简泽扑到江灵墨身边，一边查看伤口，一边伸手颤抖地按住他的手腕，左手换右手，右手换左手，眼神越来越慌乱，眼看着江灵墨的脸失去血色，眼神涣散，呼吸短促，最后眼睛慢慢闭上。

许言看到简泽赶过来时心中燃起的那一丝希望现在也灰飞烟灭，她陡然瘫坐下来，断臂的疼痛奔袭而来。

江灵墨已然断气，简泽抱起他，随着江云朗朝自家宅子走去，许言拉着已经哭成泪人的秦伊人，也要跟着人群离开。刚走出几步，江昀走过来拦住许言，沉声说："我父亲有话问你。"

"有什么话要问我？我能知道什么？是你说这里出事了，为什么要问我？你不是武功高强吗？临海阁不是戒备森严，不许外人进来吗？怎么有杀手潜进来杀了人你都不知道？"许言一顿歇斯底里后，眼泪"哗"地流了下来，她像个孩子一般，用手背抹着眼泪。

她与江灵墨只有几面之缘，自然没什么感情，甚至对这个玉树临风的美好男子并没有什么好感，只是一个刚过二十岁、马上就要做父亲的青年人，不管他是好人还是坏人，都不应该这样被人袭击，没留下一句话就离世了。

江昀由着她喊叫，待她冷静下来，又说："你是城里唯一的生人，你要为自己解释一下。"见许言又要发作，江昀连忙做了个安静的手势，接着说，"我信你，随我去见他一面吧！"

许言看了看江昀，他的眼里满是伤痛和慎重，深吸了好几口气，稳了稳情绪，自己何苦朝他发火呢？

世间一切美好的东西，都不该就这样没来由地被摧毁。

江若斐表情很冷漠，即便陪着许言进来的是自己唯一的儿子，他仍旧冷言冷语地说道："此事一定要彻查！再有三日就是四方大会，说不定是哪一城的人看中了火剑，想了这么个阴险狡诈的法子。这事，你亲自去查，要在四方大会前查清楚。"

江昀指了个位子安排许言坐下，自己坐到她一旁，才开口说："我在拱玉楼时，听到剑出鞘的声音，只是赶过去时已经来不及了。许小姐，灵墨对你说了什么，此刻可以告诉我们了。"

许言这才明白江昀将自己叫来，并不是因为他二人是江灵墨去世前最后见到的人，而是因为她趴伏在江灵墨耳边，听到的那个字，许言坦然开口说："我只听到一个字——同，不过到底是什么同，是姓全还是名同，我并不知道。"

江若斐父子皱眉想了许久，江昀说："我已经命人封闭了城门，肯定能……"

江昀正说着，有侍卫小跑进来说："有位姑娘求见，说是吴游天的弟子。"

"北侠？快请！"江若斐吩咐着江昀带许言离开，许言却道："还是先看看这位姑娘找的人是你还是我。"不过，许言心里倒是有些不安，若来的人真是罗敏，会是发生了什么大事吗？

匆匆而来的人果然是罗敏，她见许言就在大堂内，竟红了眼眶，顾不得向江若斐、江昀行礼，带着哭腔说道："毛大人托人带话说，师兄犯了灭门的大罪，刑部复核后，准予斩首。"

"你说什么？"许言不敢相信自己听到的，易慎行犯了死罪，被判处死刑？他那样的人怎么会干出灭门这样的恶行？

"毛大人等不及你回洛州，让我一定要告诉你。"罗敏有些欲哭无泪，"师兄是不会做那种事的，你说怎么办？"

许言脑海中一下子全是易慎行的样子，她搓了搓脸，强令自己冷静下来："他人在哪儿？还有多久处斩？"

"在北武，十天后处斩。"罗敏已经急得跺脚，十天都不够去甘州这个北方重镇，她只能寄希望于眼前这个弱女子。

许言脑子也是一团乱，她在屋里转了几圈，再次面对罗敏时已经镇定下来，冷声道："去北武，现在就去！"

从海州去北武，有六七千里的路程，按驿马八百里急件的速度，恐怕也很难在十天内赶到，只有许言一个人相信安排妥当是完全可以做到的。虽然许言身体弱，但她的韧性比谁都强，她可以不眠不休，可以忍受浑身酸疼，可以每天只休息两次、每次一个时辰，其他时间全在马上。

罗敏自然是反对的，在她看来，在易慎行马上就要被行刑的关键时刻，他们应该不分白天黑夜地飞奔过去，但两三天过去后，罗敏才明白许言的苦心。人的体力是有限的，第一天、第二天，甚至第三天谁都可以不眠不休，但没有人可以坚持十天不睡觉，适度的休息才能保证持续的速度。而且，罗敏发现离北武越近，许言越是镇定，头一两天她根本就睡不着，如今每次休息她都可以安稳地睡上一个时辰，甚至在马上都能抱着她的腰睡一会儿。

两人单骑，一路绝尘。

离午时尚不足半个时辰，许言和罗敏直奔刑场。一路上，许言已经平静下来，她要救易慎行，但并不盲目，已经有了明确的计划。

在刽子手的刀高高举起的时候，许言声嘶力竭地喊一句："刀下留人。"她把时间计算得很准确，午时前便赶到，虽然她两腿像灌了铅一般沉重，但剩下的时间也够她走到监斩官——军政大员刘宗的面前，她跪下高呼一声"冤枉"，然后深深俯下身，额头触地。

眼泪浸湿了面前的土地。跪倒前，许言来得及细细看一眼五花大绑跪在行刑台上的易慎行，他瘦了许多，也黑了许多，胡子拉碴，憔悴得很。一瞬间，许言想起那个站在阳光下看着自己的易慎行，他腰板挺直，虽面色冷清，却玉树临风，潇洒帅气。而如今，他穿着灰色的囚服、头发散乱的模样，令许言心里的酸涩喷涌而出。她想他，心疼他。

显然，易慎行也看清了从马上跳下来的人，他眼中闪过一丝难以置信，随之荡漾开来的是面对所爱之人的情意，最后再看许言一眼，他死而无憾。他不怕死，他怕死在许言面前，更怕她横冲直撞惯了，惹上什么麻烦。

许言弯腰叩头，闷声高喊："刘帅，此案有冤，望您明鉴。"

罗敏也跪在许言身后，随声附和着。

刘宗看了看时间，不到午时三刻，眼前跪着的人又是与卓知非、易慎行有着千丝万缕联系的许言，他咳嗽一声，说道："临刑喊冤，本帅循例要问你三句话。"

许言抬起头，已经收起了悲切的表情，她甚至可以不去看刑台上的易慎行，因为每看一眼，她的心就会跟着重重一痛，这会影响她的判断。

"此案冤情何在？"

许言没看过卷宗，没去过现场，哪能说出什么所以然来，无非是说些场面话罢了："易慎行品行端正、豁达大度、克己奉公、忠心耿耿，刘帅是最了解的，他绝做不出灭门的恶事来。"

刘宗表情阴晴莫定，沉默了一会儿，又问："你与受刑者是何关系？"

刑台上的易慎行突然高声喊了句："没有关系！"

许言心思百转。她虽然看过许崇道审案，也读过大量关于刑案的书籍，但却算不上了解当朝刑律，所以，她不能确定万一易慎行被定罪，会不会株连到亲人。既然是必须问的，那么必有深意，兼之易慎行急切的呼喊，许言预感到此言一出，她与这个男人将永远分割不开了，但她仍旧坚决地再次伏低身体，说道："我是易慎行之妻，若此案经查实无冤，我愿与他同罪。"

按当朝刑律，临刑喊冤者只能是本人或亲眷，所以，刘宗循例问了这一句，许言决绝的态度出乎他的意料，愣了好一会儿又问："你可愿受杖刑二十？"

话音一落，全场沸腾，许言矮小纤瘦，脸色本就苍白，若被打二十杖，只怕小命不保。

易慎行嘶吼一声："不可！"

许言一愣。她体力已经到了崩溃的边缘，再挨二十下板子，不死也要昏睡个三两天，恐怕要耽误案件调查，时间越久，变数就越大。罗敏也在身后偷偷拉她的衣服，但许言已经没有退路，她咬咬牙，坚毅地回答道："愿意！"

刑场寂静了片刻后，窃窃私语声四起，原本跪得笔直的易慎行颓然坐在地上。

刘宗站起身，高声说："既有亲人喊冤，又愿受二十常行杖，本帅决定中止行刑，即刻上报刑部申请重审。来人，打！"

一个"打"字落地，立刻有两个五大三粗的士兵走到许言身侧，伸手去拉她。许言摆摆手，自己扶着腿，缓缓站起身，她的腿在颤抖，不知道是害怕还是累。许言转身交代罗敏："行刑后，我可能会昏迷，不管你用什么办法，一定要让我醒过来。"

罗敏泪眼婆娑，泣声道："不行，你受不起的，我代你……"

"我既然来得了，就受得住。你一定要记得我的话，别让我白白遭了这份皮肉之苦。"

"卓……"

许言知道罗敏说的是她一直贴身带着的卓家印信，这是卓知非托罗敏带给她的，是信任也是倚靠，她当然可以用它去压制刘宗，但既然是临刑喊冤，就该按程序办事，否则名不正言不顺，即便将来翻了案，旁人也会认为易慎行是受高官庇护。况且，卓家印信要在最关键的时候用，若她现在就露了底牌，就没有退路可走。

许言阻止了罗敏，又回头看了易慎行一眼，给了他一个宽慰的微笑后，随那两名士兵而去。

常行杖，大头直径二分七厘，小头直径一分七厘，行刑官看着许言是个娇怯怯的女子，有些不忍心，木杖高抬低落，手里留了三分力，但三杖下去，立刻皮开肉绽。

恐惧大于疼痛。许言暗示自己，二十下而已，自己受得了。

第一杖落在身上，是火灼般的痛，许言身子本能地一抖，眼泪立刻涌进眼眶；第二杖后是火辣辣、赤裸裸的痛，她竭力忍着，将袖口塞到嘴里，牙根紧锁，双手握紧凳子的边缘，浑身绷得紧紧的，强令自己不发出一声喊叫，不能让等在外面的易慎行更焦心难过；第三杖、第四杖、第五杖……似乎是麻木了，许言已然不觉得痛，渐渐失去了意识……终于，她晕了过去。

许言是被痛醒的。因为她伤在臀部，只能趴在床上休息，脸长时间歪在一边，颈部肌肉僵直，双臂也因为支撑着上半身的重量已经僵硬，而后背、臀部传来的疼痛感更明显，稍稍一动，都是痛彻心扉。是缓解脖子和手臂的僵硬，还是避免臀部传来的疼痛感，还真是两难的选择。许言试着慢慢地活动，仍痛得她不自主地呻吟一声。

罗敏关切地问道："感觉怎么样？"

许言扯出一丝微笑，问："我睡了多久？"

"一天一夜。"

许言听后，跳起身，又因为疼痛再次跌回到床上，哀哀痛叫一声，语气中不无责备地说："怎么不叫我？"

罗敏哪里没叫？二十杖打过，许言软软地趴伏在那里，呼吸清浅得几不可闻，包括刘宗在内的所有人都吓坏了，连忙找来随军的大夫救治，所幸没伤到筋骨，但她牙关紧咬，甚至撬不开嘴来喂药，只好先安置到床上休息。罗敏眼睛都不敢眨地守着，隔一会儿就探探鼻息，也试着叫她，然而她累极了，也痛极了，根本就叫不醒。想到这些，罗敏心里有些冤，撇撇嘴，不说话。

许言伸手握住罗敏的手，算是道歉也算是安慰道："情况如何？"

罗敏也用力握住许言的手，她能如此对师兄，也不枉师兄时时刻刻都为她着想的一番心意："重审的公文已经发出，往返大约需要二十天的时间。"

许言担忧地说道："先带我去见见慎行。"

"你现在根本走不了路。"

"那就慢慢走呀！"

慢慢走，总有走到的时候，不开始，永远也到不了终点。

易慎行在北境跟了刘宗有好几个月的时间，所以，刘宗对他还不算绝情，将他安置在安静的单独牢房。打点好关系，牢头派了两名狱卒带许言和罗敏进监牢。穿过长长的廊道，两侧牢房中的犯人们扑向栅栏，朝着许言与罗敏两个姑娘喊叫、吐口水、说一些污秽的话，甚至做一些下作的动作。罗敏急得面红耳赤，许言高喊一声："想在这里待一辈子的就继续闹。"

监牢顿时安静了，对失去自由的人来说，自由最珍贵。许言一句话切中要害，顿时再无人敢说一句话。

许言没心情理会那些无谓的犯人，心里替易慎行感到难过，他原本那么爱干净，以往每次见面他都穿着整洁，如何在这样的环境里忍耐下去？况且，边境牢房中难免有一些易慎行亲手抓捕的罪犯，这就好像把一个捕快送进牢房，他的境遇可想而知。

"慎行。"许言轻声叫他。

易慎行猛然抬头，眼神从难以置信到惊喜再到心疼，喉结上下抖动，几番吞咽，却说不出话来，直到狱卒打开牢门，许言走到他身边，他才站起身，沙哑着嗓子说："身体还好吗？"她脸色发白，走路缓慢，原本就纤瘦的身材似乎更瘦小了。

不知道是因为自己一身的污秽，还是因为心里有些不能说的话，易慎行后退一大步，站在一臂之外看着许言。

许言却跨前一步，一把抱住他："我想你了。"

易慎行双臂下垂，双手紧握成拳，抗拒着要去回应的冲动。那张小脸伏在他胸前，胸膛敏锐地感觉到微微的湿润，易慎行心里一颤，终于伸开双手抱住许言，轻声说："别哭。"

许言原本并不想哭，但见到易慎行，眼泪就忍不住，如此相拥而立了好一会儿，许言才拉开易慎行的手臂，上上下下地打量着，他手脚上的铁链刺目得很，她声音有些闷，念叨着："我看看……他们对你动刑了吗？吃住还能忍耐？我给你带了吃穿用度的东西……"

许言回头，已不见罗敏和狱卒，东西放在地上，他们早就悄然离开。

"言言，你不该来。"

"闭嘴！"许言难以置信地看着易慎行，"你根本没受刑，为什么要认罪？真的是你杀了那三十九个人？"她忍得了一路颠簸和二十下刑杖，是因为坚信易慎行不会是凶手，而眼前这个男人，虽然瘦削、憔悴，却毫发未损，他没有任何反抗就认罪的原因是……许言不敢继续想。

许言眼里的不信任刺伤了易慎行，他不自控地低喊一句："我没杀人。"说完后，似乎是后悔了，后退几步坐到地上，颓然地低下头。

许言有些恨恨地盯着眼前这个男人，瞬间的反应是骗不了人的，他没杀人，却认了罪。许言不由得软了声调，带着撒娇的意味说道："你过来……扶着我。"

易慎行当然知道许言目前的身体状况是坐立不得，他终究是不忍心，再次站到她身边，伸出手臂分担她的重量。

许言看他脸上布满黑沉沉的抑郁，有认命也有不甘，一时间气恼不过，捏紧拳头狠狠地捶了他好几下，气道："要不是因为你，我至于吃这样的苦头吗？长这么大，爹娘都没打过我一下，却被两个大男人拿着板子没轻没重地打，是有多丢人现眼。而你竟然认罪，你为什么认罪？为什么认罪？"

易慎行眉头拧得更紧，任由许言捶打，就是不说话。

"我告诉你，这件事你不说，我也会查，而且肯定会查得清清楚楚、明明白白。如果那个人真的是你，我会亲自送你上断头台。"许言抬头看着易慎行，眼里的坚决让他躲闪不及，"如果那个人不是你，不管幕后黑手是谁，我绝不会饶了他。"

易慎行态度消极，许言却积极得很，出了牢房后，立刻带上罗敏去了案发现场，只是道路颠簸，难免扯到伤口，她在心里咒骂了易慎行一路。

那是一处宏伟繁华的五进宅院，如今看起来却有些萧条，宅子各门并不见兵丁看守，甚至宅门上也没贴个封条，不知道是不是因为案子审结已经没有了封锁的必要。不过，这里已然成为凶宅，人人避之唯恐不及，根本就不会有人靠近，应该还是保持了案发后的基本形态。

许言绕着院墙走一圈，令人惊诧的是院墙外并无任何血迹或打斗痕迹。灭门案发生在两个月前，这里又人迹罕至，怎么会什么痕迹都没有？

"你看那里。"

许言顺着罗敏手指着的方向看过去，在院墙南侧偏西的位置，有一个泥坑，大约是半只脚的大小，内里有泥水干涸后的龟裂，那泥土有些血红色，可能是死者或是凶手踩下的一个脚印。许言拿出纸和笔画下图样，做好标注，并抠下一土块包起来收好。

院外没什么发现，两人决定去院内。

推开内院大门，扑入眼帘的是影壁上的一摊血迹，喷溅面积之大，触目惊心。再穿过垂花门进入院中，整个小院、东西游廊全是痕迹不一、已经干涸了的血迹，正房、厢房、耳房的门也全都打开，甚至正房西侧的耳房房门侧倒、断裂，房间内均有物件倾倒的痕迹，窗棂上也有不少喷溅的血迹，再加上横七竖八的花盆、架子、被砍倒的树、逃散的血脚印以及被扯落的衣物、帽子等，都清楚地告诉在场的所有人这里曾经发生了什么。

罗敏扶着许言，沿着游廊、天井、正房、耳房、后罩房，仔细绘制现场图样。许言一边画图一边想，这样一个富庶之家，肯定有家丁护院，防御能力不会太低，怎么会被人连锅端了？她可不相信有一个人武功高到可以同时对付三十九个人的程度，就算这三十九个人全是手无缚鸡之力的人，也很难同时被控制。有没有可能是下了蒙汗药之类的药物？可能性不大。若是可以投毒，直接下剧毒毒死他们就是了，何必用砍杀这么没有效率且风险极大的方式呢？何况，现场的搏斗痕迹这么明显。

想不出个所以然来，许言决定不想了，她体力有限，还是做些更有意义的事吧！

罗敏虽是江湖人，却随着易慎行在官衙生活，许言更是在洛州府衙长大，两人多少都懂些衙门里的诀窍，没费多大劲就获知了灭门案的大部分信息，其中包括两名证人的姓名和住址。

看完现场后，许言决定去见见其中的一位证人。许言刚将手放到门板上，还没来得及用力敲门，门被人从内向外用力推开，她躲闪不过，被狠狠地推坐到地上。即便她反应迅捷，双手向下、手臂平伸地撑在地上，仍免不了臀部着地的后果，火焚般的疼痛奔袭而来。

一个人仰面摔了出来，另一个个头儿极高、铁塔般的黑脸汉子自门里走出来，凶神恶煞、咬牙切齿地说："程六，你还敢跑？信不信爷扭断了你的脖子？"

程六就是许言他们要找的证人。

黑脸汉子拎小鸡子似的将程六从地上拎了起来，双手用力，令其双脚离地，程六人矮手短，拼命挣扎也挣扎不开。

见程六的脸憋得紫红，黑脸汉子不像是在和他开玩笑，许言顾不得身上的伤痛，连忙说："赶紧松松手，杀了他还得赔条命，不值当。"

"老子豁出去了！"黑脸汉子不单没松手，反而更用力，"这孙子借了老子十两银子，老子催要多少次，他都满口应承立刻还钱。今年春节竟拎着刀到爷家里，说什么因为没钱还，对不起爷爷我，只能拿命来偿，爷一时被猪油蒙了心，答应宽限他半年……"

程六已经有了翻白眼的扼颈窒息反应，罗敏上前按住黑脸大汉的手臂，强令他松手。罗敏虽是女子，但长年习武的她更擅长发力，黑脸大汉手臂一酸，不自主地松手，程六摔倒在地上，大口喘气，拼命咳嗽。

黑脸大汉以为她们是程六的帮手，摆了个姿势要动粗，许言赶忙说："十两银子，我替他还。"

黑脸大汉虽不明所以，但拿到钱比什么都重要，不甘心的他朝着程六踢了一脚，才骂骂咧咧地离开。

罗敏性子急，上前一步，拎起瘫倒在地的程六："你看到易慎行杀人了？"

"你们是谁呀？"程六缓过气来，嘴上却不松口，"我可没钱还你。"

"好好回我的话，不单不用你还钱，还赏你十两银子。"许言将手里的元宝抛起再收好，晃得程六眼冒金星，连连点头。

"把你对官府说的话，再说一遍给我听。"

程六拉拉被扯得歪斜了的衣服，说："我是个打更的，四更天的时候，经过郑家大院，听到'砰砰'的声音，就上前探看，还没走到宅门，大门就被撞开了，易慎行就从里面跑了出来，往西而去。"

"你看清楚了那个人是易慎行？"

"看清了，郑家大院门前的灯笼没熄。"

"你怎么认识易慎行？"

"大军就驻扎在我们北武，他又是头一次来，面生，很容易就认出来。

况且他还是刘帅的副将，时常随刘帅巡察，满城百姓就没有不认识他的。"

体力几乎耗尽，伤口就更痛了，许言只能听罗敏的劝先回客栈休息。走到距离客栈并不远的一个巷口，听到一阵喧闹，一时好奇心作祟，两人都朝巷子里看。原来巷口是一间赌坊，正人头攒动、人声嘈杂着。赌坊一般在夜里才会生意兴隆，这会儿就人山人海不免让人生疑。

有人高喊几声，人群自动向两侧分开，几名县衙的官差、力夫陆续抬出几具尸体，裹尸布上净是鲜血。

罗敏问一旁的路人："发生了什么事？"

那路人唉声叹气地说："为了几两银子把命丢了真不值呀！"

另一个路人插话道："几两银子？是好几百两银子！一个常客与庄家串通，骗了场子里许多人的钱财，以往倒也没人怀疑，昨夜来了位生客，还是个硬茬子，赌到天亮输了个分文不剩，输红了眼，硬说是色子有问题，争吵间还真被那人发现色子是灌了水银的。这不就大打出手了吗？据说是死了四个人，出千的人脑袋都被砍下来了呢……"

"到底是谁要钱不要命？"

"就东院的那个张军。"

"原来是他。听说他欠了一屁股的债，追债的把他妻子都抢走了，怪不得铤而走险……"

罗敏与许言互看一眼，死者是证人张军？不会这么巧吧？她二人担心是以讹传讹，连忙到东院去寻人，门没锁，屋中空无一人，又找了邻居询问才确定张军确实在赌坊的械斗中被杀了。

为了能够混进赌坊，许言与罗敏伪装成死者的亲朋，惊魂未定的赌坊伙计们也没有实质性地阻拦她们。

屋内一片狼藉，桌椅板凳翻倒、破裂，伙计们三三两两地站着，有的窃窃私语，有的一脸呆滞。罗敏一把拎起那个说得最起劲的伙计，恶狠狠地说了一句："是谁杀了我大哥？"

"你大哥是谁呀？"那个伙计结结巴巴地说道，显然是被罗敏凶神恶煞的模样吓坏了。

"他输光了身上所有的钱，你居然不知道他是谁？"罗敏用力伪装出来的凶悍，竟也有几分吓人。

"你……你是说王五呀……"伙计用眼神向四下求助，但其他伙计看罗敏这副要吃人的模样，根本就不敢上前，倒是有一位腿脚快的朝后院跑去，应该是去找老板了。

"我大哥明明叫王松。"许言在旁也跟着呵斥了一句，这是她随便编的名字，顺着他们说，有可能会被怀疑，这样做反而能让伙计们更相信她们的身份。

那伙计脚终于落地，心有余悸地说："他说他叫王五……是他和那个出老千的张军动起了手，与我们……与我们可没有关系。"

"张军呢？"

"他死了，自然是被官府的人抬走了。"

"是他杀了我大哥？那是谁杀了他？"

"就……"伙计一脸慌张，根本就说不清楚。

"哟，我还以为是哪儿来的好汉呢，原来是两个貌美如花的小姑娘。"回头一看，是一位穿着精致的妙龄女子，貌美娇怯却眼尖如刀、舌灿如花，正斜着眼看许言和罗敏，"这么娇怯怯的女儿家，可不像是王五的家人。"

原本几个东倚西靠的伙计见到这女子出现，立刻站直了身体，唯唯诺诺起来。

罗敏心思直爽，不知道该如何回应，便转身伸手去拉半蹲着身体查看血迹的许言，许言不着痕迹地打量着那个女子，说了句："血已经干透，械斗是几个时辰之前的事了。"

"北武县衙何时来了个女捕快？"女子掩嘴笑着说，"我还以为北武吃官粮的全都是饭桶呢！"

"到底发生了什么事？"许言并不说明身份，直接反问。

女子寻了把椅子坐下，声调很轻快，对这件事的态度根本就是毫不在意："还不都是为了钱。唉……男人就是喜欢动粗，一言不合便大打出手，我那两个伙计只是拉架的，却白白送了性命。"她微微垂着眼，是伤心的表情，却淡淡的，随风即散，"你知道安抚两个伙计的家人需要多少钱吗？那可是一大笔银子，是他们在我这里干一辈子也挣不到的一大笔钱。我盼着官府能早些结案，我也尽早恢复营业来弥补损失。真是的，我还要再去找两个伙计，赌坊出了人命官司，招工都难了不少。"

她絮絮地说着闲话，许言一边听一边绕场走了一圈，那些留在墙壁、桌椅上的刀痕很清楚地告诉她到底发生了什么事："一共七个人参与械斗，四人持刀、一人持棍。"她指了指地上断成几段的木棍，"但凡行凶，最讲究一招致命，不会有人蠢到拿木棍子砸人。赌徒进场是不许带兵刃的，是你的人先动刀，才有人拿棍子反击，或者说防卫，对吗？"

那女子眼睛一动不动地看着许言，凝神看了好一会儿，她"扑哧"一笑，说："赌坊当然不许带兵刃进场，但赌场可以配备兵刃以自保，赌徒发起疯来可是不得了的。"

"一人堵门，四人围攻，这可不是防守之势。"许言看过现场，完全有能力从痕迹上推断出事发当时的状况，当然，如果能够有尸格就更准确了，"是分赃不均引起的械斗吧？"

那女人眼睛瞪得溜圆，一脸难以置信的表情："这位姑娘，看你的样子受伤不轻吧？痛得开始说胡话了？我也不问你为什么到我这个赌坊来寻不自在，缉凶查恶是官府的事，犯不着你来问东问西。"

能够经营一家赌坊，人脉自然不必说，这么伶牙俐齿、火眼金睛也是不多见，许言大致猜到赌坊里发生的是分赃不均狗咬狗的事，与他们所查的灭门案没什么关系，便笑了笑，转身离开。

两名证人，一个赖皮，一个赌徒，真是一个好东西都没有。

寻访了证人后，许言还是决定去看看卷宗材料，查阅卷宗是查明案件事实最简单、有效的方法，这也是发现证据链条中是否存在瑕疵最直接的办法。可许言不是官差，没有查阅卷宗的权力，更何况她自称是易慎行的妻子，更应该主动回避。

思来想去，她决定去拜见刘宗，而她说服刘宗的理由是：易慎行隶属北境边防军，下属犯法，上司难辞其咎，若查实易慎行无罪，刘宗应该是最乐见其成的；更重要的是，这件案子虽然是地方衙门查办，却是由刘宗批复后才上报刑部核准死刑的；案件重审，万一查出个纰漏，刘宗总是要承担责任，若许言着手调查，发现漏洞，提前弥补，未尝不是件好事。所以，刘宗只是略想了想，便点头同意，派了位校尉陪同许言去衙门看卷宗。

出人意料，三十九条人命的灭门案，许言拿到的卷宗只有薄薄的两册，看样子还不到五十页。她惊诧地问道："只有这么多？"

"只有这么多。哦，对了……"文书想起来什么似的，"还有凶器和凶手行凶时穿的靴子、衣服等物件，都收在库房了，这就给您取去。"

许言按照自己的习惯将几份资料一字排开，然后盘坐在椅子上，低头翻看资料。

程六的证词与他亲口所述内容基本一致，如果有什么细节遗漏或者矛盾之处，还能再找程六对质；而张军已死，他的证词就显得尤为重要。程六是眼见了易慎行从郑家大院跑出，说明了他有作案时间、作案可能，而张军的证词则是说明了易慎行的作案动机。

张军混迹赌场，认识许多三教九流的人，赌徒与酒鬼向来是最好的朋友。张军的证言来自一位喝多了的酒鬼，真正让许言心惊的并不是证言内容，而是这份明显属于以讹传讹的证言竟成了关键证据之一。杀人是何等大罪，死刑又是何等严酷，一份未考量来源的证言就能用来定罪量刑？太草率！

这酒鬼说：易慎行原本是江湖之人，之所以流落官府，是因为二十年前易家遭人灭门，他被父亲的好友吴游天养大。最令易慎行这个唯一活下来的易家人焚心的是找不到仇人，他一边师从吴游天学习武艺，依靠师父的力量在江湖中打探消息；一边又到军中任职，不放弃一丝从官府渠道发现的线索。此次他到北武任职，意外发现凶手的线索都指向郑家。郑家好像是从天上掉下来的豪门大户，二十年前到北武定居，建了座占地十几亩的大宅院，还有酒楼、金楼等产业，一副财大气粗的地主模样，但是郑家的底细怎么查也查不到。易慎行不放弃，通过各种途径还真查到了郑家的底细，也查出了郑家与二十年前血案之间的蛛丝马迹。就这样，郑家被灭门了，其惨状与当年易家灭门案几乎一模一样。

许言对这份证言半信半疑。吴游天的江湖地位、易慎行的从军经历等都非常详尽，但易慎行的家仇她都不知道，一个酒鬼从何得知？易慎行性格正直，是非分明，从军多年，他不是冲动的人，即便要手刃凶手，也会报官处置，更不会滥杀无辜。

想到这里，许言拎起易慎行的那份认罪书。内容不长，寥寥百余字，写的是他确定郑家是仇人后，热血上头，就持剑冲进郑家，岂料不管他如何紧逼，郑家老爷子就是不承认当年之事是郑家所为，双方一言不合，便起了冲突。郑家差了家丁来轰赶易慎行，推推搡搡的动作更令易慎行怒火中烧，当即拔剑，反手杀了跨步向前的郑家老爷子，血液喷溅而出，局面便失控了，易慎行杀红了眼，追赶四下逃散的郑家主仆。他们都是手无缚鸡之力的人，哪里是盛怒中易慎行的对手，更因事出突然，连逃跑都乱了章法。易慎行一剑杀一个，很快就将郑家满门斩杀。

认罪书文末，有易慎行的签字和一个红色的大拇指手印。

认罪书与尸格状况也大概一致，现场一共点验三十九具尸体，除了几具男尸手臂外侧有几处抵抗伤外，其他人身上只有一处致命伤，且均是利器所致。

证词方面没有突破，就只能再看看物证了，许言坐得累了，刚好也可以站起来活动一下。

凶器是易慎行的剑，长度略长，宽度只有普通剑的一半，剑鞘是精致的皮质圆筒。

易慎行的鞋，是黑色的定制军靴，绒面上有几处泥泞的痕迹，脚底有些磨损，右脚前脚掌部分有明显的血迹。这让许言想到现场的那个泥坑，应该就是易慎行离开时，一脚踩下去留下的痕迹。

另有一套粗布质地的衣服，倒是易慎行的作风，他不喜奢华，更不爱绸缎，换下军装后，一向只着布衣。这件蓝色长衫的前胸和后背均有喷射性的血迹，只是，这血迹有些不对头……

第二十一章 乱战

被告抄入手，乃请刀笔讼师，又照原词多方破调，骋应敌之虚情，压先功之劲势。

——《福惠全书·刑名·立状式》

南国公文传递之快令人惊叹，十五天后，重审的公文就送到了北武县衙，去掉刑部复核的时间，洛州和北武之间往返不过七到十天的时间。这十五天间，许言已经摸透了整件案子，发现了每道证据的瑕疵之处，现在只差一个揭露瑕疵的方法。

自邓析始，任何时代都有讼师，帮不识字的百姓写写诉状、契约等文书。讼师大多不懂律法，但文字、语言功底极好，擅长辩论，经常能以不可思议的手段获胜。同时，更坏法乱纪，勾结官吏、包揽诉讼、颠倒是非，谋得暴利，所以讼师大多没什么好名声，更有"讼棍"的恶名。许言自然不怕恶名，她更坚信自己掌握的证据足以推翻易慎行是凶手的结论。

既然案件重审，易慎行就有一半的机会被改判无罪。但是他态度非常消极，以这样的面貌面对审判，即便原审证据有一定的瑕疵，他再次获罪的概率还是很大。毕竟，所谓的重审，并没有重新换人审理，而是仍由北武县令孔敬文主审、刘宗监审，这两人对原有证据的既定印象很难轻易改变。因此，许言决定做易慎行的讼师，力挽狂澜。

案件重审那天，北武县城半城百姓都到场旁听，更有易慎行数位军中好友、十几位忠实部下，小小的北武县衙被挤得密不透风。许言竟无端有了几分紧张，深呼吸数次，才平复了情绪。

孔敬文端坐在高堂，一一出示证据，首先被传上堂的是程六，他跪下行了个礼后，便滔滔不绝地将那晚所见所闻说了一遍，与证词内容及许言之前听到的几乎一样。但是，这份证供在许言看来漏洞百出。

许言问的第一句话是："程六，你确定自己那晚看见的确实是易慎行吗？"

"十分确定。"

"那是深夜时分，你眼力再好，怎么可能看得那么真切？"

"大门口的灯没熄，易慎行从灯下经过，我当然看得清楚。"

"大门突然被打开，你肯定受惊，那人在灯光下露脸又是一瞬，时间上根本就不够你看清楚他的脸，所以，你在说谎。说，是谁让你说谎的？按南国律法，做伪证减一等入罚，你要想清楚再说。"

"我可没说谎。他朝我的方向望了一眼后才跑开的，刚好就是在灯笼下的位置稍作停顿，而且我离他那么近，怎么会看不清？"

"也就是说，他看到你了？"

"嗯，看到了。"

"他为什么没杀了你？"

"你说什么？"

"按照你的说法，你就站在易慎行附近，还看清了他的脸，他居然没有想过要杀人灭口？"

"或许，或许……"

"你看到他杀人了？"

"他满身鲜血地从郑家大宅跑出来，人不是他杀的，还能是谁？"

"也就是说，你根本没看到他杀人。"许言转而面对孔敬文，说："孔大人，易慎行在郑家大宅出现有诸多可能，他受邀到郑家做客，他只是路过那里，他发现凶手试图阻拦等，不能因为有人看到他离开现场就断定他是杀人凶手。"

孔敬文在心里嘀咕一句"果然牙尖嘴利",然后才说:"受邀到郑家做客怎么会在四更天离开?他更不会半夜经过他人宅院。"

"易慎行若是行凶杀人,就不会放过现场的目击证人,以他的能力,杀死程六,如同捏死一只蚂蚁那么简单……"

"易慎行有杀人动机。"孔敬文挥挥手,衙差带着程六离开后,他又说,"证人张军已经说得很清楚。"

"张军是个赌徒,好赌成性到卖房、卖地、卖妻、卖女,甚至和赌坊的庄家合谋骗取其他赌徒的钱,这个人的证词有几分可信?更要命的是,他所述内容并非他亲眼所见、亲耳所闻,只是从一个酒鬼口中听来的。那么这个酒鬼又是从哪里知道易慎行的家仇?从骗子那里听说的?从混混儿那里听说的?这个所谓的消息转到张军处经过了几张嘴?"许言强调着,"流言,浮浪不根之言,被拿来当作定案依据会不会显得草率了些?"

孔敬文竟有些无言以对,只好说:"还有染血的衣物、鞋子、凶器。"

"那好!"许言稳了稳心神,"那么,我们就先看看易慎行所穿外衣上的血迹吧。"

许言要求给易慎行解下镣铐、穿上这件血衣,做一次现场演示。孔敬文即便有几分不情愿,还是勉强同意了。许言刑场喊冤后,他差人去打听她的底细,知道她是洛州知府许崇道的女儿,曾在皇城查案,与卓知非、毛泰璋相熟,想着这女人背景复杂,不能过于为难,便示意衙差解开易慎行的手镣。

即便血迹已经干涸,衣服一打开,仍有令人作呕的血腥气扑鼻而来,尤其是这件衣服折叠保存的时间久了,气味更是恶心,包括孔敬文在内的所有人都皱了皱眉头。

许言一边帮着易慎行穿上血衣,一边低声说了句"你别想骗我"。易慎行不搭话,听话地平伸双臂,目光胶着在许言身上。这个姿势能清楚地看到血迹在衣服上的分布状况——左前臂外侧、内侧和双肩。

孔敬文不解,问道:"你要做什么?想说明什么?"

"现场共有三十九名死者,绝大多数都是一剑致命,说明行凶者武功极高,内心狠绝,自信狂妄。因此,他面对受害人时完全没有保护自己要害的意识，毕竟彼此武力差距太大。同时，因为杀人带来的快感，他的动作会舒展自如，甚至有些毫不顾忌地开合。灭门案的现场血迹横飞，死者的鲜血会以喷溅、抛甩的状态溅在凶手身体比较宽阔的部位，比如前胸、后背、前襟等位置。"

许言对比着两人的身高，进一步解释道："除非我是孩子或者卧倒在床上、坐在椅子上，否则易慎行这样身量的凶手不管怎么杀人，血液都会喷得他全身都是。三十九个人不会都是或坐或卧吧？再看看易慎行，最容易溅到血的前襟非常干净，仿佛是被什么东西挡住了一般。"

当然，这些话在孔敬文听起来更近乎狡辩："杀手杀人手段无数，可贴身肉搏，可近身缠斗，受害人血液飞溅，可能甩到任何地方，衣服前襟没有血迹不过是巧合。你在这里净说些巧合的事，无非是要借夸大了的巧合来达到为易慎行脱罪的目的。"

"我知道孔大人不相信我说的话，我举个简单的例子。大家都有过写字作画的经历吧，有时候一不小心将墨点落到纸上，会晕开成一个个好看的圆，还有毛边。或者一不小心甩到书房的墙上，会留下一道呈线状分布的数个墨点。"许言决定换个角度，"血迹也是一样，不同形态的血迹代表着不同的形成过程。"

一直一言不发的刘宗对许言这一整套理论表现出极大的兴趣，问道："易慎行身上的血迹是如何形成的？"他这话也表明了自己的态度，他相信许言所说。孔敬文为官多年，自然看得明白，也追问了一句："是啊，你倒说说这些血迹是怎么来的？"

许言指着易慎行双肩、左臂外侧的血迹说："这几处是溅射形成的，而这一处是擦拭形成的。"许言最后指着的是易慎行左前臂内侧的那一处血迹。

"就算你说的全是对的，也不能证明易慎行不是凶手。"刘宗如是说。

"抱着我。"许言对易慎行说。

易慎行抬眼，满眼疑惑。其他人更是只盯着许言看。

许言不免有些尴尬，脸微微泛红，谁愿意在大庭广众之下与别人搂搂抱抱？还不是要为他洗脱罪名。许言靠着易慎行站好，拉过他的左手环在自己的腰上，说道："应该是最后一名受害人吧。他被人追杀，奄奄一息间倒在易慎行身上，右手持剑的易慎行会习惯性地用左手去扶住人。凶手势必要追过去补上一刀，鲜血本喷涌而出，却只溅到易慎行的肩膀上，其他都被受害人挡住。这一点，可以找到受害人的衣物来比对验证。同时，受害人身体下滑，自然会在易慎行衣物左前臂内侧形成擦拭一般的血迹。"

许言说得浅显易懂，在场所有人都听明白了。

"易慎行有杀人动机、杀人时间，又无端出现在郑家大院，穿着一身染满鲜血的衣服，凶手肯定是他。他已经认罪，有签字画押的口供在，难不成他要翻供吗？"

许言看着一直缄口不言的易慎行，心里恨得直咬牙。虽然官府调查的证据不足为信，可按南国刑律，一份口供就足以定罪。想到这里，许言退了一步，说："人证和物证不足以认定易慎行是凶手，我所言也不能排除易慎行是凶手的可能。既然案件重审，案情又确实有疑点，就不单要确定易慎行是否有罪，还应当重新勘查现场，查找凶手。孔大人，您说呢？"

孔敬文不愿引火上身，回头看刘宗，刘宗盯着跪在地上的易慎行，沉思许久，吐出一个字："准！"

预判，或者称之为预断，对被判断者来说并不是十分公平的推断，这种推断并非源自一对一的交流，而是信息不对称式的单方断定，既武断又片面。所以，只要灭门案仍由同一班人重新查，就很难避免预判的可能，想要彻底、干净、有效地找到凶手，最好的办法当然是重新组队，并从勘查现场、勘验尸体等方面重新做起。

但这一切，许言即便是拿着卓家的印信也不能实现，更不能亲自参与，重审已经很不容易了，其他的更不能强求，只能等待。等待总让人感到很无聊，于是她便让罗敏陪自己逛逛北武，她很想了解一下这个易慎行生活了半年多的地方。

北武是北方军事重镇，城墙高大且厚重，南国势弱，北武更多起到的是防御作用。刘宗不单是战术家，更是战略家，他在北方十年，构建完美的防御体系的同时，更建立了一支足以与北国抗衡的骑兵，与北国的几次冲突也并不完全在下风。所以，北武百姓虽在战区，近些年倒也还算安居乐业，一路走来，街市繁华、人潮涌动，百姓脸上并没有战区的悲苦气象。

"想吃豆腐脑吗？"许言指着一处摊位问罗敏，不管乡间还是城市，做豆腐都是非常辛苦的行当，早起更是习以为常。罗敏不知道许言怎么会挑一个路边小摊，往日她最爱干净，根本不会吃路边摊，不过两人都还没吃早饭，吃碗豆腐脑也不错。

平日里，许言是个少言寡语的人，即便面对柳儿、罗敏这样亲近的人，也是一副不苟言笑的严肃模样。令人惊讶的是，她反而很善于和陌生人打交道，因为她温和的外表和极佳的观察力，陌生人很容易对她敞开心胸，包括眼前这位卖豆腐脑的中年男子。

"这时节，屋里热，豆子放屋里泡容易发馊，所以，我就把泡豆子的缸挪到了门外。那天，大约刚过四更天的时候，我照例开门取豆子，有两个人一前一后跑过我门前……你的豆腐脑要咸的还是甜的？"

"咸的。"许言应了一声，罗敏与她一样，不喜甜，"你认得他们吗？"

"天太黑，他们又是匆匆跑过，只隐约看得出是两个男人，身形倒有些相似。"中年男人将豆腐脑、油条摆到许言和罗敏面前，双手在围裙上擦了一下，又说，"他们都带着刀剑，又那么早，肯定是官兵。"

北武这种军事重镇竟有如此细腻且咸鲜味美的豆腐脑，许言不自主地低头多吃了几口。罗敏耳力较常人敏锐，刚刚拿起碗又皱眉放下，果然，一队接一队的官兵集结，往大营的方向跑去。

卖豆腐脑的看见从自家摊位前跑过的官兵，叹气摇头说："看来是又要打仗了。"

许言想的却是另外一件事，如果刘宗带领军队奔赴战场，她要提前去要一道军令，免得地方府衙在案件重审中使什么手段。想到这里，她拉起罗敏跟着官兵们往大营方向跑去。

营地戒严，许言用尽方法也没人敢放她进营，急得罗敏捏紧了拳头想要打人，亏得一名年轻将官匆匆跑来，否则还真有可能打个头破血流。

许言认得这名将官，他曾经在刑场、北武县衙出现过，应该是易慎行的军中好友，他朝许言行了个礼，说："在下杨锐，骁果营副将，奉吴大将军之命来请许小姐到营中说话。"

易慎行来信曾说，他已经改任了骁果营主将。因为边情复杂，为探察军情，刘宗特意成立骁果营，不管是将官还是士兵，全是军中精锐，各有所长，或能刺探情报，或能攻克难关，或能开山通路。易慎行武艺高强、有勇有谋，带着骁果营上下屡立战功，很有威望，全营上下对易慎行更是言听计从。

"吴将军找我有什么事？"北境军，许言只认识刘宗和易慎行，这个吴将军找自己能有什么事？

杨锐敬佩易慎行，自然也会信任许言和罗敏，他环顾四周，见左右无人，刚准备开口，一旁营帐走出一位身着铠甲的青年将官，说："杨锐，你怎么带两个女人进营？"他个头儿很高，身材健硕，金色铠甲衬得一脸正气盎然，说的话却有些刺耳。

杨锐朝那人行了一礼，说道："吕将军，是吴大将军的军令，请许小姐来查案。"

这位吕姓将军人高马大，自上而下斜眼看着许言，毫不掩饰眼中的蔑视："军中能人无数，一桩谋刺案而已，还需要女人援手？真不知道吴将军是怎么想的。"

许言倒不在意他的蔑视，而是对他所说的谋刺案感到震惊，难道军中有新的案件发生？心里不由得生出了几分不安。

"吕将军慎言。"杨锐侧身做了个"请"的姿势，本意是请许言与罗敏两位客人先行，而那位吕将军却抢先傲然而入，杨锐脸上露出几分鄙夷，小声对许言她们说道，"吕蒙是先锋营主将，世家大户出身，总瞧不起军中平民出身的将官，对易将军也……唉，就他那零星的军功……"

大营中端坐着十数个人高马大、身着盔甲的将官，正吵吵闹闹地说着话。许言视线扫过，没看到刘宗，心里的不安又重了几分。

坐在主位上的是杨锐口中的吴将军吴林，见许言等人进来，他摆了摆手，帐中即刻安静了下来。"刘帅被谋刺一案，交由许小姐查办，众将可有异议？"见无人回应，他又说，"刘帅遇刺身亡一事，对外不得说一字一句，否则军法处置！"

刘宗被谋刺？这消息像是炸雷一般在耳边炸响，许言与罗敏对望一眼，在彼此眼中看到了惊恐与不安。主帅被刺，这是天大的事，既涉及边境安危，又涉及朝廷党派力量的绞杀，更是刘氏家族内部力量的制衡。帐中这十几个人都是各营的主、副将，对许言刑场救易慎行一事多少有所耳闻，虽然对女人的办事能力有所怀疑，倒也说不出什么反对的话，只是那个吕蒙"哼"了一声，蔑视道："女人入军已经是大不祥，怎么能让她来查案？再说，军中人才济济，什么样的人找不到，何必非找她一个女人。"

许言拉住已有些激动的罗敏，平静地说："查案不是冲锋陷阵打山头比谁的力气大，所以不必分男女。"她环视一周，又将视线落在吴林身上，"吴将军，如果大家没什么异议，我要去县衙寻一位仵作配合我调查案件。"

吴林还未说话，吕蒙却不顾上下尊卑跳起来嚷道："吴将军，对北国之战随时都有可能打响，主帅被谋刺已经是最大的不幸，你怎么还敢把女人留在军营？这是要诅咒北境军吗？"

罗敏与吴林同时变了脸色，其他将官们也面面相觑起来。吕蒙祖上是开国大将，获封侯爵，世袭罔替，他向来认为打仗是军侯们的事，从来都瞧不起累积军功一步步升起来的将官们，与平民出身的将军们素来不和。吴林在他眼里就是泥腿子出身，根本不会打仗，若不是吴林年资长，恐怕就不单是当众顶撞了。

许言细细打量着这位青年将官，微微笑着说："大家少安毋躁，吕将军只是因为右手臂近日受伤，伤口还没有完全好，所以才会这么暴躁。"

吕蒙脸上露出惊诧的表情，许言知道自己猜对了，又说："吕将军是标准的军人，本应站姿挺拔，昂首挺胸，可你右肩头塌着，微微内收，刀虽然挂在右边，但你明显不是左撇子。"许言指了指吕蒙腰带左侧的一处磨痕，那是挂刀搭扣磨出来的痕迹，"从我见到你开始，你共有五次不自主地抚摩右手臂的动作，每次触到，嘴角都会不自主地牵动，是有些疼吧？"

这一番推理，着实让吴林等人服气，先锋营在七天前与北国小股骑兵有过一次交锋，吕蒙右手臂受伤。许言虽然看起来瘦瘦小小，一副闺中女子的娇怯模样，但这份敏锐，却是无人能及的，众将心里暗藏的小觑土崩瓦解。

"那……那又如何？"吕蒙有些讪讪的。

许言将他一军，问道："你若不信我，一起查案如何？"

吴林咳嗽一声，忍住了笑意，说："许小姐，刘帅遇刺一事尚属军中机密，不能由地方州府勘查，也不能借调北武县衙的仵作。不过，我派人去请陈合坤陈老爷子出山，他曾任大理寺仵作几十年，如今告老还乡在北武定居。至于吕将军，先锋营事务暂由副将办理，专心查办谋刺案，案件一日未明就不得返营。"

军营自有军营的纪律，主将一句话绝不亚于圣旨，吕蒙再不情愿，也不敢违抗军令，虽然脸黑得好似锅底，也只得领命随许言而去。

刘宗是在自己的营帐内被刺的，尸体自然早就被抬走。据吕蒙所述，现场并未被破坏，他简单向许言描述刘宗应该是夜里遇刺，第二天一早被发现时他躺在床上，保持着休息的姿态，甚至被子还盖在身上，不单胸前有一个血窟窿，头颅也不翼而飞。

军人的营帐大多简单，少有饰品，即便尊为主帅，帐内也仅有一床、一桌、两椅，且都是贴近营帐边摆放，靠近门口位置的椅子翻倒在地，除此之外，整个现场的所有物品都摆放整齐，不见任何挪移的痕迹。营帐中间和床上分别有一摊血迹，面积之大，足以致命。两摊血迹之间并无拖拽痕迹，仅有数滴渐次的血迹，滴落状的血迹延伸至门口，而后消失。

遇害时，刘宗显然在休息，凶手选择夜间下手，而且是一剑穿心，当即毙命。

"凶手为什么要砍下刘宗的头？"许言低声念叨一句，而后问道，"那把椅子是什么时候翻倒的？"

吕蒙不情愿地回忆了好一会儿，而后肯定地说："今早抬尸首时不小心碰倒的。"

齐整的现场、利落的手段，是专业杀手才做得出来的，兼之对军营的内部和刘宗的作息那么熟悉，有可能是熟人作案吗？

小半天时间后，陈合坤带来了刘宗的尸检意见。陈合坤确定死者就是刘宗，死者与刘宗身高、体重相近，经随军大夫辨认尸体上的伤疤，新旧伤都与刘宗一致。

陈合坤的尸检结果很短，与原本的结论也基本一致——刘宗左胸心口位置中了一剑，创口很小，创面平整，是贯穿伤；整颗头颅被齐齐整整地切下，是一刀所致。同时，陈合坤确定致命伤是胸口那一剑，贯穿伤是死前伤，颈部切创是死后伤。似乎知道许言要问如何区分生前伤与死后伤，陈合坤解释称：生前伤伤口开阔，皮肉收缩不一，纹理交错，皮肉收缩紧固，四周有血荫，而死后伤的伤口处血色干白，没有凝血块，且筋骨皮肉黏稠，受刀的地方皮肉紧缩，骨头露出。陈合坤比对了伤口后判断，凶手带的兵刃很特别——亦刀亦剑。

兵刃方面吕蒙是行家，许言便遣他去查全城的铁器行，而她要去见另一个人。

第二十二章 复勘

县衙位于北武城正中位置,监牢却设在城北,这座监牢不但墙厚瓦坚,更能同时容纳近千人,所以不管是触犯地方法规,还是触犯了军法,所有的犯人都关在这里。北武是北方军事要地,不单是因为它串联了整条北方防线,更因为它是南下北上的关口,还是刘宗的中军驻防所在。既可以说是最安全的所在,也可以说是最危险的所在。城北正对着北国边境,驻军在城门口设防,本来就不方便平民居住,将监牢设在城北,一方面可以由驻军顺便防卫着监牢;一方面万一北国大军围城,也能尽量减少平民伤亡。

易慎行仍旧是一副不悲不喜的模样,坐在床头,迎着阳光的方向,因为许言时常来送换洗衣物,倒不显得颓废,只是胡子长了不少,总有些黑瘦、憔悴,去掉了脚镣,仍戴着手铐。毕竟,即便案件发还重审,也不代表易慎行就无罪。牢门打开后,罗敏靠着牢门站立不动,因心里笃定师兄有惊无险,她姿态放松,斜斜地倚在门边。

许言央求狱卒解开易慎行的镣铐,她一再保证易慎行不会闹事、不会逃跑。狱卒认识易慎行,对这位屡立战功的年轻将军很是敬佩,易慎行被押赴监牢之初,他就满腔愤懑,当然他也听说了许言刑场救夫的事。许言这么一说,他立刻就上前解开手铐,一边躬身往外走,一边说"有事您叫我"。

许言勾着易慎行的手,靠在他手臂上,安静地靠了好一会儿,才说:"我最近累坏了。"看他胡子拉碴、两眼无神的样子,心疼地问道:"你还好吗?"

易慎行撑着许言的身体，对着罗敏说："马上带她回洛州，不要进城，去找师父。"

罗敏视线在许言和易慎行之间晃动，过了好一会儿才说："这次不能听师兄的。"

"刘宗死了。"许言突然插嘴道，抬头盯着易慎行，眼见他的表情自惊诧、不信、无措变为最后的惊惶、疑惑。

"是谁干的？"

"这就是我来找你的原因。"许言咕哝一句，"你以为我愿意来监牢吗？这里又脏又臭，你又不对我说实话。"

易慎行沉默，对着许言那双仿佛能看透人心的眼，他完全没了隐瞒或者说谎的勇气，嘴唇动了动，才说："这事太大。"

"大到刘宗被人谋杀了也不能说？"许言语气严厉了起来，"刘宗在北境十年，修筑北方防线、组建轻重骑兵，多年来积小胜为大胜，一点点改变北强南弱的状况。北方少得了十个易慎行，少得了一个刘宗吗？万寿节一事后，朝局动荡，虽然皇帝强压住局面，可现在算得上是朝局稳固吗？西蔺、东海虽是属国，却都虎视眈眈，若是趁乱出击，东西夹击，朝中有几个能率军抵抗的将领？若失了刘宗在北方的牵制，南国是不是真要由皇帝亲自率领禁军来一场京城保卫战？"许言不是危言耸听，刘宗绝不仅仅是北境守军统帅，只要他在北方，北国精兵南下就会多费几番思量，更不要说一向国力羸弱的西蔺和东海，"所以，你好好想想，到底有什么话要对我说。"

易慎行朝罗敏挥了挥手，罗敏会意，走出去拦着可能会出现的狱卒或其他人。

"我没杀人。"易慎行终于可以坦荡地面对许言，又说一次，"我没杀人。那晚，我心情不好，走出大营到城里游荡，约莫四更天的时候，听到郑家大院传出来呼救声，我听着声音不对，也来不及多想，直接跳进院中。院内已经是鲜血四溅、一片狼藉，我刚抽出长剑，便有一位伤者扑倒在我怀里。我原本可以救他，只是那剑来得太快……"易慎行有些懊悔，摇摇头，说不下去。

许言握了握他的手，她理解那种感受，明明有机会去救，却救护不及："慎行，所有人都需要反应的时间，你也不例外。然后呢？"

"我与杀手斗了几招，他不愿与我缠斗，且战且退，因为他轻功极好，我追出几条街便没了踪影。"易慎行抬头，"不过，我看清了他的脸。"

"他没有戴面罩？"许言陡然心惊，杀手没有试图掩盖自己的外貌，说明他是极其强硬且自负的人，他笃定自己杀得了所有人，不会有人能活着记下他的容貌。他残忍、好杀、自大，或许杀戮的原因仅仅来自郑家某个人的一句话、一个眼神，"那你呢？他会不会要杀你灭口？不行，我要和吴将军商量把你带回军营。"

"我有能力自保。"

"你都被锁住了手脚，拿什么自保呀？"许言有些急，不过想想自己何必跟易慎行着急，焦躁的情绪太容易传染，遂深吸了口气，又说，"这事你别管了。你刚刚说杀手没有戴面罩？"

"对，没有。他穿了一身白衣，身形与我相似。"易慎行努力形容着凶手的外貌，"面容白净，没有胡须，看起来像个书生，眼睛……"

"这些话你说给画师听。"许言镇定下来，制止了易慎行对凶手体貌特征的描述，有些印象不会因为回忆而强化，反而会异化、扭曲，描述的次数越多，回忆者越容易添加自己的主观想象，"你心情不好的原因是什么？"许言猜得到易慎行特意跳开的这段话才是最重要的。

易慎行沉默了好一会儿，才说："刘帅生在武学世家，与师父亲如兄弟，所以我自小就认得刘帅，他待我如亲子，我尊他如亲父。如果不是他，我也不会从军，更不会到北方戍边。做一个闲散的江湖人何尝不是件好事。"

许言努努嘴，说道："要是那样的话，你也没有机会认识我。"

易慎行闷堵的心情因为许言的一句话微微好转，再想到那件事，他心情再度失落，叹了口气才说："我从来没想到他会是礼王一党。"

许言轻抚着易慎行的手臂，却说不出安慰的话，刘宗在易慎行心中有着亦父亦师的地位，有着完美至极的形象，一点点的瑕疵他都不接受，更何况参与党争这样的大事，即便他知道党派之争哪朝哪代都无法杜绝。

"我身在官场，该有的世故老练一样都不缺，也知道刘帅不可能白玉无瑕，但我想以刘帅的为人，即便曾经不得不依附于礼王，但如今，礼王党势弱，他也成为军中第一人，总可以与礼王划清界限了吧。没想到他不单仍受党争牵制，还做过一些对军防无益的事。我唯他马首是瞻，只要他下令，出生入死、冲锋陷阵绝不回头，只是，知道这件事后，我不知道自己是为谁浴血奋战。"易慎行转了个身，眼里亮光闪烁，许言还未看清，便被易慎行搂在怀里，听到他哑着嗓子说，"言言，我没了方向，心死了一般。"

许言回抱易慎行，抚摩着他的背："还有我，我陪着你，做高官也好，做江湖闲散人也罢，我都陪着你。"

那晚，易慎行去找刘宗汇报军情，走到营帐外，听到杯子摔落在地的声音，他想着自己来的不是时候，转身欲走，却因为隐隐的一句话而停下了脚步。

"没有礼王爷，哪有你的今天？"

这句话是一只带饵的钩，钩着易慎行转身，他在帐边站定，脚底生了根似的，怎么拔也拔不开，不想听的话一个字一个字地钻进耳朵里，勾勒出营帐中的情形。

"看来位极人臣的刘帅忘了自己十年前做过什么了。当年，你任送亲卫队长护送瑾公主北上和亲，途经北武，遭遇夜袭，死了十几名卫士不说，还弄丢了公主。你怕此事外传，激怒了北国，更触怒龙颜，竟大模大样地把公主的贴身侍女送去北国成婚。你是不是以为自己做得天衣无缝，不会有人知道？"那人哼哼几声，"五年前，北境兵败，礼部尚书赵大人奉命北上和谈，同时奉太后懿旨给瑾公主送些家乡礼物，因而与瑾公主有了一面之缘，赵大人虽然不认识瑾公主，但却机缘巧合得那位侍女。"

这道声音很陌生，至少在易慎行的记忆里，并不是他认识的某个位高权重的大臣。刘宗是一品职衔的大将军，在北方边境和朝堂上都是说一不二的角色，除了皇帝，谁有资格训斥他？而且，即便是皇帝，对自己的师父也很尊敬，从来都不会厉声指责。若不是因为明以淙对刘宗的全然信任，五年前对北国一场大战，他也不会笃信失败原因不是刘宗的指挥不当，而全力去查兵器装备，还在事情没有完全查清楚前就准许刘宗返回北境。

"皇帝蛰伏十几年，借万兽山庄的刀砍杀朝臣试图掌控朝局；多年来刘帅在北方招兵买马训练骑兵，还建立了一支能够在雪原中与北国对抗的轻骑兵。可这又能如何呢？皇帝在朝堂上能政通令达，还是刘帅在北境能如臂使指？做不到吧。既然如此，与北国开战，根本就是以卵击石，只会使百姓陷入水深火热之中。"这道声音很有诱惑力，"南北两国休战才五年，我们的骑兵对北国骑兵仍心有余悸，北国还有个能征善战、在军中一呼百应的东献王，刘帅难道忘了五年前与东献王一战败北的事？"

刘宗显然在犹豫，一阵安静，易慎行也不自主地屏住呼吸。

"不是不战，只是时机未到罢了。如今，朝中势力已被说服大半，你只需要向皇上说明北境战局，廷议结果根本无须操心。"

好一会儿，刘宗仍旧不说话，既不反驳也不赞同，不过，易慎行听得出他的犹豫不决，那脚步声并不似平日果断铿锵，而是拖沓犹疑，甚至拖着脚跟发出"嚓嚓"的响声。

"我言已至此，相信刘帅分得清轻重。皇上与瑾公主姐弟情深，五年前他就能以瑾公主为借口向北国开战，若知道十年前瑾公主就失踪在民间，不知道皇帝震怒后的结果会是怎样？"

想必这话说到了刘宗的痛处，脚步声顿住，接着是长长的一声叹息。对刘宗来说，十年前送亲路上发生的事是比曾依附于礼王更大的痛处，也是最大的弱点，更是最不能为外人所知的秘密，即便妻儿对此也是一无所知。那是他年少时利欲熏心而走错的一步，一步错便成了他一生的污点，是他再多的军功也掩盖不住的、天大的污点。曾任帝师的刘宗当然知道皇帝对姐姐的感情，但他更知道皇帝的猜忌心、报复心都极重。若他对明以淙坦诚，明以淙定会爆发雷霆之怒，将他九族全灭。这么多年来，一面是位极人臣的荣耀，一面是深藏心底的恐惧，两相撕扯，让刘宗痛苦不堪。他每天都过得如履薄冰，皇帝的每次召见都似是质问的前兆，每次卸下盔甲梳洗都庆幸平安度过了一天，夜里突然想起便是一宿失眠。

日日难挨。

"刘帅竟然说了声'好'……就国政而言，和谈与开战各有利弊。实际上对北国一战根本就不是单纯的战争，皇上要用这一战的胜利将朝局彻底掌控在自己手中，朝廷要靠一场胜利收回割让给北国的几州之地。更重要的是，南国需要一场胜利震慑北国，没有一支可以震慑邻国的强大军队，老百姓就不可能有安稳过日子的那一天。这些年，南国推行井田制、鼓励农桑、富国富民不就是为了挺直腰杆过日子吗？可刘帅完全不顾这些，只是说'好'。"易慎行身子微微颤抖，这件事太大，他根本就无法做到泰然处之。

之后的一切根本不需推理也能想得透彻。易慎行因为营帐内发生的事心烦意乱，忘了隐蔽身形，刘宗如何也做不到灭易慎行的口，恰巧发生了郑家灭门案，易慎行还出现在现场，更与凶手短兵相接，了解易慎行家仇的刘宗顺水推舟完成嫁祸。甚至，郑家灭门案就是刘宗派人做的，张军的证言以及他最终被杀，都是刻意为之。

可是，许言并不认为刘宗真想要易慎行的命，否则，他不会允许刑场喊冤，不会申请再审，更不会允许她阅看卷宗，参与庭审。故而，许言安慰着："刘帅不是那样的人，或许有什么事你不知道。"

事情虽然串联了起来，却仍有不明之处，如此，只有再回到现场才能查明真相。如易慎行所言，凶手是个骄傲自负的人，他不戴面罩挡住脸固然是足够自信的表现，同时也是粗心大意的表现，这样的人一定会在现场留下什么。无论刘宗在整个事件中扮演着什么样的角色，再杂乱无章的线团，也有一个解开它的线头，所需的不过是时间以及足够的耐心和细致，所以，许言决定再去郑家大院看看。

吕蒙对许言要求先查郑家灭门案很是不屑，直言他是被派来查刘宗被杀案的。许言的理由也很充分，易慎行被陷害、刘宗被谋刺先后发生，很有可能是有人刻意针对北境军的行为，找到郑家灭门案的凶手，就有可能找到了刘宗被杀案的凶手。吕蒙虽不认可，但想着找到谋刺刘宗的凶手还要靠她，也不得不服从。

多次勘查现场，固然有可能发现遗漏的线索，但也非常容易破坏现场，所以，许言知道这或许是唯一的一次机会。她带上了陈合坤、吕蒙、罗敏，还要求吕蒙带上十余个士兵。

郑家宅院是典型的深宅大院，墙高丈余，大门既高且重，真要从正门长驱直入不像是掩人耳目的暗杀，更像是大张旗鼓的挑衅，况且大门也不见任何破损的痕迹，而且易慎行说他是从正门跳入院内撞到马上要离开的凶手。

许言需要找到切入点，才能从头开始，描绘凶手的行为轨迹。

几个士兵沿外墙几次查看，终于在北侧院墙外发现了两个前脚掌印。吕蒙等人虽是官兵，武力却不算高强，吕蒙甚至差人去找登云锁，罗敏见状，从鼻子里发出一声轻蔑的冷哼，再打量着墙上的脚印，略一思索，猛然起跳，左右两脚分别在墙上踏了一脚，身轻如飞燕且悄无声息地翻过屋脊，落到院内。

罗敏与易慎行翻墙时的身姿一模一样，还真是一个师父教出来的。许言暗自羡慕，同时竖起耳朵去听墙里的声音，只是十几个人都没有听到一丝一毫落地的声音，原本看不起女人的十几个壮汉都是脸上发热，心生惭愧。

"你们也跳上来吧！"罗敏再次跃上屋脊，好整以暇地坐着，俯视着墙下的一干人等，眸中不乏挑衅之光。

许言朝罗敏竖竖大拇指，说道："佩服呀，女侠。"

吕蒙等人也纷纷拱手称赞。

待许言等人走到后楼下站定，她再次朝着屋脊上的罗敏招手，示意罗敏跳下来。罗敏脚尖落地，仍旧无声无息，许言凑上去看了看脚印，虽然很浅却很清晰，只是仅有前半掌，并不完整。

许言令吕蒙带着士兵们散到各个院子里，她带着罗敏和陈合坤自后院至正房开始查看，许言在前走过每一处血迹，罗敏、陈合坤在后作记录。

走到垂花门处，许言发现左侧门框上有一处干涸的血迹，像是一不小心留下的手印，带着些擦拭的痕迹。许言喊陈合坤过来看，陈合坤弯下腰伸手比了比，低声说："成年男子的左手手印，少了半截中指。"许言连忙凑过去探看，果然，手印五指齐全，唯独缺了左手中指前端，应该是自第二指节中间处断开。

易慎行十指齐全，三十九个受害人生前都不曾有过肢体残缺的状况，也没有人在灭门事件中被砍下左手中指，所以，这个手印是凶手留下的。许言莫名有些兴奋，吕蒙也觉得破案在即，还扬言只要此人没有离开北武，哪怕挨家挨户地查、掘地三尺也能把这个人找出来。

陈合坤对许言一边探勘现场一边推测凶手行为模式的查案方法很是钦佩，跟着问了一句："三十九个受害人，郑氏家眷共十七人住在后院和正房，也都是在后院遇害。其他二十二名下人住在前院，也是在前院遇害。依易将军所述，最后一名遇害者是门房的钱大庆，他离后院最远，按说是最后可能逃生的，怎么不逃？"

吕蒙"哼"了一声，从鼻子里喷出"愚忠"两个字，他认为，钱大庆在垂花门前的影壁处被杀，自然是往院内走查看情况，甚至带着棍棒等。

"他往院内跑，是出于追逐安全的本能，并不完全是为了对主子尽忠。更何况，他认为还有三十八个人，相较于自己的孤身一人，三十九个人并肩作战，胜算更大。"许言说话间有着微微叹气的声音。

因为过了垂花门便没有血迹，所以上次来这里时，伤口疼痛的许言就没看倒座房和倒座房西侧的小院，当时是想着现场被官府和军方多轮勘探不可能有遗漏，这次却推开倒座房所有的大门，一一查看后再推开小院的院门。

小院是沙土，自东向西留下一串清晰的、消失在墙根下的脚印。再仔细看过去，墙壁上还留下几块沙土的印记。很显然，有人匆匆穿过小院，翻墙而出。

许言心念一动："找人辨认所有受害人的身份，一个都不能少，必须有名有姓地辨认清楚。陈老先生，劳您把这个足迹拓下来吧。"

但愿还有一位幸存者这件事不是许言的一厢情愿。虽然单凭一串足迹不足以下定论，可直觉告诉许言，这串足迹是幸存者的。找到幸存者，这个现场就可以告诉她更多的线索。

依许言的判断，杀手仍在北武，他是极度自负的人，易慎行是他在灭门事件中的败笔，易慎行不死，他就不会离开，甚至，他就在暗处观察，伺机而动。所以，许言找吴林协商把易慎行带回军营收监，并在监牢外安排人守株待兔。但是，也不能只守不攻，追捕这样的杀手，最大的难题是寻找到有效的"惊扰"手段。

吕蒙一声令下，先锋营一百多号军士在北武城散开，不顾扰民，挨家挨户地搜查。为保证不出遗漏，吕蒙还从县衙要来人丁名册，坚决做到毫不遗漏地摸排搜查。

于此，许言虽然不赞同，但在没有更好办法的情况下，也只能如此，只是她反复告诫官兵们千万不要趁机欺压平民。许言还准备了两份画像，一份是根据易慎行的描述画出的嫌疑人画像，官兵们人手一份，用以搜查；一份是特意歪曲、大相径庭的画像，贴在城门处，用以迷惑。

搅动平静的湖水，才有可能浑水摸鱼，甚至让那鱼自投罗网。案子查到如今这般程度，剩下的只能交给时间。灭门案交给吕蒙、陈合坤后，许言便将精力放在刘宗被杀案上。线索有限，她也只能用最笨的办法，从军营发生过的凶杀案入手，若能找到相似案件，就可以并案获得更多的线索。

如今的北武，混乱与安静交替，更像是大战前夕的死寂。

平静也只维持短短两天时间，哨兵们便纷纷传来北国袭边的消息，整条北境防线的各处几乎同时遭到袭击，虽然吴林严令守军不得贸然出城应战，但骚扰式的攻击非常容易激怒本就满腔怒火的军人，难免会有冲动的小股军人追击，都是有去无回。一时间，人心惶惶，军心亦是浮躁。

大战来临，风声鹤唳。吴林如何安抚也只能暂时稳定军心，他甚至请来万兽山庄的明量，明量位同一品将军，又长年在皇帝身边，震慑军心足矣。但北境战局需要一位镇得住军心、拿得住民心、打得下胜仗的大将军，在京武官也就有那么一两位能接替刘宗的位置，令官兵们没想到的是，最终到北境的竟然是丞相卓知非。即便他曾经在北方军中历练，但多年来一直任文官，从未处置过军事。虽然南国向来缺将，可也不至于缺到需要一朝丞相到北境领兵的地步吧。

所以，卓知非来到许言的营帐时，许言以为自己眼花了，他来做什么？

"你看我把谁带来了。"卓知非仍旧是一副温文尔雅的模样，身子微微一侧，让出跟他身后的人。

是易慎行！他脱下囚服换上军装，还刮了胡子，恢复到之前年轻、挺拔的模样。许言心里一阵感慨，朝中有人果然好办事，卓知非一出现，就有本事把易慎行从死囚牢里提出来。虽不明所以，但许言仍旧感激卓知非能够还易慎行自由身，重获自由的易慎行才能最大限度地保护自己。许言跨前一步，拉住易慎行的袖口。当着卓知非的面，她还是有些羞涩。

卓知非徘徊在营帐门口，说道："皇上派我到此处带兵，当然需要一个知根知底的心腹之人。"言下之意，他将易慎行带出监牢是因为他无人可用。

"那么，卓相是信还是不信他？"许言可不吃这一套。

"若是不信，就不会将他从死囚牢里带出来，杀了三十九个人的凶犯，即便是皇上，也没有宽宥的权力。"卓知非吩咐着，"慎行，一刻钟后到大营，带许言一起。"

许言靠在易慎行身侧，说："我没想到卓相会来，更没想到他会把你带出牢房。"

易慎行沉默着。

卓知非这个人，看似温和无害，实则城府极深，找个心腹能有多难？况且明量还在军中，他更不可能是只身一人到北军大营。许言才不会相信卓知非的场面话，转而问易慎行："有什么话要对我说吗？"

易慎行仍旧沉默。

卓知非到囚牢时，易慎行也是大吃一惊，他一时猜不透卓知非到北方的原因。卓知非虽站得笔直，却有几分慵懒的气质，笑盈盈地说："南国刑律，血亲寻仇，官法不得深追究。你杀了郑老头，最多脊杖三十，何苦要灭他满门呢？"

易慎行拿不准卓知非的意思，只说了句："案件已经重审。"

"我不单知道案件重审，还知道如果重审你仍旧获罪，许言就得跟你一起死。"卓知非轻描淡写地说着威胁的话，"你不怕死，怕不怕许言死？"

一针见血！

"骁果营九百人，个个身怀绝技，斩下东献王首级，不是难事吧？"

易慎行不解。东献王是北国皇帝的王叔，年富力强，在军中极有威望，但他一向留在京都，总不能让他带着不到一千人的队伍攻破北国京都吧？

"刘宗一死，北国朝野震动，我得到消息说，东献王亲自押运粮草向边关而来，准备越过北武直接南下。如今，战事一触即发，先发制人，后发制于人，必须取得先机。"

这话说起来容易，做起来却难上加难。如今已是深秋，越是向北，气温越低，小股部队只能走小路，为了赶时间，势必要翻山踏雪，且不说是不是真能杀得了东献王，九百人能有几个人活着翻越雪山？与东献王的护卫搏斗一番还剩几人？深入敌营后又有几人能活着回到北武？只是，卓知非何必拿许言来威胁他？他是军人，军令如山，由不得他拒绝。

易慎行想到这里，更是一个字都不能对许言说。她性格冷硬又认死理，若是知道自己要去送死，怕是又会翻出什么浪来。

许言精于观察，她如何看不出易慎行一肚子的苦恼，但是她再怎么心细如发，也猜不透易慎行心中所想，尝试着说了句玩笑话："卓相还真是出将入相的文武全才。"

"你随师妹回洛州。"易慎行仍然希望许言能够离开这是非之地，管他什么郑家灭门案、刘宗被杀案，这些事与许言何干？她只是个普普通通的官家女，本来就该过着普普通通的生活，原不该为了他到北武来受苦。

许言伸手去摸易慎行拧在一起的浓眉，用力按压着那道深深的折痕："为什么一定要我回洛州呀？你的案子还没查清呢！"

"我死不了！"易慎行不耐烦地说完这几个字，又一阵后悔，或许这是他最后一次见许言了，要让许言对他最后的记忆是争吵？易慎行拉着许言的手，握在胸前，深深低下头，埋在她两手之间，闷声闷气地说，"我不该这样对你说话，对不起！"

"你怎么了？是案子有什么问题还是卓相对你说了什么？"许言看着眼前这个男人，他虽不爱笑，却素来意气风发，更不会对自己粗声恶语，他是怎么了？一定是发生了什么事。

"如果你不想回洛州，去林州也可以，任曦在那里，师妹一定……"易慎行说得很犹豫，声音也很低，可这些话却一字不落地钻进了许言的耳朵里："易慎行，你胡说八道什么呀！你在北武，我就留在北武，哪儿也不去！"

"我不放心。"

"我又不上战场打仗。"许言挣开易慎行的手，扶正他的脸，紧盯着他的眼，"发生了什么事？你跟我说实话。"

易慎行垂着眼躲闪着许言的问询，说道："先去帅帐，晚些时候我再对你说。"

"易慎行，我告诉你，你若不对我说实话，我就不去帅帐。"

易慎行转身，说了句"不去就不去"后跨步走出营帐。

许言气得脸通红，跺跺脚，还是乖乖跟在易慎行身后。

大帐内，各营主将都在，全是甲胄齐整、正襟危坐，卓知非着便装坐在主位，一副云淡风轻的模样。

见易慎行与一个陌生女人走进大帐，一位粗鲁的将军大喝道："易慎行你怎么来了？还带了个女人来这里，不知道将军们是在商议大事吗？"

于战争而言，女人几乎是"战败"的代名词，所以，将军们很忌讳有女人进军营。之前许言能进出自由，不过是因为不在战时，如今战事紧张，也不怪将军们避讳。

卓知非淡淡地说了句："是我让他们来的。"场面立刻安静了下来。

之后便是一场许言完全不熟悉的战术安排，包括如何加强营防、如何运送粮草、如何征集民夫、如何攻防结合等，许言听得云里雾里，更让她不明白的是为什么要她来听这些，从始至终卓知非都没有给她说话的机会。直到将军们讨论完毕，领着各自的任务离开，卓知非才挥挥手让许言和易慎行留下来。

"我不明白。"许言直截了当地说出自己的疑问。

卓知非做了个手势，原本侧立在他右侧的一名侍卫立刻走出营门，而另一名侍卫却站立不动，如此异常，许言自然多看了这名侍卫几眼，不看不要紧，如此细细打量，许言眼中闪过一道亮光，不自主地喊出声："啊？是你？"

那名侍卫哈哈一笑："果然瞒不过你。"话音未落，易慎行也惊讶得张大了嘴，呢喃一声："刘帅？"

那名侍卫——一直垂头不语的人竟然是已经死了的刘宗。

许言呢喃一句："既然是预谋已久，又何必让我查呢？"

若非预谋已久，就不会有一个与刘宗身形相似甚至伤口位置都相近的人冒充他，明量不会在事件发生后不久到军营收拾残局，朝廷更不会派对军事不甚了解的卓知非接任职务。

易慎行眼眶有些红，他对刘宗的感情特殊，既忍受不了他的背叛，也割舍不掉他提拔与照料的恩情，一时情绪复杂。

卓知非咳嗽一声打断帐内的寂静，用他一贯温和有礼的声音解释着："不如说是计划周详，刘帅假死是对北国作战计划的一部分。原本不想将你牵扯进来，只是没想到吴将军邀请你来查案。"

易慎行低声说了一句："是要用刘帅的死减弱北国的防备心。"原本以为是被动防卫，最后却变成了主动出击，所以，才会有要他带兵深入敌后的计划。或许还有更深层的原因，如果刘宗不"死"，就会有人以他礼王党的身份胁迫他做更多的事。可是他呢？为什么他偏偏在那晚听到那些话？又偏偏赶上了郑家灭门案？

"为什么选慎行？"许言话一出口，卓知非和刘宗同时一愣，许言继续说，"既然没有外人在场，我想听句实话，为什么选慎行？"

刘宗有些为难地开口："许小姐，我不明白你这话的意思。"

许言冷哼一声："事已至此，就不要欺瞒说这一切都是巧合，慎行的家仇连我都是从张军嘴里得知，外人根本不可能知道。到底是个怎样的计划要用慎行的家事甚至他的命来赌？若不是毛大人存着几分好心，若不是我及时赶到北方，慎行是不是已经身首异处了？"

刘宗看了卓知非一眼，继而起身走到许言与易慎行对面，深深弯下腰，鞠了一躬。许言拉着易慎行侧了侧身子，冷冷地说道："我接受你的道歉，但并不会原谅你。"

刘宗保持弯腰的姿势僵在那里，到底是易慎行舍弃不掉多年的感情，将刘宗扶起来。许言并非天生一副冷血心肠，此刻也是因为他们拿易慎行一条命来执行什么计划这件事才让她彻底冷下心来，又说："所以刘帅打算用这一鞠躬泯灭掉多少事？"

"言言……"易慎行厉声呵斥着，"不得无礼！"

易慎行的反应在许言的意料之中，她冷笑一声："你险些被斩首示众，我挨了二十杖险些失去小命，他一句道歉就要求我当这些全都没发生过吗？"

"你还想刘帅怎样？"易慎行的嗓子有些嘶哑，一边是情深义重的许言，一边是情逾骨肉的刘宗，两相撕扯，痛苦不堪。许言紧紧握住易慎行的手，说道："我需要解释，没有任何欺瞒的解释。"

刘宗嘴唇动了动，终究没说出一句话，他后退一步，坐在椅子上，往日昂扬的姿势懒怠下来。

卓知非不能再坐视不管，他伸手拍了拍刘宗的肩膀，权当安慰，还是标准的温文尔雅的语调，说："我来说吧。不要紧，慎行和许言都是值得信任的人。"卓知非看向许言，"刘帅当然不想慎行出事，但那晚礼王的亲信在场，他也不得不做一些事，只是没想到郑家还真出了桩灭门惨案，刘帅才顺水推舟，我军连失两名大将，北国必然冒进。不过，即便许言你不到北方，被斩首示众的人也不会是慎行，行刑的高台是特制的，能置换一个死囚。"

"卓相的意思是巧合？"

卓知非肯定地点头，说道："虽然离谱，但确实是巧合，所以，刘帅从头至尾都支持你查这个案子，我也支持。"

卓知非语气向来真诚，且极具说服力，许言脸色微微有些好转，说："郑家灭门案的线索有人在跟踪，我还想跟卓相确认另一件事。"

卓知非做了个"请"的姿势。

"冒充刘帅的人是谁？"

"我不是残暴无耻的小人，那人是牢中的死囚，原本就被判了斩刑。"回话的是刘宗，他稍稍挺直了身体站起来说，"为防万一，杀手是我花重金聘请的江湖高手。"

"杀手……"许言思索着追问一句，"刘帅见过他吗？"

刘宗点头道："当然。"

"是怎样的人？他用什么兵刃？"许言问得急切，见在场的人都错愕地看着自己，她解释着，"死者身上的那种伤口我曾见过，一剑穿心，一招致命。"

刘宗点点头："是个女人，身形矮小，蒙着面，使着一柄雁翎刀，刀身挺直，刀尖处有弧度。"

"我有雁翎刀，寒光耀冰雪。"许言呢喃一句，假刘宗身上那个似曾相识的伤口原来是雁翎刀造成的，如果她能找到这个江湖杀手，会不会就找到了杀江灵墨的凶手？

在场的其他人都不认识江灵墨，也猜不到许言心中所想，不过都给了她足够的思索时间，直到许言的心思又回到了易慎行身上，问道："卓相和刘帅把慎行从牢里提出来不会真的只是关心下属吧？"

除了许言，刘宗、卓知非、易慎行互望一眼，沉默了好一会儿，最终还是卓知非开口："许言，少知道一些对你好。"

许言一张脸一张脸地看过去，每张脸上都布满阴沉，她知道自己问不出什么。易慎行是军人，不管冲锋陷阵还是流血流汗都是分内事，他们隐瞒自己的事恐怕是易慎行要上战场的危险性，许言回头拉住易慎行的衣襟，说了一句："我知道眼下战事紧张，不该添乱，但我仍要住在军营中，仍要天天能够见到慎行，他是案子的重要目击证人，我随时需要问他话。"

虽然许言想得透彻，易慎行随时都有可能上战场，战场凶险，易慎行武功再高强，也是双拳难敌四手，但她想多与他相处些时日，哪怕只有一天或者是一个时辰。

卓知非微笑着点头，他看到许言的脸一点点地红透了，连易慎行的耳朵上都带着可疑的红色。

刘宗咳嗽一声，说："慎行，那晚，你看见了也听见了？"

易慎行当然知道刘宗说的是什么，默默点头。

"唉，这也是我的心结，时至今日我也没有向皇上说明真相的勇气，如今便与卓相、与你说个透彻吧。"刘宗抚着胡子，沉默了好一会儿，才说，"卓相，我曾是礼王一党，那晚礼王的亲信在场，不是策反，而是裹挟。"

相较于已经有所准备的许言和易慎行，卓知非脸上的惊诧更明显，他知道军中一直有礼王余党，刘宗假死目的之一就是清理这些异己分子，但他从来没想过刘宗就是最大的余党，卓知非后退一步，坐到椅子上，伸手抚额，脸色转暗。整个对北国开战的计划都是围绕刘宗展开的，要他假死迷惑北军、要他暗中指挥肃清将帅、要他坐镇中间运筹帷幄，若他不是全心全意为皇帝谋划，本就险象环生的计划如何顺利执行？卓知非心思百转千回，说到底就是对刘宗产生了怀疑。

"虽然礼王如今在陪都讲学，党派之争却从未停止过，我一步步走到如今的地位，与礼王的扶持是脱不开关系的，相应地，他们要求我做一些事……"

卓知非突然抬起手阻止刘宗说话，问道："对计划有影响吗？"

刘宗一愣。

卓知非又问一次："对计划有影响吗？"

刘宗突然明白了卓知非的意思，他准备放过他，只要礼王党所求对皇上的计划无威胁，卓知非决定既往不咎。他一阵轻松，说道："没有。"

卓知非仿佛是下了很大的决心，陡然站了起来："此事不准再提。"

"他们在军中……"刘宗担忧地说了一句。

"这么多年，皇上从底层提拔军官自然会威胁到世家子弟的利益，何不趁机将他们彻底打压？"卓知非眼里的狠绝令人心惊，"战场指挥我不干涉，只需将礼王余党的姓名报到我这里即可。"

这是命令，更是威胁。刘宗只能点头，如今的他，不能再站错队了。

话已至此，没什么需要多说的，刘宗招呼着易慎行往外走，应该是布置些军令，许言跟在易慎行身后，听到卓知非轻声说了一句："刘帅所言我与皇上很早就知道，不说透，不过是皇上想更深地控制他，这是驭人之道。"

许言猛然转头，为什么要告诉她这些？

"我知道你对刘宗存着些好心，即便他做了很多你并不认可的事，但他是慎行尊敬的长辈，你也尊敬他，对吗？"卓知非苦笑，"若皇上也这么想就好了。"

许言心里一抖，明以凉早就知道刘宗是礼王一党，之所以不说无非想在心理层面彻底擒拿刘宗这个南国第一大将军，但卓知非这么说是因为什么？

卓知非看着刘宗和易慎行远去的背影，轻声说："两年前，皇上得到了瑾公主的消息。瑾公主失踪后，卫队在北武挖地三尺找了十天，最终是在一处农户的鸡窝中找到的。如果刘宗此时将瑾公主秘密送回皇城，那就立下了大功，但是……"

许言也望着远处的两道背影，紧握着手，勒令自己不要因为卓知非要说的话身体颤抖到无法自已。

"他放任手下……放任……军人久不归乡，难免……刘帅不竭力约束，反而放任……"卓知非一向都温文尔雅，从来没有过说话吞吞吐吐的时候，他咬了咬牙，又说，"瑾公主说她若知道日后的遭遇，宁愿到北国遭受剐肉之痛。"

"你什么意思？"许言心里有一种预感，对一个还未出嫁的女人来说，最惨的遭遇能是什么，"你是说，瑾公主她……她被……"

卓知非长长地叹了口气，说道："我与刘帅同朝为官多年，他的为人、才能我非常敬佩，参与党争也是形势所迫，无可厚非。但瑾公主的事，他难辞其咎。"

"她现在怎样？"许言原本紧握的手松开了，语气中带着一丝无奈与颓废，不管明以淙是彻彻底底地放过了刘宗，还是利用完后就将他锁拿下狱，都与自己无关了，自己因着刘宗与易慎行的关系而生出的那些怜悯也该放下了。

"我只是偶然得到了瑾公主的消息，如今她在深山隐居，与世事无争，皇上只是派人在暗中保护她的安全。"卓知非又叹了口气，"此役过后，与慎行远遁江湖吧。"

说罢，卓知非快走几步，留下许言呆立在那里。

或许卓知非是个圆滑老练的政客，但他对许言多少有些情谊，这使他在如今这般境地下仍能对许言坦言一切。他只是希望，倔强的许言能听懂他话里的意思。

第
二
十
三
章　魔
性

　　既然刘宗假死只是计划，这个所谓的案子就可以放下。许言心里总有一种莫名的不安，一会儿担心易慎行要上战场，一会儿担心他会被郑家灭门案牵连，一会儿又担心易家当年的血案。总之，百感交集，她勉强收拾心情，着手去查郑家灭门案。这可是三十九个人被杀的实实在在的案子，一想到北武城里隐藏着个变态杀手，许言就满心不安。

　　按照许言的安排，陈合坤与吕蒙分别带了几个人，一个查找郑家亲朋挨个核对死者身份，一个查找那位缺失了中指的杀手。北武城不大，找到这两个人只是时间问题，所以许言并不十分着急，她甚至还有心情带着罗敏去喝茶、听戏。原本她是想让易慎行陪着的，但如今战事紧张，易慎行有大量紧急军务需要处理，不能随便离开营地。

　　许言这一出戏还没听完，陈合坤就过来搅了她的兴致。陈合坤附到她耳边说的是——找着了，是马房的郑忠，躲在城南的乞丐堆里。

　　名叫郑忠，却没有半分忠心。且不说大难来时，他是唯一一个逃出生天的人，惨案发生后，不见他报案，不见他寻人，不见他祭拜。

　　都说相由心生，这个郑忠长了副十足猥琐的模样，尖嘴猴腮再加上一双老鼠眼，怎么看都是个小人。许言暗暗不屑自己以貌取人的偏见，可又忍不住去唾弃郑忠的行为。

　　几名士兵着便装，也没有表明身份，只是应了许言的要求将郑忠带到郑家大院。郑忠站在墙角，拿眼左右看着，神色慌张，不知如何是好。

许言上下打量着郑忠，从鼻子里发出一声冷哼："为什么不说实话？"

"什……什么？"

一个高高瘦瘦、名叫丁甲的小兵一脚把他踹倒，摆出一副凶神恶煞的模样，大吼道："说！"

郑忠身体颤抖不止，"扑通"一声跪倒在地，连忙磕了好几个头，颤声道："大爷，大爷，饶命啊！您是要小人说什么呀？小人根本就不明白。"

许言也摆出恶语恶言的模样，问："说，那个人是谁？"

郑忠快哭了，头磕得"当当"响："大奶奶，您问的人是谁？小人绝对知无不言，言无不尽。"

受惊之下还能应对如流，平日里应该是个能说会道的人，这样的人去养马，倒是可惜了，许言"嘿嘿"一笑说："郑家三十九口被杀，唯独你一个人逃出生天，不用说，肯定是内贼勾结外匪，图财害命。今天逮到了你，我们就可以去北武县衙领赏了。"

丁甲将已经瘫倒在地的郑忠拎了起来，抓住脖子压在墙上，将他的脸就压靠在那半个足印旁："这就是你当天留下的足迹，不要狡辩自己没在场。"

郑忠抖如筛糠，以为自己遇到了劫财的强盗，结结巴巴地说不出话来，胯间衣物渐渐湿透，竟是吓尿了。

许言一阵恶心，后退一大步，丁甲也皱着眉头松开手。失了丁甲的助力，郑忠一屁股坐在地上。

如此，竟尴尬静谧了好一会儿。

许言咳嗽一声，问："能说实话吗？"

"说……说……肯定说实话。"

"那天晚上到底发生了什么事？"

"那天，我睡到半夜，听到哭喊声，隔着门缝儿我看到一个穿着白色衣服的人拿了一柄刀随意砍杀，我以为是做了噩梦，还狠狠掐了自己一把。那人笑着看向我，他从门缝儿中对上我的眼，天哪，他是青面獠牙的魔鬼，他看着我，持着滴血的刀，一步步走向我，他的眼泛着蓝光……后院的家丁跑上来喊着'你是谁'。我趁他转头的机会，从房中跑了出来，跑向前院。所有人都向后院跑，我逆着人群向外跑，掩上垂花厅的门，我又看到他泛着蓝光的眼，像狼一样，直勾勾地看着我。他看见我了，他看见我躲在门后……"

郑忠虽然有些语无伦次，但许言听懂了，她朝丁甲使了个眼色，丁甲会意，上前拎起郑忠，追问一句："那个人是谁？"

郑忠身体软得如同面条，哭丧着脸，哀号一句："我不认得他呀！"

许言眸光闪动："那个代你去死的人是谁？"

在场诸人纷纷看向许言，最关键的明明是杀手的身份，怎么不趁热打铁继续问呢？

见郑忠满脸迷茫，许言追上一句："郑家三十九口，一个不多，一个不少，既然你还活着，就肯定有人替你去死。那个人是谁？"

郑忠眼神迷茫了好一阵才恍然大悟，说："是一个乞丐。事发前一天到家里乞讨，老爷心善就留他住了一晚。"

竟是个乞丐，无亲无故的乞丐没人认识，不会有人寻找，收留乞丐这样的小事旁人更不会知道。原来事发前，郑家不是三十九口，而是四十口。这个乞丐以为自己遇到了大善人，有吃有喝还能睡个好觉，却没想到竟是天大的不幸。

收回飘散的情绪，许言又问："你看清了杀手的脸吗？"

郑忠怯懦地点头，这是他不敢露面、不敢报官的原因，看清杀手的脸，还被杀手发现，这就是灭顶之灾。

"他长什么样子？"易慎行向画师描述杀手长相的时候，许言并不在场，事后倒是看过画像，如今又可以多一个人印证，而她也可以直观地听一下。

郑忠却摇摇头："我不记得了。"

丁甲一脚踹在郑忠身上："撒谎！"力道之大，郑忠狠狠地撞到墙上。

"爷，爷，您脚下留情。小人真的不记得了，当时小人吓坏了，只记得他的眼，他的眼和别人的不一样。"

许言挑高了眉头。

郑忠犹豫着，似乎是在寻找合适的词："他的眼睛是蓝色的，和天空一样的颜色，是鬼一样的颜色。"

蓝色的眼睛？易慎行应该也注意到了。可惜，北武县衙找的画师太不专业，用墨作画并无大碍，这么明显的特征也不知道在画像中标注一下，险些遗漏了重要线索。许言又确认般地追问一句："确实是蓝色的眼睛？"

郑忠一再点头，继而又低下头，视线飘向两侧，说："我……我可以走了吗？"

"郑忠，你在哪里见过他？两人因何事起的争执？你又怎么泄露了行踪被人追上了门？"许言一句接着一句地问，郑忠猝不及防，猛然抬头，脸上的惊与悔一目了然，许言更确定自己心中所想，问道，"你不敢报官、不敢露面，是怕他报复？"

郑忠软软地瘫坐在地上。

"说说吧，一五一十地说来听听。"

郑忠在郑家马房做事十余年，虽然不是什么肥缺，但他天生就能说会道，头脑灵活，时常借着出车夹带私货，低买高卖还没什么风险，倒也赚了个盆满钵满。钱袋满了，腰杆也就硬了，加上背靠着郑家这棵大树，平日里走路都带风。事发当天的上午，郑忠去一家饭馆吃饭，饭馆跑堂的是新来的，不认识郑忠，并没有优先给郑忠上菜，而是给了白衣杀手。郑忠自觉被怠慢，好一阵大呼小叫，还把掌柜的给喊了出来。郑忠这样傲慢无礼的人，先是把不长眼的跑堂的骂了一顿，接着就把矛头指向了白衣杀手，甚至说什么他蓝色的眼珠根本就不是人，是地狱恶鬼。白衣杀手一言不发，甚至还笑了笑，看了一眼马车上的郑家号牌后，便直盯着郑忠看。郑忠被看得心里发毛，硬着头皮发完火，饭都没吃，便讪讪而去。

本以为只是生活的一个小插曲，谁想到竟是引致一场三十九人丧命的惨案。郑忠吓坏了，一是害怕有人知道这场灾祸是他引起的，遭人唾骂；二是害怕白衣杀手真正要杀的人是自己。所以，他不敢声张，逃出郑家后就逃到城南躲到了乞丐堆里。

听到这里，许言明白了事情的前后脉络，从现场状况、目击者描述来看，凶手性格偏执乖张，睚眦必报，情感淡漠，且具有高度的攻击性，是偏执的人格。

吕蒙虽然是武将，但也有些经验，即便是一家一户地摸排，也不是毫无目的地胡乱寻找。因为目击者说凶手着白衣且衣冠整洁，所以，他将重点放在整洁的街区、干净的客栈、整齐的民居。这种搜索方式类似于竭泽而渔，水越来越少，鱼便失了藏身之处。这个时候比拼的就是谁的耐心更好，谁更能沉得住气了。时间越久，人越烦躁，尤其吕蒙生来就是急脾气，压着这好几天已经很不容易了，如今的他，已经是火药桶一般，一点就着。

就好似今天，手下一个小兵因为不小心漏查了一家客栈，被吕蒙发现，他心里的火一下子就蹿了起来，如今能漏查一家客栈，到了战场上就能漏一处隘口、城防，心里这样想着，吕蒙将这名小兵劈头盖脸地一顿臭骂，骂得小兵直掉眼泪。

吕蒙仍是不住嘴地骂："哭有什么用，继续查！"

小兵擦擦眼泪转身去查那间叫作运来的客栈，被臭骂一顿的他跑在最前面，吕蒙带队跟在后面。

吕蒙几乎是与那位白衫客擦肩而过，吕蒙能闻到他身上有淡淡的香气，像女人常用的香粉的味道，却又像是男人，他好奇地回头，白衫客也转头看吕蒙，四目相对，吕蒙心里"咯噔"一下，他对上的是一双蓝眼睛。

吕蒙下意识地大喊一句："站住！"

白衫客身体一顿，转而拔腿狂奔，吕蒙反应过来后带人尾追而上，有几个士兵就是北武人，对北武的地形熟悉，立刻分散开，想要包抄白衫客。

白衫客的武功非常高，吕蒙等人几次围攻都拿不下他，而他更有了猫捉老鼠的兴致，绕着这几个人奔跑，总在他们一臂之内却总也抓不到的位置。吕蒙几次突然加速跳跃，明明触手可及，却总是握了个空。他憋得脸通红，大喝一声："变阵！"

一行几人迅速变换了位置，将白衫客围了起来。

南国人瘦弱矮小，北国人强壮高大，往日两国开战，一对一短兵相接，南国总是吃亏，为此，刘宗独创了一个团队作战的"七星阵"。七星阵的本意是合七人之力，攻敌之弱，避己之短。这七个人分持不同的兵刃，殿后的两人持长矛，居中的两人持长柄马刀，最前的两人持盾牌和短刀，中间的一位持一柄环首刀，同时有十数种变阵，基本上可以困住三到五名军中高手。

北境边防军以七人为一小队，这次查案，吕蒙带了两个小队。十四个人听到吕蒙一句"变阵"，他们动作迅速地将白衫客围住。虽然并没有携带在战场上极具杀伤力的各色兵刃，但每个人都带着佩刀，加上奇异的变阵，白衫客武功再高，也抵不过十五个人的围攻，最终败下阵来。

吕蒙将铁链锁到白衫客身上的时候，他还面带微笑，轻轻问了一句："你是谁？"

吕蒙恶狠狠地说了一句："爷是吕天王！"

易慎行和郑忠分别辨认过白衫客，确认这个人就是郑家灭门案的凶手，看来大海捞针也有捞得到的时候。应许言的要求，孔敬文将白衫客单独关押在原本易慎行待过的牢房。这间牢房是用来关押特殊犯人的，位于死囚牢最深处，与其他牢房隔了个预审厅，倒显得有些独立于世。

许言是隔着墙壁上的一个暗窗打量白衫客的。她要在堂审前了解这个人的基本情况和入狱的真实反应，否则，很有可能在审问时发生什么失控的事情。

白衫客被那条固定在牢墙上的铁链锁着，很安静地坐在牢房的西北角，半仰着脸看向北墙上的窗。虽然坐在地上，却姿态闲适，衣服上连一个褶子都没有。白衫客很年轻，应该不超过二十岁，却有一双沧桑的眼。但那眼美极了，略细长，睫毛浓密且长，蓝色的眼仁似海一般。风从北窗吹进来，吹起窗边的几丝灰尘落到白衫客的身上，他垂下眼，轻轻掸了掸衣服。

许言朝旁边的牢头使了个眼色，牢头会意连忙端着饭托，送到监牢内。

牢头开门、送饭、退出，白衫客纹丝不动，牢头落锁后，说了句："进了这间牢房的人呀，唉……"

白衫客仰着的头微微一动，继而转过来，用狭长的眼斜睨着牢头，浅蓝色的眼珠似一汪水，波澜不惊，亦深不可测，他微微笑着说："进了这间牢房的人怎样？"

"没有活着出去的呗！"牢头按照许言的嘱咐回道。

"那易慎行呢？"他眼神不变，微笑不变，甚至连歪着头的姿势都不变。

"这不是要打仗吗？再说了，易将军的妻子刑场救夫。啧啧，厉害着呢！"牢头如是说。

他眼里有了一丝了然，正了正斜斜歪着的头，盯着面前的墙壁，不再说话。

牢头落锁检查一番后离开了。

暗室里的许言对眼前这个帅气的年轻人，竟有了些许同情。天生一双蓝色的眼睛，在其他人眼里就是妖邪般的存在，被人孤立、咒骂、殴打，乃至是除之而后快。不知道他的父母如何对待这个天生就与其他人不一样的孩子，顶着压力将他抚养长大还是视为恶魔扔到荒野？即便是前者，他的成长之路也满是荆棘。恐怕这些就是他轻易就被郑忠的几句话惹怒而起了杀心的原因。怨念就好像一堆干柴，一个火星就能烧成蹿天大火。

许言微微叹了口气，若是郑忠能够预料到今天的局面，宁死也不会说那些嚣张的话吧……

经过慎重周全的考虑，许言决定单独找白衫客谈谈。对于这样的人，他的每一个动作、每一句话、每一个眼神都不能错过。当然，她还请卓知非、明量、易慎行、孔敬文旁听，只是这四个人并不露面，而是藏在一旁的暗室内。刘宗原本是不许易慎行来的，担心出什么意外，但许言想着这是为他洗脱冤情，无论如何都要在场。

从许言踏进监牢的那一刻起，白衫客就饶有兴趣地看着她，上上下下地打量着，好看的眼里净是玩味。

"我们在哪里见过吗？你叫什么名字？"

白衫客眉头微微一皱，没有说话。

许言连忙追了一句："我想起来了，那日你也在刑场。"许言说的是易慎行被行刑的那天。她看上去很肯定，实则是揣测。那天她体力耗尽，哪里会注意到周围都有什么人，但她确定白衫客会去。在监牢中都注意仪表，就证明他还是在意他人的眼光的，所以，他会去看一眼替他背下灭门重罪的人，易慎行的人头落地就意味着他可以再次回归人群，即便天生异相的他真的融不进人群，但也好过身负三十九条人命去逃亡。

白衫客仍旧笑着，眉毛却微微动了一下，这是惊诧的表情。他去过刑场，但掩饰了外貌，他惊诧许言竟然能够发现他，还记得住他的相貌。

许言又说："你对那个替你背黑锅的人很好奇吧？他叫易慎行，今年二十六岁，骁果营主帅，四品军衔，父母早亡，没有家人，只与师父、师兄弟们、军中一班生死弟兄相依为伴。"

"他有妻子，"白衫客突然打断许言的话，强调着，"他有妻子！"

许言沉默了一会儿，说："我不知道孤独地死去和与亲友生死离别哪个更痛苦……有人说宁愿比心爱之人晚死，承受所有的思念、回忆、痛苦，直到时间把自己也带走。我恨你，你险些让我承受那样的苦难，而我距离死亡的时间还很长，痛苦会因为时间而无限放大。"

白衫客碧蓝的眼睛如水面微微荡漾了一下，竟有一丝悔意从深海泛到水面，荡了一瞬便沉下。

许言稳了稳心神，事涉易慎行，她还真的很难保持完全的理智，她说道："事已至此，你就不想对我说些什么？甚至连自己的名字都不肯说，怕我夜夜诅咒你不得好死吗？"知道了他的名字，才有机会了解他的来历，弄清楚这种人格的形成原因。

"若诅咒能杀人，我已经死过千万次了。"白衫客扯出一丝微笑，略带着些苦涩，"我叫柏庶，柏树的柏，庶民的庶。"

"柏庶……"许言呢喃一句，特别的姓，特别的名，"你是北国人？"柏是北国贵族大姓，平民百姓极少有姓柏的，再结合柏庶爱干净的习惯，他很有可能就是柏姓大族中的一员。

柏庶看着窗外泻进来的一束阳光，侧脸线条实在美好到不像个杀人不眨眼的杀手："地分南北，人又何分南北？"

不知道是因为案件事实清楚、证据确凿，还是因为柏庶原本就没有否认罪行的想法，许言索性就直接问："为什么杀人？"

柏庶好一阵沉默，抬起自己那只缺了一半中指的手，说："这手指是我七岁的时候被族人砍下来的。"

许言心里"咯噔"一下，氏族就是社会，不被氏族所容，就是不被社会所容，所以，柏庶的异变是幼年经历造成的。

柏家来自西北大漠，迁到北国定居已有数百年，家族中一直流传着蓝眼邪魔追杀柏家族人，不分男女、不分老幼，生食之的传说。有人说他似人，脸是白的，眼是蓝的，长着野猪一般的长长的獠牙，锋利似刀剑，瞬间就能割破人的肚肠。有人说他身高数丈，胳膊和腿都像百年大树一般粗，走起路来地动山摇，一抬脚，一伸手，就能捏碎人的骨头。还有人说他和正常人一般无二，白天混迹在人群里掩饰身份，到了夜间，能像鸟一样飞，像虎一样扑人，像蛇一样咬住人的皮肉，吸走所有的精血。只有一个人见过邪魔，那是柏家先祖。武功高强、聪明灵活的先祖为了柏氏一族，以一己之力阻拦邪魔追杀。斗了几天几夜，直斗得天昏地暗、日月无光。最后，邪魔死了，先祖也死了。临死前，先祖还留下遗训：邪魔欲借柏家子孙身躯转世投胎。

可以想到，天生蓝眼的柏庶被当作邪魔转世后的遭遇，但柏庶父母十分珍爱自己的第一个孩子，不理会家族的警告，也舍弃了富贵的生活环境，偷偷带着柏庶逃到深山野村隐居。如果不是因为某个猎户贩卖山货时多嘴，说自己邻居家住着个蓝眼少年，或许柏庶会平安长大，而不是被母亲藏在墙壁夹层中，亲眼看到母亲被凌辱、虐杀，父亲被绑缚着带走，村民被一个个砍杀而死。当朝阳再次升起的时候，年幼的柏庶握着受伤的左手，走出原本祥和平静，如今血流成河的村庄。

年幼的柏庶想不通母亲惨死、父亲被擒的原因，更想不通村民被屠尽的原因，懵懂无知的他开始了流浪的生活。他被一个江湖浪人收养，这位江湖浪人有暴虐倾向，根本不把柏庶当人看，高兴了扔给他一口吃的，不高兴了就是劈头盖脸地一顿打。七岁的柏庶过着看人眼色生活的日子，被虐打、被囚禁，挨饿受冻，他也一句话不多说。直到十七岁那年，柏庶杀了师父，他站在崖边，对着血色夕阳，从微笑到大笑再到狂笑，最后跪在地上哭笑。

许言知道眼前这个长相俊美、内心黑暗的年轻人难逃一死，但想着他悲苦的经历，心里终究还是生出了一丝同情，即便这个人险些害了易慎行的性命。但如他所说，他并没有想让人顶罪，即便是夜半时分潜入郑家，他也没有想要隐藏身形，更是在现场留下了自己的血手印，终究还是北武县衙的人无能才遗漏了重要线索。易慎行之所以被牵扯其中，最根本的原因是明以淙那个巨大的计划。

柏庶站起身，整理微微有些褶皱的衣服："我母亲说，柏是父亲的姓，千万不能抛弃，否则，我不齿于冠以这样血迹斑斑的姓氏。"

郑家灭门案总算是结案了，柏庶没有隐瞒的意思，甚至因为许言这个优秀的倾听者，把多年不曾对别人道出的话全都说了个透彻。卓知非等人可怜柏庶的出身，虽然不能免他死罪，却许他全尸。

与此同时，骁果营整装待发，为免消息泄露，刘宗下令全营人马在凌晨时分出发，不过，他还是给易慎行与许言道别的时间。

走进许言与罗敏的营帐，这两人都没睡，许言凑在灯前翻看材料，罗敏则皱着眉说："江湖中的杀手，使雁翎刀且有些名声的，大约只有暗夜堂的人了。据说只要出得起钱，就没有杀不了的人。不过，临海阁是什么地位？暗夜堂名声再大，也不敢和临海阁的人过不去吧，那不是自寻死路……哎呀，师兄，你怎么来了？"

"你们在说什么？"易慎行皱着眉，刚刚审结了郑家灭门案，许言又在想什么案子，怎么还和杀手组织、江湖势力扯上关系了？

许言眼前一亮，笑道："太好了，你帮我想想，刘帅说的那个使雁翎刀的江湖杀手会是谁呢？"许言始终觉得江灵墨的伤口与刘宗替身的伤口相近，找到这个使雁翎刀的杀手，应该就能找到江灵墨被杀案件的线索。虽然临海阁从没要求她查找杀死江灵墨的凶手，但两人总有些渊源，江灵墨还托简泽送了她一柄据说能吹毛断发的匕首，再想想那身怀六甲的秦伊人，总要对她和孩子有个交代。

刘宗给的时间并不多，易慎行心里也有灼烧般的痛，但想着许言的性情，还是认真地想了想，说："师妹说得没错，暗夜堂收钱办事，什么人都敢杀，什么事都敢干。你放心，你能看得出来的线索，临海阁也能看出来，若真是暗夜堂所为，临海阁会循江湖规矩办的。"

许言将下巴搁在桌面上，歪着头看易慎行："也对，江湖事江湖了，我就不多管闲事了。你找我有事吗？"

罗敏见状，跳起身来，说了句"你们先聊，我出去走走"，便出帐去了。

帐内两人默默相对，过了许久，许言才幽幽开口道："你要出发了？"

"嗯。"易慎行从喉咙深处发出一声应和，儿女私情与边境安危相比终究是小事，他不怕打仗，怕的是自己回不来，他要先安置好许言才行，"师妹会……"

许言扑到易慎行怀里，紧紧地抱着他，闷声闷气地说："我还没冷血到欢送你上战场的程度，我有些难过，也有些害怕，怎么办呢？"

"言言……"易慎行有些哽咽，他素来无牵无挂，卫戍京都时，事事都冲在最前面，人前人后都冰冷强硬，遇到许言后，他才知道害怕与心软是怎样的感觉。

许言在易慎行怀里转了个头，好像是擦了擦泪，又说："我在洛州置了套宅子，就在西街一个闹中取静的地方……真后悔没带你去认认回家的路呢……"

"你该回……"

"别说话，我回洛州我们的家里等你。我想着反正无所事事，索性去查查杀你全家的凶手如何？不过，我想让罗敏陪着，你不介意她知道这件事吧？你嘴真严，这么大的事都不对我说。"

"怪我没与你说明，这件事师父已经查清，是……"

"嘘……等你回洛州再告诉我。我爹说，依朝廷法例，武将没有军功升迁艰难极了，恐怕你这辈子都只是个四品小官。嫣然说，你性子冷，脾气坏，还是个粗鲁武夫……他们哪里知道你的好……"许言又转了个头，像猫一样在易慎行身上蹭了蹭脸，"卓相、任曦，都不及你的一根头发呢！"

易慎行硬将许言推开到一臂之外，低头，见她泪流满面地笑着，心里一软，又拉回到怀里："我怕我……"

"怎么办呀？刑场上那么多人都知道我是你的妻子，你若不要我，我怕是一辈子都嫁不出去了，我爹肯定是要气炸了。"许言稳了稳心神，撒娇说道，"你陪我坐一会儿呀，我在北武这么久，你都没陪过我。"

听许言这样说，易慎行原本想好的让她另寻个好人家嫁了的话也没有说出口。此情此景，他只有牵着她的手，坐到榻上，说一些可能再也没有机会说的话了。

只是两个原本都话少的人，面对别离，更是无处道别。许言鼓足了勇气，对着易慎行的脸，看着他薄而坚毅的唇，一字一板地说："慎行，我能亲亲你吗？"

罗敏回到营帐的时候，帐里只有许言一人，正若无其事地看着书，只是顿足看了好一会儿，也不见她翻页。在大营见到士兵集结场景的罗敏心情也有些低落，不过她终究是个乐观开朗的人，不似许言那么心思深沉，于是说道："师兄肯定能得胜归来。"

"嗯。"许言粲然一笑，郑重点头，"我还等着他娶我呢，你满意我这个嫂子吗？"

"当然是满意的。"罗敏心里的几丝不安因着这句话而烟消云散，许言所言所行必定是有所依据，所以师兄必定能够平安归来，"要不，你随我游历江湖吧，顺便去查查暗夜堂，查查江灵墨的案子。"

"不！"许言坚决地摇头，"我要回洛州，回我们的家等他。"

"可是……"罗敏的担心不是没有道理，许言已然在众人面前表明了自己的态度——非易慎行不嫁，若是回到洛州那个门阀规矩严苛的地方，闲言碎语都能将她淹死，江湖宽阔，自由自在，何尝不是好去处？

许言嘴角衔着微笑，眼望着帐外列队远行的军士，辨认着易慎行的身形，坚决地重复着："回家等他。"

◈尾◈声◈

　　洛州，南国京都，街市繁华，车水马龙。西街更是处在闹市，就连这个春雨绵绵的时节也丝毫不影响路人或闲适、或匆忙的脚步，还有几个妇人拉着孩子，嗔骂着："可不是人人都有福气跟许先生读书的，你可不要身在福中不知福呀！"孩子们抹着眼泪，被母亲拉扯着送到西街某个小巷的深处。

　　门是开着的，一个看起来十四五岁的小姑娘站在门前，牵过那几个满脸泪痕的女娃，笑着说："怎么哭了呢？"

　　母亲们碎碎说道："到这春困的时节，都懒着呢，是打骂着从床上拖下来，所以才迟了，许先生千万不要介意。"

　　那小姑娘掩嘴一笑："咱们慎言学堂，第一条规矩就是不能迟到，坏了规矩可是要被开除的。"

　　母亲们纷纷道歉："整个洛州城只有慎言学堂才肯收女弟子，可千万不能……"

　　"安宁，安宁。"院内传来几声呼喊，这小姑娘应了声"哎"，连忙把几个小女娃牵到院子里，悄声说："下次可不能再迟到了。"

　　许言大踏步走到门厅处："安宁，今天休课。"

　　正拉着女娃们往里走的安宁一愣："为什么？"

　　李安超也从屋里走出来，上前帮着姐姐将女娃们重新交还给她们的母亲，低声说："你没听到炮响吗？"

"听到了呀，因为放炮不上课了？"安宁仍旧不明所以，许言是时间观念非常强的人，从她开设慎言学堂开始，就不曾有过一次缺课。

"我的傻姐姐呀，那是大军得胜归朝的喜炮，易将军要回来了，言姐姐哪还有心情上课！"李安超一边给母亲和孩子们赔笑，一边指使着安宁，"我们赶紧陪着言姐姐去北门。"

哪里需要李安宁姐弟陪，许言连伞都没带，踏着雨水便往北门跑去，身后跟着的是同样没带雨具的罗敏。

李安宁手里还牵着一位想要追出去的女娃，愣了好一会儿才说："恐怕……慎言学堂可不止休课一天了。"

母亲们纷纷追问：

"休课多久？"

"为什么休课？"

"还会继续开课吗？"

女孩子们见势不妙，竟有抱着母亲的腿大哭起来的，有第一个哭的，便有第二个、第三个……

一时间，原本安静的小巷子嘈杂了起来，李安超与李安宁对望一眼，虽有些烦躁，却心生温暖。

"姐，你说咱们是不是要准备办喜事了？"

"就你话多。"

"易将军打了大胜仗，肯定是加官进爵的，难不成许崇道还不情愿嫁女儿？"

"你呀你，言姐姐若是想嫁，就算易将军只是个平头百姓，谁还能拦得住吗？"

"还真是的，也不带着我们去北门看看热闹。"

雨停了，太阳出来了，真是半城烟雨，半城艳阳啊！